广东青年批评家丛书

贺江 著

深圳文学的十二副面孔

THE TWELVE FACES OF SHENZHEN LITERATURE

SPM 南方传媒 | 花城出版社

中国·广州

图书在版编目（ＣＩＰ）数据

深圳文学的十二副面孔 / 贺江著. -- 广州 ：花城
出版社，2023.4
（广东青年批评家丛书）
ISBN 978-7-5360-9975-3

Ⅰ．①深… Ⅱ．①贺… Ⅲ．①中国文学－当代文学－
文学研究 Ⅳ．①I206.7

中国国家版本馆CIP数据核字(2023)第066699号

出 版 人：张 懿
责任编辑：黎 萍 夏显夫
责任校对：李道学
技术编辑：林佳莹
封面设计：吴丹娜

书 名	深圳文学的十二副面孔 SHENZHEN WENXUE DE SHIER FU MIANKONG
出版发行	花城出版社 （广州市环市东路水荫路 11 号）
经 销	全国新华书店
印 刷	广东鹏腾宇文化创新有限公司 （广东省珠海市高新区唐家湾镇科技九路 88 号 10 栋）
开 本	880 毫米×1230 毫米 32 开
印 张	8.875 1 插页
字 数	192,000 字
版 次	2023 年 4 月第 1 版 2023 年 4 月第 1 次印刷
定 价	54.00 元

如发现印装质量问题，请直接与印刷厂联系调换。
购书热线：020－37604658 37602954
花城出版社网站：http://www.fcph.com.cn

擦亮"湾区批评"的青年品牌

总序

张培忠

习近平总书记在文艺工作座谈会上的重要讲话中指出："文艺批评是文艺创作的一面镜子、一剂良药，是引导创作、多出精品、提高审美、引领风尚的重要力量。"文学批评是文艺批评的重要组成部分，是文学工作的重要一环，是文学发展的重要推动力，具有引导文学创作生产、提高作品质量、提升审美情趣、扩大社会影响等积极作用。溯本追源，"粤派批评"历来是广东文学的一大品牌。晚清时期，黄遵宪、梁启超倡导的"诗界革命""小说界革命"曾经引领时代潮流，对20世纪中国文学批评影响至深。二十世纪二三十年代，钟敬文研究民间文学推动了这一文学门类的发展，是20世纪中国民间文化界的学术巨匠。新中国成立后，萧殷、黄秋耘、楼栖等在全国评论界占有重要地位，饶芃子、黄树森、黄伟宗、谢望新、李钟声、程文超、蒋述卓、林岗、谢有顺、陈剑晖、贺仲明等也建树颇丰，树立了"粤派批评家"的集体形象，也形成了"粤派批评"的独特风格，即坚持批评立场、批评观念，立足本土经验，面向时代和生活，感受文艺风潮脉动，又高度重视

1

审美中的文化积累和文化传承，既追求批评的理论性、科学性和体系建构，注重文学史的梳理阐释，又强调批评的实践性，注重感性与诗性的个性呈现。

新时代以来，广东省作家协会加强和改进文学批评工作，弘扬中华美学精神，进行科学的、全面的文学批评，建设有影响力的文学批评阵地，营造良好的文学批评生态，在全国文学批评领域发出广东强音。10年间，积极组织文学批评家跟踪研究评析当代作家作品及文学思潮和现象，旗帜鲜明地回应当代文学发展的重大理论和实践问题，召开了一百多位作家的作品研讨会。高度重视对老一辈作家文学创作回顾研究与宣传，组织了广东文学名家系列学术研讨会，树立标杆，引领后人。创办了"文学·现场"论坛，定期组织作家、评论家面对面畅谈文学话题，为批评家介入文学现场搭建平台。接棒《网络文学评论》杂志，创办《粤港澳大湾区文学评论》杂志，中国作协主席铁凝同志为《粤港澳大湾区文学评论》题词："祝贺《粤港澳大湾区文学评论》创刊，希望这份杂志在建设大湾区的宏伟实践中，在多元文化的汇流激荡中，以充沛的活力和创造力，成为新时代中国文学理论创新、观念变革的前沿。"联合南方日报社、羊城晚报社等实施了"广东文艺评论提升计划"。推行两届文学批评家"签约制"，聘定我省22位著名文学批评家，着力从整体上打造骨干文学评论队伍，提升"粤派批评"影响力。总的来说，广东文学理论家、文学批评家思想活跃，秉持学术良知，循乎为文正道，在学院批评、理论研究、理论联系社会现实和创作实践方面，在探索文学规律、鼓励新生力量、评论推介广东优秀作家作品方面，在批评错误倾向、形成文学创作的良好氛围方面，均取得显著成绩，为繁荣我省文学事业做出了积极贡献。

2021年，为发现和培养广东优秀青年批评人才，促进广东文学理论评论多出成果、多出人才，推动新时代广东文学评论工作创新发展，广东省作协经公开征集、评审，确定扶持"'广东青年批评家丛书'出版项目"10部作品，具体为杨汤琛《趋光的书写：诗歌、地域与抒情》、徐诗颖《跨界融合：湾区文学的多元审视》、贺江《深圳文学的十二副面孔》、杨璐临《湾区的瞻望》、王金芝《网络文学：媒介、文本和叙事》、包莹《时代的双面——重读革命与文学》、陈劲松《寻美的批评》、朱郁文《在湾区写作——粤港澳文学论丛》、徐威《文学的轻与重》、冯娜《时差和异质时间——当代诗歌观察》。入选者都拥有博士或硕士学位，以扎实的专业素养、开阔的文学视野形成独到的文学品味、合理的价值判断。历经两年，这套"广东青年批评家丛书"如期面世。这批青年批评家从创作主题、作品结构、叙事方式等文学内部问题探讨作品的得失，从中国现当代作家的作品出发，从不同的审美倾向和美学旨趣出发，探讨现当代文学为汉语所积累的新美学经验，坚持以理立论、以理服人，敢于襃优贬劣、激浊扬清，有效展现了"粤派批评"的公正性、权威性、针对性和实效性。

党的二十大报告强调："坚守中华文化立场，提炼展示中华文明的精神标识和文化精髓，加快构建中国话语和中国叙事体系，讲好中国故事、传播好中国声音，展现可信、可爱、可敬的中国形象。"构建中国文学话语和叙事体系是构建中国话语和中国叙事体系的题中应有之义，是新时代文学批评家的新使命新任务。回望西方话语体系主导世界，其实也只是并不久远的事情：在殖民主义时代之前，世界是多元并存、相互孤立的；在殖民主义时期，西方话语逐渐成为世界的主导性话语；在冷战时期，西方话语体现为美苏两大阵营的意识形态竞争；在后冷战时代，以美国为代表的西方话语一度独霸世界。当今世界和西方国家内部面临的一些挑战，包括人口危机、环境危机和文明群体之间的矛盾，都很难在西方话语框架之中找到答案。中国在大国崛起过程中产生的种种现象，仅仅通过西方话语体系也难以解释。这些反映在文学领域同样发人深省。曾几何时，一些人误将西方文学话语和叙事体系奉为圭臬，"以洋为尊""以洋为美""唯洋是从"，丧失了中国文学话语的骨气、底气、志气。伴随着西方话语体系的公信力持续下降，构建客观、公正的中国话语和中国叙事体系恰逢其时，前程远大。

王国维《宋元戏曲考》称"凡一代有一代之文学"。与此相对应，一个时代必然有一个时代的文学批评。在全球化的语境下，迫切需要广大作家增强主动塑造和传播中国形象的自觉意识和行动能力，既要创作精品力作、讲好中国故事，又要传播好中国声音、阐释好中国特色。对文本的创作，更加要强调信息的含量、思想的容量、情感的力量，并对文学话语体系构建的深刻性、独特性、预见性、形象性提出更高要求，在国际舆论场上和文坛上彰显中华文化软实力、中国文学话语权，塑造中华民族和平崛起、伟大复兴的大国风范和大国形象。积极构建中国文学话语和叙事体系，我们就是要在独特的审美创造中形成独特的中国风格、中国流派，不断标注中国文学水平的新高度，让世界文艺百花园还原群芳竞艳的本真景致。

在新时代中国踔厉奋进的新征程中，粤港澳大湾区建设是一道风景线。"9+2"，11城串珠成链，握指成拳，美好愿景正变为生动现实，粤港澳大湾区文学融合发展也不断升温。与此相契合，"粤派批评"正逐步向"湾区批评"升级，以大湾区海纳百川、兼收并蓄的开放姿态，契合湾区的文学地理特质，重视岭南文脉传承，坚持国际眼光和本土意识相融、前瞻视野与务实批评结合，树立湾区批评立场、批评观念，面对中国当代变革中的新鲜经验和大湾区建设伟大实践的复杂经验，善于做出直接反应和艺术判断，注重批评的理论性、科学性和体系完善，突出批评的指导性、实践性、日常性，"湾区批评"在全国的话语权逐步凸显。文学批评是一项充满挑战，也充满着诗性光辉和思想正义的事业，需要更多有志者投身其中，共同发出大湾区文学的强音。从某种意义上说，青年批评家是文学大军中最具锐气、最能创造、最会开拓进取的骨干力量，后生可畏，未来可期。

"广东青年批评家丛书"集结青年批评家接受检阅和评点，对青年批评家研究、评论成果进行宣传和评述，是一次有益的探索。希望这套丛书激发更多青年批评家成长成熟，坚持开展专业权威的文学批评，弘扬中华美学精神，倡导"批评精神"，积极探索构建"湾区批评"的审美体系和评价标准，多出文质兼美的文学批评，发挥价值引导、精神引领、审美启迪作用，不断擦亮"湾区批评"品牌。是为序。

作者系中国报告文学学会副会长、广东省作家协会党组书记

序

书写深圳的"文学春秋"
——贺江的《深圳文学的十二副面孔》

孟繁华

  由于某种机缘，我和贺江有非常深入的接触，从某种意义上也可以说对贺江非常熟悉了。贺江是80后，湖北枣阳人，在武汉读本科，尔后在深圳大学读比较文学与世界文学研究生，再后来在上海师范大学读比较文学与世界文学博士研究生；他主要研究的对象是美国作家科马克·麦卡锡；曾在纽约市立大学访学半年，在华东师范大学完成博士后研究，又在中国人民大学做过访问学者。优越的教育背景奠定了贺江良好的专业基础和艺术感觉。2014年博士毕业后来深圳职业技术学院工作，边教书边做研究，并参与了深圳文学研究中心的筹建工作。这是贺江的学习和工作履历——一个从校园到校园的书生。生活中的贺江是一个非常阳光的青年，他站在那里，玉树临风，一身朝气，一身和气；他与人为善，乐于助人，热心公共事务，而且做事从不拖沓。我喜欢雷厉风行的人，尤其是青年。

  在学术上，刻苦努力的贺江取得了让人刮目相看的成就。他陆续在重要的学术刊物发表了几十篇文章，在重要的出版社出版了多部专著和编著。从这些文章和著作的内容看，贺江已经完成了学术转型。或者说，他从一个比较文学研究者和科马克·麦卡锡的研究专家，转向了中国现当代文学研究，特别是当代文学研究。在贺江完成转型之后的研究工作中，我们依然能够看到他专业背景对现在研究的影响，特别是在方法论上。在我看来，贺江2016年上海三联出版社出版的专著《孤独的狂欢——科马克·麦卡锡的文学世界》，是一部显示贺江专业水准的著作。在这部专著中，贺江系统地分析、介绍了美国当代著名作家科马克·麦卡锡的作品，包括他的南方小说《看果园的人》《外围黑暗》《上帝之子》《沙雀》，西部小说《血色子午线》《天下骏马》《穿越》《平原上的城市》及《老无所依》《路》，同时还介绍了麦卡锡的戏剧创作。这种专业性极强的研究，一般的学者或读者是很难介入的。因为内容的限制，不知道就是不知道。在这个意义上，我们说贺江做了一件非常有价值的研究，他让我们从某些方面了解了美国当代著名作家科马克·麦卡锡的创作状况。

对我们而言，更容易参与评价的，可能还是贺江刚刚完成的这部专著——《深圳文学的十二副面孔》。在这部专著中，贺江深入、也系统地研究和评价了深圳的六位作家：邓一光、杨争光、蔡东、薛忆沩、盛可以与吴君的创作情况和成就；同时选择了深圳的"1986年""31区""内刊""70后""本土""健忘"等六个具有典型意义的文学现象或"事件"。贺江的这一视角对我而言都是耳目一新的。我相信大多数研究者或读者都会有这种感觉。我们知道，深圳的当代文学虽然发生较晚，但它内容的丰富性和复杂性，堪比任何一个文学历史丰厚或作家阵容强大的地区。因此，对研究者而言，要付出的努力是没有差别的。在对作家作品的评论上，我认为贺江有一个非常突出的优点，这就是他评论观点和语言修辞的"合宜"。贺江虽然是一个青年批评家，但在他的文章中我们看不到偏激或偏执。他的观点和立论，都是以大量的作品为基础，他对深圳作家作品的熟悉，令我叹为观止。我自认为对深圳作家非常熟悉了，但和贺江比较还差得很远。更为重要的，是贺江对具体作家评论的观点。

他在评论邓一光时，是通过与杨争光的比较得出结论的："在某种程度上，可以将邓一光和杨争光看作是深圳文学的'两极'，他们是深圳文学的两座高峰。杨争光执着地为深圳'寻根'，试图找到这些来自五湖四海的深圳人的'隐秘的根'，他的家乡故事带有寓言性质，是深圳文学的重要收获，也是五四精神在中国当代的延续。邓一光则试图为'失去家园的人'找到'深圳身份'——那些背井离乡的人，他们失去了故乡后，能否在深圳找到新的自我？这是邓一光特别关注的。"这个看法不仅延续了一个有比较文学专业背景的研究方法，同时也更清楚地看到了深圳文学两个领军人物的异同，寥寥数笔一览无余。在评价杨争光的《我的岁月静好》时说："时代在巨变，但'看客'的身份依然没有变化，这是鲁迅以及杨争光一直在书写的主题。将知识分子作为小说的主题，让'躺平'的知识分子成为我们审视国民性的一个视角，从而引起我们对人生、对社会的思考，这是杨争光在《我的岁月静好》所要达到的目的。"将杨争光同鲁迅联系起来，并看到了"批判国民性"的历史脉络，显示了宽阔的学术眼光。蔡东是第八届鲁迅文学奖的得主，也是深圳文学新一代的代表。贺江在评价蔡东时，一方面肯定了"蔡东的小说常常从日常中取材，她善于发现日常生活中的困顿和诗意，发现日常生活中的痛苦与欢愉。即使是反思现代性的一类小说，她的书写也不走抽象空洞的路数，而是提供细节和人物，富有生活质感。"同时发现了蔡东的创作是"慢的艺术"，蔡东是用"慢"来对抗"快"，对抗消费主义的泥潭，对抗现代性的侵袭，从而确定"无意义"在生活中的价值，建立起关于日常生活的"慢"美学。应该说，贺江的这些发现，是道人所未道，是独具慧眼的发现。其他对薛忆沩、盛可以、吴君的评论，同样可圈可点。能在书写同一个地区的作家中，发现他们的差异性，就是一个批评家的眼光所在。

《深圳文学的十二副面孔》的下编，我认为是更有特点的研究。比如，他认为1986年对深圳文学重要无比。这一年的深圳发生的文学事实，"它们体现出的价值观是一种全新的价值观，强调个性独立，强调个体价值，是个体伦理在深圳崛起的表现，也是深圳文学的'现代性'表征。因此，将1986年看成是深圳文学的逻辑起点，既摆脱了把1979年深圳市成立作为起点的简单界定，又批判了1979—1985年之间深圳文学中的'特区情结'，而1986年深圳文学的创作成就，又很好地支撑了将其作为逻辑起点的依据"。贺江的结论斩钉截铁，我们只能同意他的观点。因为想反驳他，我们将会感到为难。还有在"31区"诞生的深圳新的作家群体，以《民治·新城市文学》为代表的"内刊"，《白诗歌》等代表的"民刊"，都为深圳文学的发展起到了积极和推动作用。这里当然也包括贺江讨论的深圳70后和"本土"作家。但是，我更感兴趣的，可能是贺江对深圳文学或文化现象的批判。他将这一批判命名为"健忘"——尽管这座城市每隔十年都进行大规模的纪念活动，但我想说的是，这座城市似乎是一座容易"健忘"的城市。当我们想研究深圳文学时，我们发现，这个城市40多年的发展史中并没有留下什么"文本"——资料奇缺！曾经作为内刊之城的深圳，要找到一整套完整的内刊资料并不容易。具体到深圳作家呢？我们发现一大批作家也正在"消失"，无人提起！比如谭日超、陈国凯、张若雪、曹征路、许立志、黑光，这些曾经为深圳文学做出重要贡献的作家，他们仿佛已经湮灭在浩瀚的历史尘埃里，这是多么健忘的一座城市啊！

我想，这是贺江在研究深圳文学，特别是深圳文学历史时的切肤之痛，这就是资料的奇缺。大家都会了解以上作家的重要性，但是研究是要具体资料的，凭空讨论，不说多年后将会被质疑它的真实性，即便在当下，没有资料的空谈也是不作数的。因此，与其说这是贺江的批判，毋宁说这是善意的提醒。这一提醒不仅对深圳价值连城，对任何一个地区都有重要的参考价值。贺江的这本专著，既有对深圳文学整体性的研究，更有对深圳文学作家作品的具体研究。特别是对深圳文学"十二张面孔"的描绘，以具体的方式给我们留下了深圳文学的"整体性"，这是贺江要达到的效果。他实现了自己的期许。我要祝贺他。

是为序。

2023年2月10日

作者系沈阳师范大学特聘教授，中国文艺评论家协会顾问、中国当代文学研究会副会长。有《孟繁华文集》十卷和其他著作三十余部出版。在《中国社会科学》《文学评论》《文艺研究》等发表论文五百余篇。曾获第六届鲁迅文学奖理论评论奖、丁玲文学奖、华语文学传媒大奖、年度评论家奖等多个奖项。

目录

Contents

绪论："深圳文学"的逻辑起点 / 001

上编

面孔一：邓一光 / 019

面孔二：杨争光 / 046

面孔三：蔡东 / 064

面孔四：薛忆沩 / 085

面孔五：盛可以 / 108

面孔六：吴君 / 121

下编

面孔七：1986 年 / 135

面孔八：31 区 / 163

面孔九：内刊 / 181

面孔十：70 后　／　203

面孔十一：本土　／　219

面孔十二：健忘　／　237

后记　／　263

绪论："深圳文学"的逻辑起点

　　谈论深圳文学时，深圳文学的起点问题是不能回避的。有研究者把深圳文学的起点理所当然地放在1979年，认为这一年是深圳作为经济特区的开始，因此也宣告了深圳文学的诞生，"深圳文学，应当说同深圳经济特区一起诞生"[1]。但细究起来，会发现掩盖了很多问题，比如深圳经济特区诞生之前有没有"深圳文学"？"深圳文学"的独特之处到底在哪里？我们应该将"深圳文学"放在历史发展的整个脉络之中，梳理其发展轨迹，探讨其"逻辑起点"，这是我们研究深圳文学的一个重要前提。

一、1979年之前，有无"深圳文学"

　　深圳作为"经济特区"的历史从1979年开始。[2]但早在此之前，"深圳"就已经存在，"深圳文学"也已经发生。这涉

---

① 杨作魁：《深圳文学概论》，海天出版社，1996，第24页。

② 1979年1月23日，广东省委决定，将宝安县改为深圳市。7月15日，中共中央、国务院下达文件，正式提出在深圳、珠海、汕头三市试办"出口特区"。1980年8月26日，中华人民共和国第五届全国人民代表大会常务委员会第十五次会议决定：批准国务院提出的《广东省经济特区条例》，正式宣布在深圳、珠海、汕头设置"经济特区"，这一天也是深圳经济特区正式成立的日子。

及"深圳"与"宝安"的关系问题，这种关系错综复杂，需要进行史料的梳理。简而言之，在1979年深圳市成立之前，深圳镇隶属于宝安县，位于宝安县南端，与香港的新界交界，是国内通往香港和国外的主要口岸，也是边防重镇。1979年3月5日，国务院批复同意广东省宝安县改设为深圳市，以宝安县的行政区域为深圳市行政区域，下辖罗湖、南头、松岗、龙华、龙岗、葵涌六个区。同年11月，广东省委、省革委会决定将深圳市改为地区一级的省辖市，在市的范围内，恢复宝安县建制，宝安又成了深圳市的一部分。1992年12月，深圳市撤销宝安县，设立五个行政区，宝安区是其中之一。

因此，在了解到深圳和宝安的关系后，我们可以断定：1979年之前的"深圳文学"，其实是宝安文学。宝安县早在晋代就已经存在。公元331年，晋代设东官郡直辖六县，为首的是宝安县。宝安以宝山（今址东莞市）而得名，"言宝，得宝者安，凡以康民也"。宝安县当时直辖今日的东莞、深圳、香港等地。唐代（757）宝安县改为东莞县。明代（1573）又改为新安县，直辖今日的深圳和香港地区，隶属广州府。1913年，全国省县名称统查后，为避免与河南省新安县名称重复，又改用旧名宝安县，县治在南头，一直持续到1979年。

宝安文学的历史悠久，深圳作为其管辖地，在文学上也多有表现。唐代诗人刘禹锡在《沓潮歌》里已经写到了深圳，这首诗被收录在嘉庆本的《新安县志·艺文志》中："翼日风回涔气消，归德纳纳景昭昭。乌泥白沙复满海，海色不动如琼瑶。"①

---

① 张一兵校点：《深圳旧志三种》，海天出版社，2006，第1076页。

这里的归德是指归德盐场，即今深圳机场附近。1279年，文天祥为元军所虏，被押往崖山劝降，他写下了《过零丁洋》，"人生自古谁无死，留取丹心照汗青"！这是"深圳文学"最有名的诗句，但很少有研究者将其归为深圳文学的范畴。明朝万历年间，刘稳曾作《入新安喜而有感》来描写新安县的新气象："巡行边海上，此地几经过。县治从新建，人民比旧多。风清无鼓角，夜永有弦歌。睹洛如思禹，应知绩不磨。"[①]王士龙也写诗称赞深圳的天后宫："日照琼珠明岛外，风生麟角起云根。胜游此地心逾壮，试看青萍醉一樽。"[②]民国时期，文士弘写了《游凤凰岩》，刻在凤凰岩古庙旁的石头上："虎门隐隐烟雨中，龙穴朦朦浪卷风。历劫江山无限恨，凤凰何处有梧桐。"从这些古诗词可以看出，此时的深圳文学带有很强的地域特色，是对宝安（新安）县某地某景的描写，即便如文天祥般表现"为国捐躯"的豪迈气概，"深圳"也仅仅是一个发生地，深圳文学的创作也并没有形成一种自觉的文化追求。

新中国成立后，深圳文学掀开了新的篇章。1950年，宝安县设立人民文化馆，开展各类文化活动，并于1958年编辑出版了《南天门文艺》。该刊物一共出版了5期，免费发行到下面的文化站。1968—1969年，文化馆又编辑32开本的《宝安文艺》，后来改为16开本，主要刊载地方山歌、粤曲、诗歌、散文和民间文学等。1979年初，深圳建市后，文化馆将《宝安文艺》更名为《深圳文艺》，并邀请茅盾先生题名。

---

① 张一兵校点：《深圳旧志三种》，海天出版社，2006，第1083页。
② 张一兵校点：《深圳旧志三种》，海天出版社，2006，第1086页。

在1979年之前，深圳文学最有名的作品是《车从深圳来》，收录在1964年《南柳春光》一书中。这部报告文学直接把"深圳"写入标题，讲述的是广深线上"深二组"的列车员们面对从香港过来的乘客，她们的困惑、思考与抉择。在广深线上工作的姑娘们，她们牢记自己是社会主义祖国人民的代表，一方面用优质的服务让来自香港的同胞或侨胞感受到社会主义制度的优越性；另一方面还要抵制住资本主义"香风"的渗透。这些列车员明白自己的使命，"在自己这个岗位上，不但是为具体的人服务，更重要的，还是为政治服务"①。这部报告文学处理香港的视角，值得我们反思。第一，深圳和香港是两种不同制度的体现，因此，也是两条道路的问题。阶级斗争显得尤为重要。"在两种世界观、两条道路、两种人与人之间的关系的尖锐、复杂斗争中，她们有必胜的把握吗？"②第二，把香港人对待金钱的态度拿来批判。在"深二组"的姑娘们看来："在他们生活的那个社会里，一切都是钱！钱！！钱！！！"③这种没有集体荣誉感的生活是应该坚决摒弃的。《车从深圳来》表达的核心思想是"列车就是前线"，引申开来，"深圳就是前线"，因此，深圳的这种"前线"的身份也成了深圳文学作品里表达的第一个重要主题。

关于深圳的"前线"身份，在廖虹雷和曾文炳创作的《边

① 中国作家协会农村读物工作委员会编：《南柳春光》，作家出版社，1964，第159页。

② 中国作家协会农村读物工作委员会编：《南柳春光》，作家出版社，1964，第155页。

③ 中国作家协会农村读物工作委员会编：《南柳春光》，作家出版社，1964，第152页。

防枪声》也有表现。这部剧于1976年6月被宝安粤剧团搬上了舞台，被评为广东省创作优秀奖和演出优秀奖。《广东文艺》和惠阳地区的《东江文艺》刊登了全剧，进一步扩大了该剧的影响力。1979年，谭日超来到深圳，发表长篇诗作《望香港》，一共25节，每节6行，写得气势磅礴，同样是关于深圳的"前线"身份问题：深圳是边界线，也是两种制度的交锋之地。《望香港》里既有对苦涩历史的回忆，也有对改革开放的美好未来的憧憬；既有对香港沦落与繁荣的反思，也有对民主和科学的期待。

> 香港哟！我思绪万千，把你眺望，
>
> 双桅船远去了，原子轮却泊在身旁；
>
> 正视你，同重新认识我们自己意义一样，
>
> 唯物主义者何须把观点粉饰隐藏？
>
> 坚信那百年屈辱定能唤醒民族志气，
>
> 民主和科学的新潮，带来无限风光！①

二、1979—1985年，特区文学的发生与"特区情结"

1979—1985年，深圳文学是以特区文学的身份来呈现的。"经济特区"的身份给深圳文学以新的活力和特质，"改革开放"成为特区文学的典型气质，并最终演化为"特区情结"。

---

① 《深圳特区文艺丛书·诗歌卷（1980—1990）》，海天出版社，1990，第51页。

最先反映深圳特区的历史性变革并具有一定社会影响力的是报告文学。刘学强和邓维在蛇口工业区开创不到半年时间，创作了《蛇口走笔》，向人们报告了新中国第一个加工出口区的诞生经过，包括如何选址蛇口，如何顺应时代的要求，成为历史的必然选择。谭日超、李伟彦、李建国等都参与了报告文学的写作，内容包括工业区建设、合资餐厅、科学管理工厂、过境耕作等。刘学强和林雨纯还于1982年出版了纪实性报告文学《深圳飞鸿》，这也是深圳作为经济特区以来出版的第一部文学著作。但由于是急就章，这些报告文学的文学性不够强，"作品加工不精细，缺乏高明的艺术构思，文字较粗缺少美感，等等"[①]。但无论如何，我们也不能否定这些报告文学的历史地位：特区文学实实在在地产生了，并有一个共同的主题——改革开放。

改革开放意味着开拓创新，意味着进取，新旧思想的"纠缠"是焦点。在朱崇山1982年初发表的短篇小说《门庭若市》中，桂明叔满腹心事。他的大女儿和二女儿被香港老板请去制衣厂当检验员和技术员，三女儿被公社书记派去香港考察贸易市场的行情。桂明叔想不通："搞了三十年的社会主义，倒过来又给老板做工？！"[②]桂明叔思想的波动，具有很强的特区生活气息，也是深圳经济特区创办之初很多人的疑虑。小说最后桂明叔的释然，也表明特区发展的光明前景，讴歌了特区的新面貌。

---

① 李钟声：《漫论特区文学及其他》，花城出版社，1991，第14页。
② 《深圳特区文艺丛书·短篇小说卷（1980—1990）》，海天出版社，1990，第210页。

深圳文学的十二副面孔

朱崇山是最早从作家协会广东分会文学院调入深圳的一批中年作家之一。20世纪80年代初期，深圳已经形成老、中、青三个层次的作家创作队伍。诗人韦丘是广东省作协副主席，他率先到深圳挂职、生活，并发表了《边城赋》："黄尘中脚手架虽然杂乱无章，卸掉它，便露出一个崭新的特区！"[①]韦丘还于1982年5月1日参与创办了《特区文学》，关注并扶持特区文学的发展。来到深圳的中年作家除了朱崇山之外，还有谭日超、陈国凯、陈荣光、郁茂、钟永华等，而本土青年作家也在特区崭新的生活中逐渐成熟起来，代表作家有刘学强、林雨纯、廖虹雷、黎珍宇和张黎明。黎珍宇1982年在《特区文学》上发表了《选择》，同样是处理新旧思想的冲突，但比朱崇山的《门庭若市》更进了一层。作者一方面通过阿珍去香港的寻父经历，揭开了隐藏在母亲心里的创伤，可以归入伤痕小说的范畴，"过去了的事，有一些是一定要忘记的"[②]；另一方面，作者还写了"文革"期间从深圳逃到香港去的父亲在香港的遭遇。在秀枝看来，香港充满着腐蚀和诱惑，应该坚决地加以抵制，"那个花花世界，不知坑了多少好人，也不知有多少颗纯洁的心灵在那儿沉沦了，变质了！不能让阿珍再走她父亲的老路！"[③]阿珍和母亲对待香港的不同态度，是作者设置的重新审视香港的一次机会。阿珍在香港发现，父亲过得并不

---

① 《深圳特区文艺丛书·诗歌卷（1980—1990）》，海天出版社，1990，第4页。
② 《深圳特区文艺丛书·短篇小说卷（1980—1990）》，海天出版社，1990，第155页。
③ 《深圳特区文艺丛书·短篇小说卷（1980—1990）》，海天出版社，1990，第139页。

怎么好，是个开垃圾回收车的临时工，这摆脱了对香港的刻板印象，使香港形象变得立体起来。

特区文学发生之初，如何面对中国香港以及国外文化的"侵入"，是一个重大的主题，这也是新旧思想冲突的具体表现。黄日旭的《我要嫁给他》和丹圣的《小姐同志》具有典型的意义。前者笔下的香港姑娘李美娇来内地旅游，过关时钱包不见了，后被执勤的陈学武捡到并还给她，她想用"嫁给他"的方式来表示感谢。后者笔下的香港姑娘俞珍丽是深圳某度假村旅游公司的董事长，她在经营公司的过程中，对善良正直的副总经理吕振中产生了好感，并钟情于他。这两篇小说都写出了改革开放之初深圳的变化，但却简单地把香港姑娘看成被"正义"感染的对象，带有特区文学早期特有的"自信"甚至是"自恋"。这种刻板描写是"特区情结"的真实反映，也是深圳文学发展中的一种独特表现。

1979—1985年的深圳文学属于"特区文学"的发生与发展阶段，这一时期深圳文学的主题很鲜明，主要是描写深圳特区艰苦创业的故事，讴歌改革开放，弘扬奋发前进的时代精神。当然也表现了在社会剧烈变革的过程中个体的矛盾与彷徨，但基调是高扬的，感情是激昂的，洋溢着特区人独有的个性色彩。这在朱崇山写的特区系列小说中，如《温暖的深圳河》《影子在月亮下消失》《淡绿色的窗幔》有突出的表现。这一阶段的深圳文学反映了特区不同于内地人的心态、感情、价值观念和伦理道德，表现了特区的急剧变革带给人们的冲击和影响，塑造了具有"特区气质的人"①。

---

① 李钟声：《漫论特区文学及其他》，花城出版社，1991，第37页。

但美中不足的是，这段时间并没有产生多少让人爱不释手的经典作品。不少文学作品属于概念化创作的产物，作家把人物放在特区的大背景下，却并没有写出特区人的精神面貌。"深圳的一些诗歌不过是建筑工地上的豪言壮语，一些散文实乃词藻稍微优美一点的新闻通讯，一些报告文学严格上讲仍是有'报告'而无'文学'的长篇特写，而一些小说反倒成了名副其实的'报告文学'"[①]。针对这种情况，斯英琦认为是"特区情结"阻滞了深圳文学的发展。"有论者认为，深圳是改革开放的窗口，占尽天时地利，文学选材中所负载的信息新人耳目，只要善找角度，是能在国内创作界独标新帜、出奇制胜的。这种认识，至少是夸大了客观环境特点对文学创作的影响和作用"[②]。斯英琦认为，"特区情结"一方面成为深圳文学家肯定自我、认同自我的心理驱动力；另一方面，也让人容易做"特区的梦"，"陷进了特区情结的罗网"[③]。

上文提到的《我要嫁给他》和《小姐同志》体现出强烈的"特区情结"，这种刻板描写是"特区情结"的真实反映，也是深圳文学发展中的一种阶段性表现。黎宇珍的《中国"ANGEL"》也是如此。小说主角启沆被认为是"促进特区发展，促进中国社会变革的催化剂中的一个氧分子"[④]。启沆

---

① 深圳市文艺评论家协会编：《圈点与追问：深圳文艺评论文选》，花城出版社，1999，第16页。

② 深圳市文学艺术界联合会编：《春华秋实：深圳文艺发展理论与思考》，海天出版社，1995，第31页。

③ 深圳市文学艺术界联合会编：《春华秋实：深圳文艺发展理论与思考》，海天出版社，1995，第30页。

④ 黎珍宇：《这里没有红灯区》，中国文联出版社，2004，第282页。

在去广州出差的列车上，碰到了从瑞士来玩的三位外国学生，她主动地帮他们设计旅游线路，被外国朋友亲切地称为"中国的安琪儿"。和《中国"ANGEL"》类似的叙事模式也表现在陈宜浩的《吹口哨的亚当》，小说通过柳桦的视角，写了在列车上看到的三个吹口哨、流里流气的深圳小伙。当柳桦发现隔壁座位的大伯钱丢后，她向乘警举报是这三个深圳人偷的，后来发现是一场误会。三位深圳人被作者称为"亚当"，象征着新生，也象征着特区的"新生"。这两部小说的"特区情结"典型地体现在人物形象的设定上：天使和亚当。他们代表着深圳的"新生"，也贴上了"深圳制造"的标签。

"特区情结"片面夸大深圳的地位和作用，把内地甚至是香港都置于一种"较低"的位置，显示出深圳作为经济特区的"特殊性"与"先进性"，这种情况在1986年得到了彻底的改变，深圳文学也终于摆脱掉了"特区文学"的标签，开始创造出真正属于深圳文学的经典作品，因此我们也可以把1986年看成是深圳文学的逻辑起点。

三、1986年，"深圳文学"的逻辑起点

所谓逻辑起点，按黑格尔的说法，有其特定的质的规定，它是一种学说体系中最简单最抽象的范畴，也能揭示对象的最本质规定，并成为整个学说体系赖以建立和发展的基础。[①]将

---

① 黑格尔：《逻辑学》（上），商务印书馆，1966，第52—61页。

1986年看成是深圳文学的逻辑起点，是基于以下文学事实：

第一，刘学强的《红尘新潮——深圳青年观念更新录》于1986年9月由云南人民出版社推出，弘扬"敢为天下先""应做就去做""无功就是过"的特区精神，引起轰动效应。

第二，李兰妮的中篇小说《他们要干什么？》发表在《特区文学》1986年第1期上，塑造出"有本事尽管亮出来"的竞争意识。

第三，刘西鸿的短篇小说《你不可改变我》发表在《人民文学》1986第9期上，获得全国优秀短篇小说奖，表现特区青年人独立的个性意识和价值观。

第四，由徐敬亚等策划的，《深圳青年报》和《诗歌报》联合举办的"中国诗坛1986年现代诗群体大展"，引起全国性的轰动。

《红尘新潮》收录了刘学强的23篇关于"深圳青年观念更新"的散文，部分作品曾于1985年发表在《中国青年报》上。《中国青年报》也开辟专栏，在全国开展了"青年与现代生活方式"的讨论，历时半年之久。刘学强通过对特区涌现的新事物、新现象，如印名片、学英语、看戏等的分析，把深圳人的精神变化轨迹总结为："想做不能做—想做就去做—应做就去做。"[1]刘学强肯定深圳人的开放与朝气，肯定深圳人"想做就去做"的决心和勇气，肯定深圳人的自我意识的觉醒，肯定深圳人的个性之独立。"人人都有个性，包括进取性

---

① 刘学强：《红尘新潮：深圳青年观念更新录》，云南人民出版社，1986，第159页。

精神的确立，伦理、道德面貌的拓新；使青春的勃勃生机借助自身的聚敛获得最生动的体现"[①]。在这本书之前，深圳已经有一些新的观念在全国产生过影响力，最有名的是"时间就是金钱，效率就是生命"。但这句简单的口号并不能从整体上反映出深圳人，尤其是深圳青年人的精神面貌，而刘学强在《红尘新潮》中所讴歌的"具有坚强个性的新人"则是比较全面而又准确的定位。"能很好地体现特区文学的'特'味的，当莫过于特区作家在自己笔下描写的特区青年思想意识、价值观念的蜕变了"[②]。刘学强的这本书正是如此。

能摆脱掉"特区情结"的束缚，写出具有"特味"作品的还有李兰妮和刘西鸿。李兰妮于1983年调入《深圳青年报》任文艺版责任编辑，1984年秋调入深圳市文联文艺创作室，曾发表过《特区记者》《夜，在深圳》等反映特区建设的作品，但直到1986年的《他们要干什么？》发表，才摆脱了"深圳情结"。"这部中篇突破了过去特区内外作家描写特区生活时自觉或不自觉形成的'框架模式'，代表着深圳特区文学创作的新水平，有独上层楼之感"[③]。《他们要干什么？》的"新"表现在主人公的新意识中。一方面他们能够面对工作中出现的新情况，用大胆开拓的精神解决新问题；另一方面，在面对感情的纠葛时，也能够用"新"的态度去面对：主动表达、大胆追求。李兰妮塑造了一批在深圳特区拓荒阶段的"普

① 刘学强：《红尘新潮：深圳青年观念更新录》，云南人民出版社，1986，第46页。
② 李钟声：《漫论特区文学及其他》，花城出版社，1991，第61页。
③ 李兰妮：《池塘边的绿房子》，花城出版社，1987，第1页。

通人"，但这些普通人却敢于拥抱生活中的快乐，包括痛苦，敢于追求人生的理想，包括爱情，歌颂了"良性竞争"的深圳精神。"包括我们所有人在深圳的竞争，都应该是良性的。有本事尽管亮出来，比能力，比才智，比意志，而不是比后台大小，比背后使坏，比心狠手辣"①。这是特区人的新思想，也是特区人的价值观。

刘西鸿发表在《人民文学》1986年第9期的《你不可改变我》将《他们要干什么？》的特区精神又推进了一步，这部小说获得1985—1986年全国优秀短篇小说奖。小说中的孔令凯，青春、自信，散发着朝气，如深圳一般有活力，而作为她的朋友"我"却显得比较"老派"，劝孔令凯不要吸烟，不要辍学，把头发留长。孔令凯最终没有听"我"的劝告，勇敢地拥抱新的生活。她说："我已经决定了，你不能改变我。告诉你是尊重你。你不能改变我的。"②"你不可改变我"如同一句宣言，宣告了青年人的蓬勃青春，也显示出深圳青年人新的生活姿态。青年人的价值观念、职业观念、交友观念以及家庭伦理观念在小说中都展露无遗，是一种新的人文价值的表现。

1986年10月，《深圳青年报》和安徽的《诗歌报》推出"中国诗坛：1986现代诗群体大展"，汇集了100多名青年诗人和几十家诗派的作品，堪称是第三代诗人的一次集体亮相，也是中国诗歌界的狂欢节，成为当年的一个轰动的文化事件。这一文化事件的起点是《深圳青年报》，由诗人徐敬亚策划

---

① 李兰妮：《池塘边的绿房子》，花城出版社，1987，第61—62页。
② 《深圳特区文艺丛书·短篇小说卷（1980—1990）》，海天出版社，1990，第139页。

的，他是该报副刊的编辑。在1986年9月30日《深圳青年报》上，他全面阐述了举办大展的原因："1976—1986，中国经历了她获得全息生命后美妙而躁动的十年，在被称为'新时期文学'的本十年内的大陆艺术，还原和再生了中国人的心灵世界——恰正是在这十转轮回的时空流程中，'新诗'，领衔主演了民族意识演进的探索先锋。——'中国诗坛1986现代诗群体大展'正是基于以上回顾。"①这次诗歌展览让"第三代"诗人集体进入人们的视野，产生了持久的影响，深圳作为该文化事件的重要策源地，也扩大了其当代文学的影响力。

以上四种文学事实，都发生在1986年。它们体现出的价值观是一种全新的价值观，强调个性独立，强调个体价值，是个体伦理在深圳崛起的表现，也是深圳文学的"现代性"表征。因此，将1986年看成是深圳文学的逻辑起点，既摆脱了把1979年深圳市成立作为起点的简单界定，又批判了1979—1985年之间深圳文学中的"特区情结"，而1986年深圳文学的创作成就，又很好地支撑了将其作为逻辑起点的依据。"这一年，刘学强的《红尘新潮——深圳青年观念更新录》出版，李兰妮的中篇小说《他们要干什么？》和刘西鸿的短篇小说《你不可改变我》发表，徐敬亚策划了'中国诗坛1986现代诗群体大展'，引起全国轰动。从此，深圳文学从思想观念、伦理价值、本土声音以及全国的反响等方面开始立起来，深圳文学真正地发生了"②。

---

① 徐敬亚：《"中国诗坛1986现代诗群体大展"预告》，《深圳青年报》1986年9月30日。
② 《深圳文学：尚在启蒙期，还是该总结了？》，《深圳商报》2017年12月3日。

不能简单地把1979年深圳市的成立看成是深圳文学的起点。在此之前，深圳已经有文学的存在。深圳文学作为宝安文学的一部分，也曾产生过脍炙人口的诗句，比如文天祥的"留取丹心照汗青"，但这种文学纯粹是地域式的划分，即便如新中国成立后的《车从深圳来》，真实地反映了深圳作为边防重镇的生活，但也是从阶级和社会制度的层面来划分立场，表现了社会主义制度的优越性，还缺少真正的现代意识。1979年至1985年的深圳文学是作为"特区文学"的形态出现的，表现了特区的精神面貌，尤其是改革开放之下的新思想、新生活，新旧思想的"纠缠"成了这一时期文学表现的主题，但由于过于强调特区文学的"新"和"优越性"，又在某种程度上陷入了"特区情结"的桎梏，限制了深圳文学的蓬勃发展。而1986年的四种文学事实，无论是从文学影响、文学的现实性与思想性，都表现出一种迥异于之前的思想意识。"应做就去做""有本事大胆亮出来""你不可改变我"等新的价值观彰显出真正的特区精神，是深圳的"现代性"在文学上的表现，也是深圳的"现代性"在文化上的凸显。因此，在讨论深圳文学的起点问题时，将1986年看成是深圳文学的"逻辑起点"并不是唐突的决定，而是慎重考虑的结果。

　　本书所探讨的深圳文学的"十二副面孔"就是建立在这个"逻辑起点"基础之上的。

上编

面孔一：邓一光

在中国文坛，邓一光是一个独特的存在，他总在求新求变。当研究者用"兵系列"来总结他的战争题材的小说时，他早已转身，去开拓都市文学的新领域。当研究者用"深圳文学"来谈论他时，他也早已超越了"深圳写作"的范畴。他多产，四川文艺出版社推出的《邓一光文集》，有14卷之多。后来，他又出版了《深圳在北纬22°27'—22°52'》《你可以让百合生长》《深圳蓝》《在龙华跳舞的两个原则》《坐着坐着天就黑了》《花朵脸》六部中短篇小说集。而他的最新长篇《人，或所有的士兵》也在当代文坛激起千层浪，成为当代长篇小说的扛鼎之作。本文先从邓一光的中短篇小说入手，探讨其创作成就与特色。

一、邓一光的中短篇小说

邓一光的中短篇小说创作带有很强的地域特点，这从他小说中故事的发生地就可以看得出来：武汉、重庆（开县）、麻城老家、青海草原、深圳，当然，他的"兵系列"小说，行军路线就是他小说中的发生地。《我是太阳》是邓一光的长篇名作，他的中短篇"兵系列"小说也独树一帜，比如《战将》

《父亲是个兵》等。

在《战将》里，红七师师长赵得夫长得短胳膊短腿，"头大如斗，粗短的发茬新秧一般茁壮茂密，脸上坑坑洼洼的"①。就是这样一个其貌不扬的人，却有勇有谋，能征善战，尤其是当被敌人包围时，能主动和土匪联络，联手突击，化险为夷。小说并没有直接写赵得夫，而是从他的参谋长左军的视角来描写。在左军看来，赵得夫爱说脏话、独断，还不好相处，但很会打仗。旁观者的视角更能表现主角性格的丰富性，这体现了邓一光高超的谋篇布局能力。

《父亲是个兵》也是一篇备受好评的小说，这篇小说的写作难度很大，一方面要考虑到真实性；另一方面又要注意艺术形象问题。邓一光从"我"的角度回顾了父亲的戎马一生，小说的独特之处是：在"我"的心目中，父亲是个"英雄"，需要大书特书，但作者却以一个"父亲是个兵"的形象来进行冷处理。一冷一热之中，小说的张力就出来了，父亲的平民式的"英雄"形象也立起来了。因此，小说中的"可信度"得到了保留，小说的艺术形象也得到了彰显。

"兵系列"小说是邓一光中短篇小说的重要题材，在《父亲是个兵》之后，邓一光还发表了《大妈》《大姨》《远离稼穑》等作品，这些"兵系列"小说也可以称之为家族小说，写家族长辈的"从军史"，具有理想主义澎湃激扬的特点。《远离稼穑》里的"四爷"是一位充满悲剧色彩的军人，当兵时曾三次被俘，作者的处理方式也很有激情，只是这种激情带有

---

① 邓一光：《战将》，《邓一光文集·她是他们的妻子》，四川文艺出版社，2012，第3页。

"远离稼穑"的悲剧色彩。在邓一光看来，"四爷"也同样伟大，只是，他的命运本可以以另一种方式开始。

除了战争题材的小说外，邓一光对知青生活也有涉足，并且仅凭《孽犬阿格龙》一篇，就足以和梁晓声的《这是一片神奇的土地》、张承志的《黑骏马》、史铁生的《我的遥远的清平湾》等知青小说相媲美。

《孽犬阿格龙》发表于1989年，小说采用了两条平行的线索，一条是"我"和关鸿在开县当知青的故事，另一条是孽犬阿格龙和米娜的故事。阿格龙虽然长得奇丑无比，却在山洪暴发时救了关鸿的命，它还去水里救过猪秧子，和狼搏斗过。它忠于主人，深受"我"和关鸿的喜爱，但当米娜这条狗被知青打死后，阿龙格开始了报复之路，咬死公社的鸡和猪，成了"孽犬"。小说的最后，阿格龙救了"我"的命，却被"我"砍死。这部小说用狗的"真"来表现人的"假"，用狗的"悲惨命运"来隐喻，反思之深是值得多加研究的。

邓一光还关注城市生活，这也是他创作的另一个重要题材，邓一光笔下的城市以武汉和深圳着墨最多。2009年来深圳之前，邓一光已经创作了不少反映武汉城市生活的作品，比如《空盒》《鸟儿有巢》，是写陈亚鸽离婚后的日常生活；《节日》《掌声继续》《下一个节目》是写团市委的日常工作。最让人动容的是他书写城市底层人生活的作品，比如《蓝猫》《别动那些花》。《蓝猫》通过一只从农村来到城市的猫的视角，写出了它所感受到的城市生活及那些底层的人。值得玩味的是，蓝猫最终从讨厌城市变成喜爱城市，而那些底层的人，如橘红却被城市所"淹没"。《别动那些花》写的是瓦泥工找到一处花屋来给亲人写信，最终却被当成小偷抓了起来。

邓一光的小说世界充满着"灵性"，这和他善于写动物、植物很有关系。在《狼行成双》中，邓一光描写了一对狼的生活，它们结伴而行，重情重义。当公狼掉入陷阱后，母狼一次次地想办法过来营救，即使面对着有可能被射杀的危险。公狼为了让母狼离开，撞墙而死，而母狼也不愿苟活，最后被人类杀死。《飞翔》写的是两只鸟在暴风雨中飞翔的故事，这种"飞翔"让小说充满着本雅明所说的"灵韵"，是笼罩在艺术作品上的光韵，让小说充满着"存在之思"。

当我们反思自身时会惊奇地发现，这是一个科技高度发达的时代，人们一方面享受着技术的红利；另一方面也被技术所包围，被从充满生命灵性的土壤里连根拔起。而在消费主义大潮的冲击下，个体进一步被操纵被裹挟，成了"官能性的人"。马克斯·韦伯认为，这是一个祛魅的时代。人们可以通过科学计算摆脱掉一切"神秘的力量"，人们再也不必像野蛮人那样，为了控制或祈求神灵而求助于魔法。但这种祛魅的结果是：我们的灵魂该放在哪里？

邓一光并没有否定文明的时代，也没有否定高度繁华的都市文化。他书写城市，表现城市里的欲望和挣扎，表现城市里的痛苦和绝望，但他也同样张扬着精神的力量。他笔下的那些动物、植物代表着"理想的存在"，是作者精神的寄托，也是"复魅"的手段。

阿格龙虽是一条狗，却有着狼一般的气质，它的存在如同一种神秘的力量，对抗着人类的自私与丑恶。在邓一光的小说中，最引人注目的当属"森林"。在描写阿格龙时邓一光使用了"森林"的意象："它那乱蓬蓬的皮毛中散发着森林里恶毒的气味，那些气味像一群毫无训练的蓝色精灵，狰狞地笑着，舞蹈着，歌唱者，肆无忌惮，强迫人心惊胆战……"[①]森林在这里是一种野性的力量，是未被驯化的神秘气息。

《我是一个兵》中，作者把"我"比喻成一只无用的小兽，无法进入森林，"森林不属于我，大山不属于我，因为我不懂得搏击，不会觅食，我只不过是偶然撞进这片神圣而庄严的领地里的一只小兽"[②]，森林在这里代表着自由的存在。邓一光的"森林意象"是一种"神秘的力量"，游离于城市文明之外，能够为日益扁平化的都市生活带来"新鲜感"，这也可以看成是对抗被规训生活的一种手段。在《梦见森林》里，邓一光描写了一个对平淡婚姻生活产生厌倦的女人，她梦见了森林，"因为那种从未体验的陌生的风，她始终都在颤抖"[③]。

在邓一光的中短篇小说中，他所描写的"森林"不仅仅是一种简单的"意象"，而且是一个独立的存在，甚至可以说是一个独特的生态系统。他曾说："城市不乏另一种隐结构中的森林、河流、草原和沙漠，不乏遮天翳日、浪淘风簸、一碧千里、动物凶猛，如果你读过我这些年的小说，你会发现它们。"我们可以把邓一光笔下的动物、植物世界统称为他的

① 邓一光：《孽犬阿格龙》，《邓一光文集·左牵黄右擎苍》，四川文艺出版社，2012，第56页。
② 邓一光：《我是一个兵》，《邓一光文集·蓝猫》，四川文艺出版社，2012，第259页。
③ 邓一光：《梦见森林》，《邓一光文集·一只狗离开了城市》，四川文艺出版社，2012，第89页。

"森林"，这里开满了鲜花，长满了植物，有蓝天白云，也有小桥流水。它是独立于尘世生活的另一个存在，或者说是精神的港湾。它对抗着文明的规训，代表着自由与梦幻，它是邓一光的"生命之光"。

邓一光早期的"兵系列"小说写战争中的人，写中国革命的历史故事，他用满腔热情讴歌军人，这一系列人物形象在他的笔下熠熠生辉。因为题材的沉重，小说中的感情基调显得较为沉郁，读来"沉甸甸的"。但从2009年开始，细心的读者会发现，邓一光的小说变得"轻盈"起来，这不仅仅是写作对象变化的原因，也可以说是写作风格发生了根本的改变。

2009年后，邓一光开始了"深圳写作"。邓一光笔下的深圳，涉及城市生活的各个方面，话题有时候也很沉重，比如《所有的花都是梧桐山开的》，涉及深圳人逃港的悲惨历史。但读的时候却不会产生滞重感，整部小说是"飘起来的"，如同卡夫卡笔下的《煤桶骑士》，用"轻盈"来写"沉重"。邓一光把城市的历史、重负、苦难等都写得很"轻"。

进一步分析的话，我们可以用一个词来形容邓一光深圳小说中的"轻"：飞翔。在《离市民中心两百米》中，当她终于安家在深圳的中心时，邓一光这样描写她："像鸽子似的张开双臂飞了一下，跳到床垫上，再从那上面飞下来。"①而在《深圳在北纬22°27′—22°52′》这篇小说中，女主角做梦变成了一只蝴蝶，翩翩起舞。飞翔是穿破城市雾霭的一种姿态，也是承载理想热情的一种手段。邓一光给飞翔一种神奇的力

---

① 邓一光：《离市民中心两百米》，《深圳在北纬22°27′—22°52′》，海天出版社，2012，第55页。

量，它能够穿破城市的喧哗，抵达内心的宁静。在《北环路空无一人》中，邓一光写道："我没有抬头看树林，一直往前爬。我知道，如果盯着它们看，看久了，它们会变成一片云霞飞上天去。"[1]

所有轻盈的必将上升，所有上升的必将聚合。在邓一光的笔下，那些隐形的、珍贵的、美好的都飞了起来，汇聚成一座生机益然、分外迷人的森林。

二、邓一光的"深圳写作"

在某种程度上，可以将邓一光和杨争光看作是深圳文学的"两极"，他们是深圳文学的两座高峰。杨争光执着地为深圳"寻根"，试图找到这些来自五湖四海的深圳人的"隐秘的根"，他的家乡故事带有寓言性质，是深圳文学的重要收获，也是五四精神在中国当代的延续。邓一光则试图为"失去家园的人"找到"深圳身份"——那些背井离乡的人，他们失去了故乡后，能否在深圳找到新的自我？这是邓一光特别关注的。在邓一光的小说《我们叫作家乡的地方》，"我"带着妈妈从福永去找哥哥，希望哥哥能够帮忙安排妈妈的"后事"。哥哥小时候曾在老家受到很深的创伤，发誓和老家"一刀两断"。哥哥现在在深圳大鹏做安保工作，为着落户深圳的积分而不断

---

[1]　邓一光：《北环路空无一人》，《你可以让百合生长》，海天出版社，2014，第114页。

努力着。不仅仅是哥哥，"我"也渴望做一名真正的深圳人，"我也想像他一样，留在深圳，为自己娶一个妻子，安一个家，不再做外省人"①。深圳的"身份"如同金箍，紧紧地套在兄弟俩的头上，为了成为深圳人，他俩不惜舍弃了"家乡"。

深圳身份一直是邓一光小说的核心主题之一，无论是邓一光2011年发表的第一部深圳小说《我在红树林想到的事情》，还是2021年发表的《花朵脸》，这十年中，邓一光出版了《深圳在北纬22°27'—22°52'》《你可以让百合生长》《深圳蓝》《在龙华跳舞的两个原则》《坐着坐着天就黑了》《花朵脸》等六部中短篇小说集，身份的焦虑始终是困扰小说主人公的重要难题，比如《我在红树林想到的事情》，画家樊鸿宾带"我"看深圳的房子，我觉得房子太贵，根本买不起，樊鸿宾推荐"我"去红树林看看。"我"在那里碰到一个男人，他的母亲送给他一套房子，但他却陷入了身份的迷思。邓一光借主人公之口，谈到了深圳："城市会发达。城市的夙愿就是发达。城市才不管别的，不管谁能不能进入，谁能不能回来，这就是我们在生活着的时候得到的最大惊喜。"②纵观邓一光的深圳小说，"身份的焦虑"可以归纳为三类：第一类是底层打工者的焦虑，他们注定要失去故乡，却也没法在深圳找到"合法的身份"，最终还是要选择离开。这类小说有《万象城不知道钱的命运》《勒杜鹃气味的猫》《坐着坐着天就黑了》《香蜜湖漏了》《如何走进欢乐谷》等。第二类，是城市

① 邓一光：《我们叫作家乡的地方》，《深圳蓝》，花城出版社，2016，第13页。
② 邓一光：《我在红树林想到的事情》，《深圳在北纬22°27'—22°52'》，海天出版社，2012，第11页。

的中产阶级，他们有高学历、高收入，但是在快节奏的生活压力之下，他们仿佛迷失了自我。这些小说有《离市民中心二百米》《深圳在北纬22°27′—22°52′》《一直走到莲花山》《要橘子还是梅林》。第三类是深圳本地人，或者深二代，尽管他们衣食无忧，但他们也深陷情感的焦虑，深陷历史的重负之下，无法动弹。这类小说有《深圳河里有没有鱼》《深圳蓝》《与世界之窗的距离》《宝安民谣》《光明定律》《纪念日》《薯莨的秘密你可能知道》。但这三类中的"身份"有时候会互相纠缠在一起，你中有我，我中有你，形成了一个庞大的"焦虑场"。在《离市民中心两百米》中，邓一光设置了两对矛盾体。安洁和朱建设是城市的中产阶级，他们通过个人努力，终于住在了城市的"心脏"——市民中心，他们还打算在市民中心举办婚礼。在安洁看来，离市民中心越近，越像个深圳人。"关内才是高贵的深圳"①。但安洁在市民中心广场碰到了保洁员，保洁员工作在城市的中轴线上，处于地理上的"核心位置"，但保洁员却一次也没有进入过市政大厅。保洁员的生存状态，彻底打破了安洁关于谁是深圳人的思考。之前，为了供老公去国外读书求学，安洁一直住在关外，在安洁看来，"在深圳，住在关内的属骆驼，属羊和毛驴的只能住在关外。他回国之前他们在关外有个小窝，更多的时候，差不多所有的时候，那是她清冷的羊圈"②。所以，安洁最终选择住

---

① 邓一光：《离市民中心两百米》，《深圳在北纬22°27′—22°52′》，海天出版社，2012，第53页。

② 邓一光：《离市民中心两百米》，《深圳在北纬22°27′—22°52′》，海天出版社，2012，第53页。

在离市民中心两百米的地方，以强化自己的"深圳人"身份意识，但是保洁员的遭遇让安洁发现，住在关内并不等于就是深圳人，离市民中心两百米，也不能保证自己就是深圳人。而且邓一光还借保洁员之口，强化了这一概念："我只知道，我不是深圳人，从来不是，一直不是。"①那到底谁才是深圳人？谁才能在这个城市找到幸福和快乐呢？邓一光又抛出了另一个话题。

邓一光是一个有着强烈问题意识的写作者，对庸常生活的陷阱保持着警惕，对社会现实的痼疾也有着高度的批判，我们可以发现他的小说世界基本上都在提出问题，并试图解决问题。如果找不到解决之道，邓一光也会非常坦诚地写出自己的疑惑与思考。深圳人的身份问题、现代性的危机问题、深圳的历史问题、深圳和香港的两城互动问题、深圳的移民问题、深圳的城中村问题、深圳湾的环保问题、深二代的生存空间问题、深圳的文化遗迹问题、深圳的人口与语言问题、新冠疫情下普通人的情感问题等，都被邓一光写在了小说里。在《你可以让百合生长》中，邓一光首先就抛出了一个问题："一个14岁的女生，她有一个因为不断复吸因此老在去戒毒所的路上的父亲，一个总在鼓励自己日复一日说大话却缺乏基本生存技能因此不断丢掉工作的母亲，还有一个每天提出一百个天才问题却找不到卫生间因此总是拉在裤子上的智障哥哥，她该怎么办？"②整部小说都在回答这个相当有难度的问题，这里涉及

---

① 邓一光：《离市民中心两百米》，《深圳在北纬22°27′—22°52′》，海天出版社，2012，第68页。
② 邓一光：《你可以让百合生长》，海天出版社，2014，第5页。

深圳青少年的成长、个体价值与集体荣誉、问题少年与人文关怀，以及城市的"温度"等问题，邓一光给出的答案是："你得自己成长。"[1]然后就可以听到"花开的声音"。在《所有的花都是梧桐山开的》中，作为编辑的"我"去梧桐山找当地的客家人了解"是不是深圳所有的花都是梧桐山开的"这一问题，当地的客家人就给"我"讲了1962年5月的"五月大逃亡"事件。邓一光通过这一问题，巧妙地切入历史，反思了著名的"大逃港"。类似的"历史"小说还有《第一爆》，处理的蛇口工业区建设问题以及深圳湾的"偷渡历史"。

邓一光的"问题意识"使得他的深圳小说体现出一种历史的深刻性，也流露出浓郁的人文关怀。我们阅读邓一光的小说，发现他很少写到成功，即使是写成功人士，也有着挥之不去的"惨痛经历"，比如《离开中英街需要注意什么》中的毛更新，即使后来成为大企业家，但在中英街上的遭遇依然无法忘怀。比如《花朵脸》中的"青春纪念馆"，也承载着蓝海鸥母亲的那一段艰难的岁月。邓一光对深圳文学的一大贡献就是他笔下这些形形色色的"失败者"，他们有挣扎，有痛苦，有梦想，也有疑惑，他们张扬着生命的力量，和这个城市同呼吸、共命运。我们通常谈到深圳，会谈到它的成功，谈到短短40年所创造的世界城市史的奇迹，谈到深圳在中国改革开放中的伟大作用，但城市是由一个个人组成的，每一个人都有一段自己的故事，都有自己的悲欢离合。因此，邓一光写这些普通人的绝望与努力，就是在写这个城市的生活史，也是这个城市

---

① 邓一光：《你可以让百合生长》，海天出版社，2014，第45页。

的本色。邓一光在《豆子去哪了》中有这样一段感慨："在这座城市，你只能看到人群，看不到一个一个的人，情况相当诡异。"[①]邓一光的深圳写作实际上就是有意地回归生活本身，回归城市历史本身，通过一个个具体的人，来展现城市的真实面目。

其实，进一步分析，我们会发现，邓一光笔下的这些人物都是伤痕累累，饱受创伤的。比如《深圳在北纬22°27′—22°52′》中的监理工程师，他在梦中变成一匹马，渴望摆脱快节奏生活的高压，自由地奔跑，比如《北环路空无一人》中的"他"，无法安睡，只能抱着被子在角落里悄悄地哭泣，比如《杨梅坑》的两位老人，租一艘船出海，将故人的骨灰撒入大海深处。下面，我就以邓一光的最新长篇小说《人，或所有的士兵》来分析他的创伤书写。

三、《人，或所有的士兵》中的创伤书写

《人，或所有的士兵》发表于2018年《中国作家》第11、12期，后由四川人民出版社于2019年推出，人民文学出版社于2022年12月推出了最新版的《人，或所有的士兵》，该书曾获阅文·探照灯书评人图书奖的"年度长篇小说奖"，也于2022年9月获得第三届吴承恩长篇小说奖。

《人，或所有的士兵》是一部反映二战时期香港保卫战、

---

① 邓一光：《豆子去哪了》，《花朵脸》，花城出版社，2022，第224页。

香港沦陷之后战俘营生活，以及香港光复的故事。主角是一个叫郁漱石的中国人，父亲是国民政府高官。郁漱石曾留学日本五年，后去美国读书。抗日战争爆发后，父亲责令其归国参战，郁漱石在外交部找到一份工作，随后被派到美国华盛顿环球贸易公司，购买军需用品，再后来调入香港，继续做军需工作。太平洋战争爆发时，滞留在香港的郁漱石参加了香港保卫战，因抢修被日军破坏掉的大潭水库被俘，关在桑岛战俘营。二战结束后，他返回香港寻找因战争分手的女友，被军管政权征役，参加了战后赈灾工作，后被国民政府以叛国罪逮捕问罪。整部小说的独特之处是：作者并没有按照战争小说中常用的时间线索来推进情节的发展，而是采用了"证词"（法庭外供述与证人陈述）的方式，构建了一个驳杂的"多声部"世界。在这个"多声部"世界里，充满了战争带来的各种创伤，而邓一光也通过"创伤的书写"，见证了历史，"使之不致由于年深日久而被人们遗忘"[1]。

（一）创伤与"美学的见证"

创伤，本意是外部力量给人身体造成的创伤，后来逐渐扩展到精神层面。大体来说，关于创伤的研究经历了三个阶段。19世纪60年代，约翰·埃里克森发现那些遭受火车事故的创伤者，大都经历了因强烈的冲击带来的震惊（shock）。后来，保罗·奥本海姆将这种因震惊而造成的大脑内部机能改变的现象称之为"创伤性神经症"（traumatic neurosis），这一

---

[1] 希罗多德：《历史：希腊波斯战争史》，王以铸译，商务印书馆，1959，第1页。

研究在法国临床医生J.M.夏科特和皮埃尔·简丽特那里得到了进一步的推进，他们发现了歇斯底里症及其对策（催眠），这一阶段是创伤研究的早期阶段。随着弗洛伊德对创伤研究的不断加深，创伤研究进入第二阶段。弗洛伊德对创伤有一个经典的定义："一种经验如果在一个很短暂的时期内，使心灵受一种最高度的刺激，以致不能用正常的方法谋求适应，从而使心灵的有效能力的分配受到永久的扰乱，我们便称这种经验为创伤的。"[①]通过研究，弗洛伊德还发现创伤的一个突出特点："延迟了的效果"，也即潜伏期。而解决创伤的主要途径，是"谈话疗法"（talking cure）。当病人在有效的引导下，开始复述曾经的创伤遭遇，让"创伤历史"重现，那么病人将会克服心理问题，康复起来。20世纪的两次世界大战，加速了对创伤的研究，因为那些在战争中饱受创伤的士兵，在复员回家后，"通常表现为无端恐惧或惊吓反应；以噩梦、闪回的方式集中于创伤事件，或者创伤事件侵入到日常生活中；一般的烦躁不安、麻木感使得生活无意义，很难亲近他人"[②]。美国精神病学会将此现象界定为创伤后应激障碍（Post-Traumatic Stress Disorder，简称PTSD）。邓一光在《人，或所有的士兵》中，还借郁漱石之口，提到了PTSD，"我大体知道，上过战场的人有急性或慢性心理反应，表现出惊恐、后怕、退缩、内疚、精神压力过大的创伤障碍，坂谷留需要了解我这方面的反应，他称这个叫作战斗应激"[③]。创伤研究的第三

① 弗洛伊德：《精神分析引论》，高觉敷译，商务印书馆，1984，第217页。
② G. Boulanger & C. Kadushin, eds. The Vietnam Veteran Redefined: Fact and Fiction[C]. New York: Erlbaum, 1986. P.25.
③ 邓一光：《人，或所有的士兵》，《中国作家》2018年第11期，第66页。

阶段开始于20世纪90年代，涌现了一批重要的学者，如朱迪思·赫尔曼、凯西·卡鲁斯、多明尼克·拉卡普拉等。随着对大屠杀研究的深入，创伤的"美学见证"开始被提及。在之前的研究中，精神分析家们通过让创伤者"讲述"或"写下"那些惨痛的创伤历史，从而达到治疗的效果。随后，研究者们发现，当作家们通过自己的笔写下"创伤的历史"时，他们也在见证历史。比如托尼·莫里森的《宠儿》，"说出了那些未被言说的历史（speaking the unspeakable）"①。用文学文本来言说"创伤"，即美学的见证（aesthetic witness）②。

邓一光的《人，或所有的士兵》里有大量的创伤描写，"美学的见证"尤其明显。整部小说采用了"证词"（testimony）的形式，多角度地呈现出郁漱石的创伤遭遇，从而见证（witness）了香港沦陷，以及俘虏们在D战俘营的"悲催历史"。郁漱石是以被告的身份出现在小说中的。抗日战争胜利之后，他因涉嫌"通敌罪"被抓，原因有四点：第一，在战俘营里，充当敌人的传译，卑躬屈节；第二，与国民党少校特派员的死亡有关系；第三，二战之后，帮助英国政府工作；第四，与D营战俘被集体屠杀有连带责任。③小说一开始，作者就安排了郁漱石在法庭上进行自我辩护。在辩词中，郁漱石的关键词是"事实"："燊岛上的大屠杀它真实地发生过，你们手中有一份秘密档案，证实它的确存在。""那场屠

---

① J. Brooks Bouson, Quiet as It's Kept: Shame, Trauma, and Race in the Novel of Toni Morrison (Albany: SUNY Press, 2000).

② 美学的见证并不是真实的历史，按照肖莎娜·费尔曼（Shoshana Felman）的看法，美学的见证是"一种接近的真实"，目的是见证历史，勿忘历史。

③ 邓一光：《人，或所有的士兵》，《中国作家》2018年第12期，第130页。

杀，它的确存在。"[1]但郁漱石否定自己是凶手，认为日本遣华军和美国陆军空军才是真正的凶手。这种"在场"的见证增加了可信性，也将日本人如何"引诱"美军对D战俘营进行轰炸的"真相"讲了出来。

卡里·乔·塔认为"创伤文学最重要的主题之一就是去见证，让恐怖的故事回到'常态'，以及去验证人们所经历的真实性"[2]。邓一光通过郁漱石的辩词和庭外供述，还有证人以及辩护律师的庭外调查记录，还原了真实的历史现场：香港保卫战、日军对俘虏的"暴行"。

香港保卫战是从1941年12月8日开始，到12月25日结束，一共18天，由于沦陷的当天刚好是圣诞节，又被称为"黑色的圣诞节"。英国为了预防日本侵略香港，曾经于1934年至1938年间于九龙山脊修建了"醉酒湾防线"，还自城门水塘南段修建了由机枪堡、观测站和指挥所组成的城门碉堡。但没想到，根本抵御不了日本的进攻。穆时英在《英帝国的前哨·香港》一文中写道："虽然伦敦自夸香港是远东最坚强的军港，然而实际上却是一座脆弱的要塞。"[3]香港保卫战爆发时，郁漱石因工作原因滞留在香港，不仅见证了香港沦陷的经过，而且亲自参与了香港保卫战。邓一光通过当天播音员念的新闻稿见证了战争的开始："日本不宣而战，于凌晨12点45分在马来半岛戈塔巴鲁登陆，一小时后又突袭了美国海军基地

---

① 邓一光：《人，或所有的士兵》，《中国作家》2018年第11期，第6页。

② Kali Jo Tal. Bearing witness: the literature of trauma[D]. Yale University, 1991.

③ 穆时英：《英帝国的前哨·香港》，《香港的忧郁》，卢玮銮主编，（香港）华风书局，1983，第88页。

珍珠港，港督宣布香港进入紧急状态。"①郁漱石计划带领工作小组成员逃离香港，途中碰到了英国皇家海军上尉德顿。德顿向郁漱石保证，能打赢这场战争，而且香港能坚守半年，这打消了郁漱石逃离香港的念头。在阿咩的鼓动之下，郁漱石于11日参加金山防线作战，18日参加北角电厂作战，19日和20日参加黄泥涌作战，最后在26日凌晨守军投降前几个小时被俘。郁漱石所参加的这几场作战，都是香港之战中具有典型意义的守卫战，因而其"见证意义"也特别明显。

　　日军对战俘的"暴行"也是邓一光《人，或所有的士兵》所要"见证"的重点。"二战中的战俘数目之大、分布之广是史无前例的。囚禁战俘的工具——铁丝网、电网、竹栅栏、路障星罗棋布，从美国和加拿大延伸开去，穿过英国、意大利、德国和苏联，又直入亚洲、澳大利亚、日本以及太平洋岛国。"②战俘是战争的必然结果。海牙公约体系和日内瓦公约体系，分别用来保护不直接参加军事行动（如平民百姓）或不再参加军事行动（如军事部队的伤、兵员和俘虏）人员的合法权利，但日本却借口没有在《日内瓦公约》全部文件上签字，对战俘施行各种"暴行"。"如果用伤亡去做战俘营的统计数字的话，那么二战同盟国在日本战俘营中的伤亡率是100%"③。邓一光借郁漱石在D战俘营的遭遇，见证了日军对香港战俘营的暴行。在经过"死亡行军"的折磨后，战俘们来

①　邓一光：《人，或所有的士兵》，《中国作家》2018年第11期，第72页。

②　罗纳德·何·贝利：《图文第二次世界大战史（战俘）》，王苹译，中国社会科学出版社，2004，第9页。

③　丹·温：《日本在中国的超级大屠杀》，郝平、吴敏娜译，北京大学出版社，2005，第29页。

到位于桑岛的D战俘营。"一个战俘被杀死，然后是另一个，我到这儿五个月，十七名战俘死掉，他们的腹部和胸口没有中弹，不是死在战场上，而是被活活打死！"①郁漱石利用传译员的身份，竭尽所能，希望能够改善战俘们的生活条件，但却不被其他战俘所理解，还招来仇恨和非议，这也是他后来被指控为"通敌叛国罪"的一个重要原因。郁漱石不得不感叹道："在D营，我仍然是战俘，我和所有的战俘不同的是，我身处两座集中营里，一座日本人的，一座同盟军的。"②

（二）创伤与"国民性批判"

在一次采访中，邓一光表达了自己的战争观："我们的主流文学一直在单纯地宣扬战争的合法性和必要性，单纯地宣扬战争中人的荣誉感和成就感，不止二十世纪五六十年代，现在还在这么做，甚至有过之而无不及，这是令人恐惧的。国家这么宣扬有国家的理由，军事家这么宣扬有军事家的理由，这个理由在于他们是国家或军事家，它的主张一定会建立在国家或军事家的战争观之上。但作家也站在国家战争观的立场上，在自己的文学中嗜血如花，丝毫没有警惕性和耻辱感，不讲道德和良知，连起码的真实也不讲了，这就不是一个简单的集体无意识现状了，而且几乎所有从事战争文学写作的中国作家都在大肆宣扬国家战争观，当代唯中国如是，这种情况让人不可思议了。"③邓一光舍弃了描写战争中的"虚假的光荣"，舍弃

---

① 邓一光：《人，或所有的士兵》，《中国作家》2018年第11期，第60页。
② 邓一光：《人，或所有的士兵》，《中国作家》2018年第11期，第143页。
③ 杨建兵、邓一光：《仰望星空　放飞心灵》，《小说评论》2008年第2期。

了战争小说的"英雄主义的传统"，在《人，或所有的士兵》中描写了战争中"真实的个体"，而这每一个"个体"都伤痕累累，饱受创伤之苦。

在香港守卫战中，疍家人老咩从深圳潜入香港，找到郁漱石，让其帮忙找到东江游击队，参加保卫战。他虽不懂打仗，但却强烈要求上战场，最重要的原因是他的家人全部被日本人杀死了。老咩满腔的热情之下是不忍直视的心理创伤，而他也最终死在了战场上。和一心求死的老咩不同，美国战俘亚伦一直希望能活着回家，他也最终通过战俘交换的方式，如愿以偿，但战俘营的生活给他留下了深深的创伤。"战俘营后遗症是那个时候悄悄到来……一天夜里，我从噩梦中大喊大叫地惊醒过来，劳莉塔正泪流满面地坐在黑暗中哭泣。……她的手臂上，一道一道，全是我在噩梦中对她施暴抓挠出的血痕！"[1]战俘342号老文是一个鞋匠，被俘后在D战俘营帮忙修鞋，由于腰伤犯了，集训时站不直，被矢尺痛打，产生了轻生的念头，他高呼"大中华民族万岁"，后被折磨致死。而另外一个战俘韦黾灶在伙房里啃了一只生芋头，被日本人打成严重内伤。他用自己的生命来和日本人"较劲"，最终被刺刀捅死。这些人都是一个个鲜活的个体，也都遭受着严重的心理创伤。郁漱石对日本陆军省俘虏情报局的刚崎小姬说："D营生活着一些值得学者研究的战俘，他们注意力无法集中，解决问题困难，很容易发生判断错误，却对声音、光线和一些奇怪的昆虫有着夸张的害怕反应或者延迟的震惊。他们会经常性地突然回

---

① 邓一光：《人，或所有的士兵》，《中国作家》2018年第12期，第79页。

到某个战斗场景的幻觉里，听见炮弹在身边炸响，嗅到尸体腐烂的气味，把菜汤当成人血，把同伙当作敌人。"①以上的表现都属于创伤后应激障碍。

邓一光还在小说中描写了一个饱受创伤的香港慰安妇，她被囚禁在战俘营碉堡的三楼，虚弱、无力，每天昏沉沉，她唯一主动想做的事情是搜集死去的蝴蝶和各种草籽。郁漱石希望能将她从战俘营中救走，但她却害怕回到香港，害怕回到人间，她最终死在了战俘营，她的名字叫邝嘉欣。受邝嘉欣的启发，郁漱石也计划在战俘营中搜集一些物品，最终，他发现可以通过搜集战俘家人的名字，来为地狱般的生活找到精神的寄托。郁漱石搜集名字的行为是一种治疗创伤的手段，也是一种寓言和象征："一千多名形容枯槁的战俘，他们是人类的乔木、灌木、藤木、草类、蕨类、藻类、苔藓和地衣，他们在D营停止了生长，以不同的方式死去或者等待死去，证明他们还活着的只有他们的根、茎、叶、种子和孢子，那是他们的家人，家人还活着，活着可能活着，在D营之外继续延续着二十五亿年的花开蒂落。"②

邓一光通过描写战争中各种饱受创伤的人，见证了一段黑暗的历史，也批判了日本人的暴力和残忍。在这种批判中，邓一光将思考的触角伸向了"国民性"话题。"国民性"这一词是从日本引进过来的。福泽谕吉在《文明论概略》中，以西方文明为参考，认为"日本的文明，还远不及西洋各国，……是因为人民的智德不足，为了达到这个目的，必须追求智慧和

---

① 邓一光：《人，或所有的士兵》，《中国作家》2018年第11期，第127页。
② 邓一光：《人，或所有的士兵》，《中国作家》2018年第12期，第85页。

道德。这就是目前我国的两个要求"①。他大力提倡"脱亚入欧"，深刻地影响了日本人的精神。美国学者鲁思·本尼迪克特在《菊与刀》中总结了日本人的特性：矛盾的合一性。"刀与菊，两者都是一幅绘画的组成部分。日本人生性极其好斗而又非常温和；黩武而又爱美；倨傲自尊而又彬彬有礼；顽梗不化而又柔弱善变；驯服而又不愿受人摆布；忠贞而又易于叛变；勇敢而又怯懦；保守而又十分欢迎新的生活方式。"②关于这一特性，邓一光在《人，或所有的士兵》中也有表现。日本军人对待战俘极其残暴，但作为参与战俘研究项目的郁漱石却得到了"友好的"对待，而且还为其提供了丰盛的饭菜。但当日本人发现郁漱石在"告密"时，又开始虐待他。但这并不是邓一光想表现的重点，重点是关于中国国民性的思考与批判。

甲午战争，中国惨败，严复将失败的原因归结为"民力已堕，民智已卑，民德已薄之故也"③，于是，他提出"鼓民力""开民智""新民德"。梁启超则在此基础上提出"新民说"，认为"新民为今日中国之第一急务"。④此后，邹容、鲁迅都对中国的国民性进行了思考。鲁迅认为最要紧的是"改造国民性"，并提出了"立人"思想："国人之自觉至，个性张，沙聚之邦，由是转为人国。人国既建，乃始雄厉无前，屹然独见于天下。"⑤对国民性的反思和批判在"五四"之后得

① 福泽谕吉：《文明论概略》，商务印书馆，1959，第95页。
② 鲁思·本尼迪克特：《菊与刀——日本文化的类型》，吕万河、熊达云、王智新译，商务印书馆，1996，第2页。
③ 刘梦溪主编：《中国现代学术经典·严复卷》，河北教育出版社，1996，第549页。
④ 梁启超：《梁启超文集》，内蒙古人民出版社，1999，第128页。
⑤ 鲁迅：《鲁迅全集》第1卷，人民文学出版社，1981，第56—57页。

到了进一步的发展，但另一个促进中国国民性发展的因素却被忽略了，即战争。邓一光借小说人物之口，探讨了战争和国民性的关系。"经过长达十数年的战争，中国人的民族性开始向国民性发展，也许这是中国从这场战争中得到的唯一好处，它终究会积弱变强，不需要美国、你们和苏联指手画脚"①。将国民性纳入对战争的思考中，这是邓一光战争小说的一个突出特点，"战争靠人来进行，国民性才是现代战争中最关键的战斗力"②。因此，我们也就很清楚地看到，邓一光尽管反对战争的危害性，但也没有否定战争的积极意义："战争是人类生活的一种基本状态，是人类文明最大的灾难和原动力。"③

邓一光在《人，或所有的士兵》对国民性的"批判"，并没有指向"奴隶的根性"，而是指向"历史的健忘症"上。"中国是这场战争中第一个被法西斯攻击的国家，也是最后一个摆脱战争的国家，可是，政府正在听任这件事情轻松地消失掉，甚至它已经决定遗忘过去的一切"④。冼白宗之所以愿意做郁漱石的辩护律师，是因为他发现大家已经开始忘记刚刚过去的这场战争，"这场战争刚刚结束，它已经开始被人们忘记了"，而忘记历史就意味着背叛，必将受到历史的惩罚。于是，从这个意义上讲，"美学见证"与"国民性批判"在《人，或所有的士兵》中，达到高度的统一。

---

① 邓一光：《人，或所有的士兵》，《中国作家》2018年第12期，第123页。
② 邓一光：《人，或所有的士兵》，《中国作家》2018年第12期，第29页。
③ 杨建兵、邓一光：《仰望星空　放飞心灵》，《小说评论》2008年第2期。
④ 邓一光：《人，或所有的士兵》，《中国作家》2018年第12期，第127页。

（三）创伤与"身份的迷思"

小说中，郁漱石的身份一直是个谜，这也成了其永久的创伤。郁漱石的父亲是国民党高官，但其生母却是个日本人，郁漱石的父亲从来没有告诉他关于"生母"的具体身份：叫什么名字，家在日本的哪里，现在从事什么工作。经过多方打探，郁漱石隐约知道了一些片段：生母姓刚崎、日本帝国大学助理研究员、1946年随日本代表团来中国，1947年回日本。为了找到自己的亲生母亲，郁漱石特意去日本读书。弗洛伊德认为："创伤的作用可以被合并进所谓的正常自我（normal ego），并且，即使这些作用的真实原因及历史根源已被遗忘，它们仍然以持续趋向的形式给自我增添了历久不变的性格特征。因此，如果一个男人在过度的'母亲固定作用'（mother-fixation）中度过了他的童年，他也许会终生寻求一个可以依赖的女人，受她供养和照顾。"① 反之，当一个男人在缺失"母亲固定作用"时，就会造成不正常的自我，影响个性之发展。生母的缺失，让郁漱石饱受心理创伤，他试着用文学来抚慰自己，去日本读书学习的也是日本文学。他在日本结交了朋友，还有一个日本女朋友加国加代子，但随着日本对中国侵略的深入，父亲让其回国打日本鬼子。这让郁漱石陷入两难境地："我到底是中国人还是日本人？""如果我说不清楚我是什么人，我又怎么可以煽动起报国的激情？我该报生父的国，还是生母的国？我能为它，为它们做什么？或者相反，它和它们能为我做什么？或者我和它本来应该做，但我们没有

---

①　弗洛伊德：《摩西与一神教》，李展开译，生活·读书·新知三联书店，1992，第65页。

做，没有做到，不肯做？"①

郁漱石最终回到了中国，参加了香港守卫战，并成了战俘，被关在D战俘营里。日本人对战俘的虐待和暴行不停地冲击着郁漱石的神经，"我觉得我被东亚文学欺骗了，这不是我知道的日本"②。郁漱石也深受PTSD之苦，"我的确犯了魔怔，身体不断颤抖，内心被羞愧的锯齿锯得吱吱作响，甚至对每天少得可怜的杂菜汤也不再有胃口。我无法在夜里入睡，眼睛一闭上，就有大群模样怪异的魑魅魍魉朝我涌来"③。身份的"迷思"，造成了郁漱石性格的忧郁。郁漱石如同在巴黎"漫游"的波德莱尔，"从忧郁中汲取营养"，穿行在战俘营中，投来"一种疏离者的目光"。④忧郁是郁漱石的影子，和他形影不离，也可以说是他的"身份"。"这孩子和别的孩子不同，性格孤僻，喜欢置身于世人之外，一个人待着，以缄默掩饰敏感和忧郁"⑤。当其美国朋友问他"郁是什么意思？"郁漱石说："草木茂盛，还有，忧愁。"⑥桑塔格在《土星照命》一文中认为，本雅明，以及连同本雅明所喜欢的波德莱尔、普鲁斯特、卡夫卡、卡尔·克劳斯都有这种"忧

①　邓一光：《人，或所有的士兵》，《中国作家》2018年第11期，第9页。
②　邓一光：《人，或所有的士兵》，《中国作家》2018年第11期，第29页。
③　邓一光：《人，或所有的士兵》，《中国作家》2018年第11期，第55页。
④　本雅明：《巴黎，19世纪的首都》，刘北成译，上海人民出版社，2006，第20页。
　　本雅明这样描述"忧郁的"波德莱尔："波德莱尔的天才是寓言家的天才；他从忧郁中汲取营养。在波德莱尔笔下，巴黎第一次成为抒情诗的题材。这种诗歌不是家园赞歌。当这位寓言家的目光落到这座城市时，这是一种疏离者的目光。"
⑤　邓一光：《人，或所有的士兵》，《中国作家》2018年第11期，第7页。
⑥　邓一光：《人，或所有的士兵》，《中国作家》2018年第11期，第32页。

郁"特质，具有"将世界拖进其旋涡中心的孤独"①，"需要孤独——伴随着因自身孤独而感到的痛苦，这是忧郁的人所具有的一个特征"②。个体的忧郁与城市的忧郁形成一种互动关系。比如波德莱尔的巴黎，本雅明的柏林，以及帕慕克的伊斯坦布尔。③

这样，我们进一步衍生，就会发现，郁漱石的"忧郁"和香港形成了一种同构关系。"忧郁"也成了邓一光对香港的命名与书写。香港是不好言说的，也是很难定位的。白先勇在《香港传奇》一文中说："这个六百万人居住的小岛是都市中的都市，其历史之错综复杂，文化之多姿多彩，社会上各色人等，华洋混杂，可谓琳琅满目，应有尽有。恐怕世界上还找不到第二个像香港这样无以名之的奇异区域。"④连小思都在《香港故事》中感叹："香港，一个身世十分朦胧的城市！"⑤也有作家从"忧郁"的角度来写香港，比如适夷在《香港的忧郁》一文中说："习惯了祖国血肉和炮火的艰难的旅途，偶然看一看香港，或者也不坏；然而一到注定了要留下来，想着必须和这班消磨着、霉烂着的人们生活在一起，人便

① 桑塔格：《土星照命》，姚君伟译，上海译文出版社，2018，第107页。
② 桑塔格：《土星照命》，姚君伟译，上海译文出版社，2018，第124页。
③ 瑞典学院在2006年颁给帕慕克的诺贝尔文学奖授奖词上说："他（帕慕克）在对家乡忧郁灵魂的探求中发现了文化冲突与融合的新象征。"只不过帕慕克用"呼愁"来代替这种忧郁。
④ 白先勇：《香港传奇——读施叔青〈香港的故事〉》，《白先勇文集第4卷：第六只手指》，花城出版社，2000，第351页。
⑤ 小思（卢玮銮）：《翠拂行人首》，黄念欣编选，中华书局，2015，第126页。

会忧郁起来。"①这里的"忧郁"仅仅是一种个人情绪。但邓一光对香港的"忧郁"定位，是一种身份和关系。香港是谁？香港属于谁？香港和"我"有什么关系？这也是邓一光"城市书写"一直所关注的东西。

在《人，或所有的士兵》中，当日本开始侵略香港的时候，郁漱石曾想着逃离，结果被老咩训斥一顿："你不是中国人？你不愿意为民族和国家而战？"②在老咩看来，保卫香港是义不容辞的，因为香港是中国的一部分。郁漱石带着小组成员，参加了香港保卫战，但香港仅仅18天就沦陷了。成为战俘的郁漱石有机会接触到同为战俘的摩尔上校，根据摩尔上校的说法，原来英国殖民地部曾计划"宣布香港为不设防城市"，后来放弃了这一计划，"首相说，战时发生在香港的一切罪行，都将留待战后的和平会议解决"③。法国外交部秘书长莱热曾对国民党的外交官顾维钧说："如果香港受到威胁，英国可能派遣一些舰队到那里去，这仅仅是为了维护它的威严。至于为了香港而卷入战争，它并没有这种意向。"④因此，香港沦陷也是必然的。太平洋战争时期，香港所涉及的各种关系错综复杂，但邓一光还是不厌其烦地去描写香港沦陷的经过，以及日本投降之前的"香港归属问题"，其目的是对香港这一时期"创伤历史"的见证，来反思香港的身份。

---

① 卢玮銮编：《香港的忧郁——文人笔下的香港（1925—1941）》，（香港）华风书局，1983，第125页。

② 邓一光：《人，或所有的士兵》，《中国作家》2018年第11期，第32页。

③ 邓一光：《人，或所有的士兵》，《中国作家》2018年第12期，第15页。

④ 顾维钧：《顾维钧回忆录（3）》，中国社会科学院近代史研究所译，中华书局，1985，第34页。

　　　　　　　　　　　　　深圳文学的十二副面孔

另外，为了表现"香港的忧郁"，邓一光还在小说中提到了"南来作家"。重点写到了两个作家：戴望舒、萧红。戴望舒在香港沦陷期间，因不与日本人合作被关进了监狱，后被放出。他有一首著名的诗歌《我用残破的手掌》，表达了不屈的斗志。"以后听说那位现代派诗坛领袖在监狱里受了不少皮肉苦，人却倔强得很，死活不与日人合作，给我留下好印象"①。而萧红在香港的遭遇则是邓一光重点描写的对象。香港守卫战之前，郁漱石会去买《星岛日报》，因为萧红在上面有连载小说。邓一光没有说出这本书的名字，但熟悉萧红的人都知道，那篇连载的小说是《呼兰河传》，是萧红的代表作，也是她沦落在香港所写的思乡之作。当香港重光之后，获得自由的郁漱石还专门跑到浅水湾酒店，"凭吊一位姓张的华人女作家"②。这里，邓一光将萧红的"忧郁"与香港的忧郁勾连起来，进一步表达了香港的"忧郁"。

汉娜·阿伦特在《黑暗时代的人们》中说："即使是在最黑暗的时代中，我们也有权去期待一种启明（illumination），这种启明或许并不是来自理论和概念，而更多地来自一种不确定的、闪烁而又经常很微弱的光亮。"③郁漱石是一种"光亮"，虽然他是"忧郁的"。在邓一光笔下，这种"忧郁"的个体身份与香港的"忧郁"形成一种互文，并通过"美学的见证"，记录了创伤的历史。《人，或所有的士兵》也是一种"光亮"，记录了历史，也承载了历史，是邓一光文学创作的新高度。

---

① 邓一光：《人，或所有的士兵》，《中国作家》2018年第12期，第61页。
② 邓一光：《人，或所有的士兵》，《中国作家》2018年第12期，第114页。
③ 汉娜·阿伦特：《黑暗时代的人们》，王凌云译，江苏教育出版社，2006，第3页。

面孔二：杨争光

如果我能够，我要写一写杨争光，为自己，也为深圳。深圳的文坛是如此热闹，又是这样寂静和空虚。

明眼人一读到上面这段话，就猜到了文字的出处——"模仿"了鲁迅《伤逝》的开头部分。之所以这样开头，有两个主要的原因。第一，深圳为何如此"忽视"杨争光？让人摸不着头脑。第二，杨争光的小说和鲁迅有千丝万缕的联系。关于第二个原因我晚一点再谈，先来看看第一个。

一、深圳为何忽视杨争光

深圳为何"忽视"杨争光？这里的"深圳"主要指深圳文坛和批评界。近几年深圳批评界推出的深圳文学研究著作或论文，几乎没有提到杨争光。[①]到底出了什么问题？难道杨争光不是深圳作家吗？难道杨争光的小说就不属于深圳文学的范畴吗？为了求证答案，我试着找出杨争光的"深圳故事"，以证明杨争光首先的确是一名深圳作家。

---

① 深圳职业技术学院深圳文学研究中心推出的"深圳文学研究文献系列"丛书第1辑（共4本），有一本杨争光的研究资料汇编《真意凝结——杨争光作品评论集》（广西师范大学出版社，2021），是一个不错的开始。

杨争光是1999年调来深圳的，据他在《说"深圳制造"——答〈深圳商报〉记者问》一文中所说，2000年开始创作的长篇小说《从两个蛋开始》是他"作为深圳作家创作的第一部作品"①。《杨争光文集》（10卷本）其中有一大半的文字都是写于2000年之后的，而10卷本的《杨争光文集》也是由深圳的出版社——海天出版社推出的。在《笔记本里的交谈（四）》中，杨争光坦言，"从2005年5月15日入住深圳"②，用朋友赠送的笔记本记录自己的"深圳见闻"已经持续了好多年。为了更好地了解这座城市，杨争光还去布吉挂职锻炼。杨争光曾经担任深圳市作协副主席，在深圳创建了自己的工作室——杨争光文学与影视艺术工作室，主办了一系列的文学活动，参与这座城市的"文化建设"。他主办了"城市创意写作营"，为深圳培养了大量的年轻作家，还主编了一套"深圳新锐小说文库"，收录了包括蔡东、弋铧、毕亮、厚圃、徐东、陈再见、刘静好、曾楚桥、郭建勋、钟二毛、俞莉、宋唯唯等12名深圳青年作家的优秀作品，这是深圳青年作家群在深圳文坛第一次集中亮相。杨争光对深圳这座城市饱含着感情，他说："'深圳的'，在我的情感世界里，就是'自家的'。自家人亲自家人，自家人进自家门，这也是一种'自然'。"③杨争光还有不少谈论深圳的文字，比如他对深圳文

① 杨争光：《说"深圳制造"——答〈深圳商报〉记者问》，《杨争光文集·卷拾·回答卷》，海天出版社，2013，第220页。
② 杨争光：《笔记本里的交谈（四）》，《杨争光文集·卷九·交谈卷》，海天出版社，2013，第267页。
③ 杨争光：《作者致谢》，《杨争光文集·卷九·交谈卷》，海天出版社，2013，第363页。

学的态度："深圳是一个移民城市，它由不同身份的人组成，都有着各自的背景，各自的专长。就深圳这个本土文学来说，它的文化世界是需要时间的。要形成这种独特的文学个性，还需要相当长的时间。"[①]杨争光对深圳文学的发展是持肯定态度的，并且他认为深圳文学的一个突出特点是"多元的"，对待深圳文学也应该要有"包容性"。"我们对深圳文学的界定，前提就是，深圳是一个移民城市，它的根在全中国，全中国文化的根都应该被深圳利用。深圳文学一定是多元的，它的生活形态也应该是多元的。它应该是一个包容性最强的城市，很可能这种包容性将来会成为深圳文学一个非常突出的特点"[②]。

　　既然杨争光"深度参与"了深圳文学与文化的建设，为何深圳文坛会"忽视"他呢？带着这个疑问，我继续寻找答案。我买来杨争光的绝大部分著作，还从孔夫子网上淘到杨争光读大学时发表在《山东文学》1981年第1期的短篇小说《霞姐》，集中花了一段时间来阅读杨争光的作品，我似乎渐渐找到了答案。第一，杨争光一直远离文坛，很少参加学术研讨会，保持着作家的独立与超脱，这让我想到美国作家科马克·麦卡锡，也基本上不参加学术活动，不参加新书推介会，希望用作品说话。当你远离文坛时，文坛也远离你。毕竟，文坛是爱热闹的。第二，杨争光不仅写小说，还写剧本。杨争光是国家一级编剧，经典的西部电影《双旗镇刀客》的剧本就出

---

① 杨争光：《当成教育问题　只开了一把锁——答〈晶报〉记者问》，《杨争光文集·卷拾·回答卷》，海天出版社，2013，第90页。

② 杨争光：《当成教育问题　只开了一把锁——答〈晶报〉记者问》，《杨争光文集·卷拾·回答卷》，海天出版社，2013，第92页。

自杨争光之手，而广受称誉的央视版《水浒传》的第一编剧同样是杨争光，他还写了大量脍炙人口的影视剧本，比如《黑风景》《流放》《棺材铺》等。也许，在很多"专业作家"看来，杨争光写剧本挣钱是"不务正业"，必然会影响到他的小说创作。但实际上，剧本创作让杨争光可以远距离"打量"小说创作，给了他新的写作空间。杨争光有意增强了小说叙事的"故事性"，小说情节跌宕起伏，引人入胜。"故事性"也成为杨争光小说创作非常重要的特点。第三，杨争光的小说不太容易读懂。虽然说杨争光的小说好看，故事性强，但当你读完之后提笔写评论时，却发现一时语塞。杨争光的小说常常会隐去具体的时代和背景，小说中的故事可以发生在任何时期。就拿《黑风景》来说，我们看到的人性的贪婪、残忍、自私，还有愚昧，可以放在任何时间、任何地方。当然，杨争光还是通过鳖娃将人性中美好的一面展现出来。第四也是最重要的一点，杨争光不写深圳，杨争光主要将目光投向自己的故乡，写"符驮村"的人和事，他广受好评的作品《对一个符驮村人的部分追忆》《老旦是一棵树》《从两个蛋开始》都是农村题材的作品。也许在一部分评论家的认识里，深圳作家就应该写"发生在深圳的故事"，写农村题材的作品怎么能和深圳这样的大都市联系起来呢？实际上，这是一种错觉。杨争光也专门对此进行了分析："深圳作家就只能写深圳，不写深圳就不是深圳作品，这种看法是狭隘的。深圳是个移民城市，本身就携带着全中国各个地方的地域文化，它应该是最有包容性的，一个城市应该有宽广的胸怀。很可能我写的不是这块地方，但我在这块土地上的生活经历肯定和我的作品是有关系的，这块土地上的精神已经内化在我的作品里了。"①的确如此。深圳作家写深圳，当然没有问题，但深圳作家写其他地方，也应该被鼓励和肯定。

杨争光是一个被严重低估的作家，他的乡土叙事与民间表达可以追溯到五四时期，并和鲁迅的"故乡书写"形成互动，他对农民的"根性"揭露又和鲁迅的"国民性"批判产生千丝万缕的关系，是五四精神在新时代的延续。杨争光的批判性笔触通常用幽默的喜剧方式表达出来，让读者在捧腹大笑之余，心头一震，会反观"自身的小我"，从而达到"自我反思"的效果。杨争光是中国当代文学一个独特的存在，深圳文坛不应该"忽视"杨争光。那么，杨争光到底给深圳文学带来了什么呢？

二、杨争光对深圳文学意味着什么

记得有一个作家曾经说过这样一句话："深圳这个城市很奇怪，它只有今生，没有前世。"大概的意思是说深圳这座移民城市只有40多年的城市建设史，缺少历史的底蕴和积累。这句话有一定的道理，将移民的个人历史与城市历史结合起来，看重城市的"现在时"，但忽略了城市的"过去时"。深圳这个城市真的没有"历史"吗？深圳真的如很多人所讲的那样是由一个小渔村发展起来的吗？我们来看看深圳的"前世"。

---

① 杨争光：《兴趣更在"原住民"——答〈深圳商报〉记者问》，《杨争光文集·卷拾·回答卷》，海天出版社，2013，第219页。

"深圳"之名，史籍记载最早见于清代康熙年间所编的《新安县志》，地理志内"墟市"条目下的"深圳墟"，其旧址位于今深圳市罗湖区东门老街一带，是一个规模不大的集市。"圳"，是田边的水沟或河沟，"深圳"即是一条深深的河沟。据考证，深圳的建城史超过1700年。深圳市的前身"宝安县"建于东晋咸和六年（331），属于东莞郡，郡治和县城都设在今天的南头古城。唐朝政府在深圳南头设立军事机构——屯门镇，驻兵2000人。明朝洪武二十七年（1394）设置大鹏守御千户所。明朝万历元年（1573）东莞县部分设立新安县，县治在南头古城。直到1911年，深圳地区一直属于新安县管辖。1914年，因新安县与河南省新安县重名，新安县被改回宝安县。1979年，国务院批准宝安县改为深圳市。

　　因此，如果仅仅盯着改革开放40年的"特区建设史"，可能就会忽略这片土地曾经有着非常悠久的历史。而且，"小渔村"的说法也并不成立。"小渔村"说法之所以曾经流行，一方面是对深圳历史的有意遮蔽；另一方面也是为了凸显深圳在短短几十年里所取得的经济建设成就的权宜之计，现在正确的说法是"边陲小镇"。

　　作为边陲小镇的深圳，改革开放40年，吸引了大量的外来人口，"本地人"成了"少数者"，这是深圳人口的一个突出特点。深圳是个移民之城，据《2021年深圳市国民经济和社会发展统计公报》显示，截至2021年底，深圳市全市常住人口1768.16万人，其中，常住户籍人口556.39万人，常住非户籍人口1211.77万人，这还不包括大量的临时来深寻找工作机会的"流动人口"。而在常住户籍人口中，绝大多数也是来自全国各地。《2020百度迁徙大数据》显示，深圳常住人口超过50%来自广东本省，排在前三名的是东莞、惠州、广州，而外省建设者来源地最多的三个省为：湖南、广西、江西。在深圳，人们见面的第一句话不是问"你吃了吗"，而是问"你来自哪儿"。每一个移民都携带着自己的历史，和这个城市一起创造了新的历史。所以，杨争光写他的故乡，写故乡的人和事，也是在写深圳，在某种意义上，他是在为深圳"寻根"。这是杨争光对深圳文学的第一个重要贡献。

深圳的作家大都是移民，除了本土代表作家廖虹雷、谢宏、林棹之外，杨争光、邓一光、蔡东、刘西鸿、吴君、南兆旭、黄灿然、盛可以、薛忆沩等都是移民，他们有些作家已经离开了深圳，但依然为深圳文学留下了重要的一笔，比如刘西鸿的《你不可改变我》、盛可以的《北妹》、薛忆沩的《深圳人》，因此，我们在谈论深圳文学时，并不能忽视这些已经离开深圳的作家。同样，我们在研究深圳作家时，也绝对不可以忽视作家们的"故乡"。在某种程度上，我认为这是我们谈论深圳作家的另一个基本前提。

杨争光来深圳已经20多年，尽管他并没有一直都待在深圳，但他对故乡的执着书写已经彰显出巨大的文学史意义。杨争光的"符驮村"可以和莫言的"高密东北乡"、福克纳的"约克纳帕塔法"相媲美。20世纪80年代中后期，杨争光的乡土小说主要关注贫瘠土地上的"现代性挣扎"，着重表现黄土地上的贫困、愚昧，以及对现代生活的向往及不可得的苦痛，比如《从沙坪镇到顶天崂》中的"孩子"，不甘心辍学，不想回到贫瘠的黄土地生活，但又无法改变自己的现状，只能认命。类似的作品还有《鬼地上的月光》《干旱的日子》等。到90年代初期，杨争光依然是写乡土生活，但作者的语言更加诙谐幽默，小说的背景逐渐虚化。杨争光试图还原整个中国农民的"精神现实"，写出农民的"根性"，比如《杂嘴子》《老旦是一棵树》，后者甚至可以看成是"民族寓言式"的作品，将农民的自私、愚昧、占便宜、认死理的"心理暗疾"刻写得入木三分。从90年代中后期开始，杨争光开始了长篇小说的创作，比如《越活越明白》《从两个蛋开始》《少年张冲六章》都是这一努力的结果。这些小说的主题依然是农村题材，杨争光依然"固执"地写作自己的"符驮村"。但"符驮村"也是深圳文学的一个重要收获，尽管"符驮村"和深圳相距甚远，但"符驮村"作为"原乡"，是那些来深圳生活的移民的"故乡"的象征。杨争光为自己"寻根"，也在为深圳"寻根"。杨争光说："中国是一个农民国家，中国的城市到目前还是都市村庄。农民的根性渗透在我们的各个方面，我们的行为方式，依然是农民的行为方式。"①虽不无偏颇，但也道出了某种现实。

　　杨争光的那些经典小说《黑风景》《老旦是一棵树》《公羊串门》《从两个蛋开始》《驴队来到奉先畤》是中国当代文学的重要收获，这些作品也是深圳文学的经典篇章，因此，杨争光对深圳文学的第二个重要贡献是"经典作品"。杨争光在一次采访时说，要对深圳文学持包容、开放的态度，因为深圳

---

① 杨争光：《"我更像一个游击队以"——与张清的对话》，《杨争光文集·卷拾·回答卷》，海天出版社，2013，第112页。

文学的发展尽管有一定的规模，但"它的文化世界是需要时间的。要形成这种独特的文学个性，还需要相当长的时间……一个城市要有成熟的文化文学艺术方面的积淀，要有代表性的作者，可能还要100年以上。我觉得这个才是正常的"①。杨争光说得有点谦虚，其实不需要100年，考察深圳40年的文学历史，深圳已经涌现出一批经典作家，比如杨争光、邓一光、蔡东，也有一批经典作品，比如《你不可改变我》《小个子马波利》《公羊串门》《深圳在北纬22°27′—22°52′》《来访者》《出租车司机》；因此深圳文学不能没有杨争光，更不能忽视杨争光。

杨争光对深圳文学的第三个贡献是将深圳文学的传统与五四精神联系在一起。五四精神所具有的那种批判性在杨争光的小说里有鲜明的体现。"我想通过这本书，延伸一下我们所谓的古老的根系。我觉得还是应该跟五四的精神接通"②。杨争光所说的"这本书"是《少年张冲六章》，杨争光想在这本书里揭示出我们民族的"劣根性"，更进一步说是"根性"。当然批判性哪里都有，为何独独强调杨争光呢？杨争光小说世界里对"国民性"的深入揭露和深刻反思，让我们想到鲁迅对中国国民性的批判。杨争光在多个场合都多次称赞鲁迅，推崇鲁迅，"在作家中，我喜欢列夫·托尔斯泰和鲁迅"③。"我

---

① 杨争光：《当成教育问题　只开了一把锁——答〈晶报〉记者问》，《杨争光文集·卷拾·回答卷》，海天出版社，2013，第90页。

② 杨争光：《"我们的精神内质跟月亮太阳一样没变——答〈南方周末〉朱又可问"》，《杨争光文集·卷拾·回答卷》，海天出版社，2013，第38页。

③ 杨争光：《杨争光文集·卷九·交谈卷》，海天出版社，2013，第28页。

敬佩鲁迅先生'困兽'一样的抗争和'战斗'。他所存的希望，也是'困兽'一样的希望"①。杨争光还在自己的文章中多次提到少年时和"鲁迅"的偶遇，以及多次重读《鲁迅全集》的经历。在2016年的深圳市民大讲堂上，杨争光专门谈论鲁迅和他的成就，认为鲁迅是"一座无人企及的孤峰"。杨争光的《老旦是一棵树》是《阿Q正传》的"当代延续"，下面，我就仅从杨争光最新发表的一部小说《我的岁月静好》来具体论证。

三、《我的岁月静好》与鲁迅和知识分子及国民性之关系

《我的岁月静好》这部小说和鲁迅、知识分子、国民性之间存在着千丝万缕的联系，比如小说中的"S城"仿佛是鲁迅《在酒楼上》《孤独者》《琐记》《父亲的病》中的"S城"；小说中"看的主题"又和鲁迅揭露国民劣根性的"看客"有内在的关系；而德林抽烟只抽中华烟，又让我们隐隐联想到《孔乙己》中的话："孔乙己是站着喝酒而穿长衫的唯一的人。"②《我的岁月静好》主人公德林和孔乙己有"千丝万缕"的联系，他俩都是读书人，他俩都会"为自己辩护"。当德林面对妻子所引发的"生活压力"议论时，特别像孔乙己辩

---

① 杨争光：《杨争光文集·卷九·交谈卷》，海天出版社，2013，第317页。
② 鲁迅：《孔乙己》，《鲁迅全集·第1卷》，人民文学出版社，2005，第458页。

解"读书人窃书"的问题;而边先生对"四"字的考证,仿佛是孔乙己所说的"回字有四样写法";德林和马莉的婚姻状态,又仿佛是《伤逝》的"续写"。德林因忍受不了马莉"讨厌翻书的声音"不得不跑到单位去读书,而在《伤逝》中,涓生为了躲避子君的"目光压迫"只好跑去图书馆看书。《我的岁月静好》中李不害的母亲对村主任吐唾沫被打死,而在《阿Q正传》中,阿Q对着王胡吐唾沫时,被王胡痛打了一顿。《我的岁月静好》也有多处直接提到了阿Q和鲁迅的文章。

《我的岁月静好》中的"鲁迅因素"还有不少,但把它们全部罗列出来进行对比并没有太大的意义。我们可以说《我的岁月静好》是对鲁迅的"致敬之作",但仅仅看到"致敬"显然是浮于表面,没有看到《我的岁月静好》的价值所在。杨争光很少写知识分子题材的小说,很少写城市题材的小说。他曾说,中国还没有真正意义上的城市,中国的城市归根结底还是"都市村庄"①。所以,他主要写农村,"不仅仅和我的兴趣有关,还因为,我们民族的根在那个地方"②。杨争光曾经尝试写过城市题材的小说《越活越明白》,但反响并不是太好,于是,他对城市题材的小说写作一直保持着克制和谨慎,这次的《我的岁月静好》主要写城市——S城,主要写知识分子——德林的生活,实际上是对鲁迅所揭露的国民性——"看客"的新思考。

"看客"在《我的岁月静好》中占据着"核心地位"。小

---

① 杨争光:《杨争光文集·卷十·回答卷》,海天出版社,2013,第112页。
② 杨争光:《杨争光文集·卷十·回答卷》,海天出版社,2013,第269页。

说中几乎谈到关于"看"的方方面面。德林"看"上马莉，德林"看"马莉的身体，德林"看"书，德林"看"妻子出轨，德林"看"李不害杀人，德林"看"末末长大，德林"看"车祸事故，德林"看"老屋被强拆。德林仿佛洞察一切，但这种洞察是"事不关己高高挂起"，也是"一切和我没有关系"，是超然的。但德林真的能做到"超然"吗？答案是否定的。因此，德林的"隔岸观火"就带有了鲁迅所批判的国民劣根性——麻木的看客。

在鲁迅的笔下，"看客"是国民画像的一个重要特征。鲁迅有一篇小说《示众》，描绘了大街上的"看客"形象——所有人都在"看"，既"看"别人，也被别人"看"，但这种"看"是无聊的，是不及物的，是不产生任何实际价值的。这种"看"的众生相恰恰是国人精神麻木的一个象征。鲁迅在日本读书时，曾经在课堂的幻灯片上看到那些围观的中国人，麻木、愚昧，这直接让鲁迅弃医从文，渴望改造中国的"国民性"。《狂人日记》《药》《阿Q正传》《祝福》都是揭批"看客"的重要文本。《狂人日记》中"我的呓语"，揭露出"礼教吃人"的历史真相，但以"哥哥"为代表的知识分子却是历史的"帮凶"；《药》中"革命者的血"并不能唤醒沉睡的国人，反而成为治疗"痨病"的"药引"；《阿Q正传》中的"精神胜利法"恰恰是阻止"看客"觉醒的隐形心理特征；《祝福》中祥林嫂对"我"的发问，恰恰是鲁迅对知识分子沦为"看客"的暗讽。鲁迅小说中的"看"既指向庸众之间的看与被看，也指向先驱者与群众之间的看与被看。但细究起来，鲁迅对"知识分子"沦为"看客"揭露得最深，也表现得最隐晦。比如《范爱农》中的"无路可走"，《孤独者》中的"魏连殳"。《我的岁月静好》的主角也是"知识分子"，这样我们就看到一种历史的承接。一百多年过去了，鲁迅笔下的"知识分子"变成什么样了？杨争光给出了自己的答案。

在《我的岁月静好》中，知识分子德林是一个"看客"。他以王尔德的名言作为生活的准则——"成为自己生活的旁观者，可以避免生活的很多烦恼"。他目睹了一场车祸，但并没有停下来施救，也没有打电话报警。他冷静地给马莉讲述自己看到的车祸现场，并让马莉不要对那些"看客"做任何"道德的评判"。他目睹了一场凶杀案，为了躲避成为目击证人的麻烦，他主动离开老家，回到S城。当妻子有了外遇之后，他也表现得很冷静，以一个"旁观者"的角度来分析马莉出轨的各种表现，并表示接受现状，不离婚。德林的这种表现特别像加缪的名作《局外人》——生活在生活之外。但，仔细分析，发现德林的行为还是"东方式的"，德林喜欢老庄哲学，推崇自然而然的状态，他经常挂在嘴边的话是"天地不仁，以万物为刍狗"。

难道杨争光仅仅是想告诉我们一个"看客式"的德林吗？难道在《我的岁月静好》中就没有其他的深层意蕴吗？如果我们读过杨争光的其他小说，比如《公羊串门》《黑风景》《棺材铺》，我们就会发现"看客式"的德林仅仅是一个表象，因为杨争光的小说总是会揭露现实的，总是能抵达历史的暗角并表现出一种"深邃的深"。具体到《我的岁月静好》来说，杨争光要表现的是"知识分子的沦落"。

德林很显然不属于葛兰西所说的"有机知识分子"，也不属于渴望通过改良手段改变国家落后面貌的俄国知识分子一类，更不同于因"德雷福斯事件"走上历史舞台的法国知识分子。德林的最大特征就是"躺平"，不参与公共活动，不介入公共事务。传统意义上将知识分子看成"社会的良心"，这也和德林毫无关系，这体现出知识分子的"堕落性"。德林是个读书人，他的最大爱好是读书，他的好朋友听他讲"存在与虚无""潘金莲与中国女性"，将德林看成是"精神的贵族"，德林自我感觉良好，并不断找各种理由为自己的"不作为"开脱。鲁迅笔下的知识分子，比如吕纬甫、魏连殳还曾经反抗过，争斗过，挣扎过，虽然最后败下阵来，但至少有过"绝望之反抗"。但杨争光笔下的德林，却自以为是，享受当下，得过且过，用"哀其不幸，怒其不争"来形容一点也不为过。鲁迅认为真的知识阶级是不顾利害的，所感受的永远是痛苦，所看到的永远是缺点，如果知识分子胆小如鼠，那就是"衰弱的知识阶级"，而"衰弱的知识阶级是必定要灭亡的"[1]。德林的表现，恰恰验证了一百年之前鲁迅的预言。

杨争光一直关注着知识分子群体，尽管他的小说以知识分子为主角的并不是很多，但他在文章中多次谈到知识分子：

"我认为中国没有知识分子，尤其是没有知识分子群体，知识分子的姿态是现存秩序的对抗者，它是一种对峙的态势，哪怕你现存的秩序再合理，他也要到里边挑出不合理的。他就是猫头鹰。……始终保持警惕和批判。"[2]

---

① 鲁迅：《关于知识阶级》，《鲁迅全集·第8卷》，人民文学出版社，2005，第228页。
② 杨争光：《杨争光文集·卷十·回答卷》，海天出版社，2013，第41页。

"'知识分子'，不管在体制内还是体制外，他不是现存秩序的'附庸'，更不是秩序中既得利益者的'共谋'，他是现有秩序的变量，'不稳定因素'。他的立足点是社会的公平和正义。是人类精神和道德的提升和进步。"①

　　"鲁迅不应该是中国现代知识分子的绝唱，但迄今为止，他似乎还是绝唱，难有续响。"②

　　"中国需要的是鲁迅，而不是孔子。孔子所有的'思想'精髓，中国几乎每一个乡村的聪明人都可以和盘托出，并能身体力行。但在鲁迅的世界里，已是常识的东西却需要在中国普及。"③

　　杨争光认为鲁迅是中国现代知识分子的典范，也是绝唱。鲁迅是"中国的良心"，比孔子更有现代意义。杨争光认为孔子并不是严格意义上的"知识分子"，因为《论语》是一本"怎么样为统治者出谋划策，让政权稳定的书"④，并没有体现出知识分子的"抗议性"和"独立性"。《我的岁月静好》中，德林这样说："在人人都用钓竿钓鱼的时代，孔子是丧家狗，很快，又成了我们的先哲。现在的人类虽然已经离开了海岸，还在浅海和深海之间。"这其实是杨争光借德林之口在讽刺以孔子为代表的中国传统文人。杨争光说："我们国家所谓有说话资格、有说话能力的人，所谓的读书人、知识分子，

① 杨争光：《杨争光文集·卷九·交谈卷》，海天出版社，2013，第338页。
② 杨争光：《杨争光文集·卷九·交谈卷》，海天出版社，2013，第342页。
③ 杨争光：《杨争光文集·卷九·交谈卷》，海天出版社，2013，第342页。
④ 杨争光：《杨争光文集·卷十·回答卷》，海天出版社，2013，第38页。

大面积、群体性的堕落。"①《我的岁月静好》中的德林就是"知识分子堕落"的典型代表。更让人难堪的是德林的"堕落"与"躺平"，并不是严格意义上的"佛系"，这不仅预示着当今知识分子的"衰弱"，而且还沦为"帮凶"，成为帮忙与帮闲的工具。鲁迅在《京派与海派》中认为，"京派"是官的帮闲，"海派"是商的帮忙而已，归根结底，都是"扯淡"：

必须有帮闲之志，又有帮闲之才，这才是真正的帮闲。如果有其志而无其才，乱点古书，重抄笑话，吹拍名士，拉扯趣闻，而居然不顾脸皮，大摆架子，反自以为得意——自然也还有人以为有趣——但按其实，却不过"扯淡"而已。帮闲的盛世是帮忙，到末代就只剩了这扯淡。②

在杨争光的笔下，德林是"扯淡"的代表。我们不能将德林看成是时代的正面形象，德林所做的一切，都是在帮忙与帮闲之下的"扯淡"。举一个例子。德林的老家离县城很近，城市现代化的推进将德林的老家纳入到城市的范围之内，于是，德林家的老房子就成了博取一大笔拆迁款的"道具"。为了能够得到尽可能多的赔偿，德林一家开过好几次家庭会议，最终接受了德林的建议——让铁匠大大打铁来获得尽可能多的筹码。此时的德林并没有"袖手旁边"，他是出谋划策者，也是参与者。但铁匠打铁的行为并没有阻止房子的被拆迁，于是德

---

① 杨争光：《杨争光文集·卷十·回答卷》，海天出版社，2013，第38页。
② 鲁迅：《从帮忙到扯淡》，《鲁迅全集·第5卷》，人民文学出版社，2005，第356页。

林的行为就成了彻头彻尾的"帮闲",而他所提出的建议也被认为是无用的"扯淡"。而事后面对全家人的口诛笔伐,德林的"据理力争"就显得有些滑稽和可笑了。

我们的知识分子到底怎么了?当德林鼓吹躺平理论,甘愿做一名时代的"帮闲",最后沦落到"扯淡"的地步时,知识分子的良知和责任去哪儿了?杨争光给知识分子把脉,他将知识分子抛入到现代性所带来的巨大的不安定状态中,分析知识分子的成色,分析知识分子的精神状态,他发现,一切都是"乏"的。工作、婚姻、家庭、亲情,包括父女关系、婚外情,一切都暗淡无光。更难能可贵的是,杨争光将知识分子放在"被审视"的立场上,由读者,甚至是小说中的人物直接进行评价。在《我的岁月静好》中,马莉最开始处于被德林"看"的状态,他们的爱情及婚姻都来自德林"持之以恒"的"看"。女性被看,处于被动的地位,但是当马莉和德林结婚之后,马莉开始占据主动,她主动地去"看"德林,这样德林就处于被审视的位置。马莉讨厌德林"看书",觉得知识无用论,这代表了很大一部分人对"知识分子"的看法。马莉出轨,也因为感受不到德林的"情感"。德林的"读书人"形象彻底成为一种"灰头灰脸"的存在,这也间接地隐喻了知识分子的生存现状。

在《我的岁月静好》中,杨争光还对"故乡"做了现代性关照。鲁迅笔下衰败的故乡依然回响在21世纪,诗意不再,美好不再。鲁迅在《社戏》里感叹的"再没有吃到那夜似的好豆——也不再看到那夜似的好戏了"[1]变成《我的岁月静好》

---

① 鲁迅:《社戏》,《鲁迅全集·第1卷》,人民文学出版社,2005,第597页。

中"我家的屋檐水再也结不成长长的冰溜子，像一根巨无霸冰棍一样"。德林的父亲在由农民变成市民之后，认为城里的自来水像"药水"，虽然饮用很方便，但让人感觉每天都在喝药。

时代在巨变，但"看客"的身份依然没有变化，这是鲁迅及杨争光一直在书写的主题。将知识分子作为小说的主题，让"躺平"的知识分子成为我们审视国民性的一个视角，从而引起我们对人生、对社会的思考，这是杨争光在《我的岁月静好》所要达到的目的。杨争光一直是一个坚定的现实主义写作者，他说："我的写作从来没有离开过现实关怀，也没想过要离开，就是想离开也做不到。"[①]他对这个时代有看法，对知识分子有看法，他希望我们每个人都不要躺平，他希望我们每个读书人都不要去"扯淡"，这也许就是拒绝平庸，拒绝乏味的应有之义吧。

但愿我们都能不做"看客"！

---

① 杨争光：《杨争光文集·卷十·回答卷》，海天出版社，2013，第34页。

面孔三：蔡东

蔡东既是一个优秀的小说家，也是一个一流的批评家。

到目前为止，蔡东一共出版了七部中短篇小说集：《木兰辞》《月圆之夜》《我想要的一天》《星辰书》《来访者》《月光下》《普通生活》，这七部小说集奠定了蔡东在深圳文坛的重要地位，也宣告了蔡东已成为中国当代文坛不可忽视的一部分，并且随着时间的推移，将会产生更大的影响力。在前不久结束的第八届鲁迅文学奖评选中，蔡东凭借《月光下》获得第八届鲁迅文学奖·短篇小说奖，这是深圳小说在该项大奖上"零"的突破。

一、蔡东的文学世界

蔡东的小说写得好，这是毋庸置疑的。但她的文学批评也写得极好，这可能并未被大多数读者所知。2015年，海天出版社曾出版了蔡东的《深圳文学：生长与展望》，这是蔡东对深圳城市文学和青年作家的集中论述，当然也包括她对自身创作的梳理和反思。阅读此书的过程让我体会到"思维的乐趣"，这种乐趣并不指向蔡东批评文字的逻辑性，而是诗性。这让我想到约瑟夫·布罗茨基。布罗茨基能够将批评随笔写得如诗一般凝练和干净，这毫不奇怪，因为，他本身就是一名诗人。但蔡东是一名小说家，我只在她的小说《天元》里，集中读过陈飞白写的三首诗《迟》《夏清煦》《瞄准，瞄准》。即便是以"诗"为名的小说《布衣之诗》中，也并没有出现具体的诗句，在这里，诗是一个缺席的存在，暗含着生活中诗意的缺失。但，我却在蔡东的批评文字里读到"诗意"，读到干脆、明确而又充满想象的句子。

比如，在评论孙频时，"每次展读孙频的小说，我都看到大片大片的青草飞起来般向天边延伸，水灵灵的，散发着潮湿的气息。奇崛又精美的比喻，野桃花般怒放于其间，艳光四射，旁若无人"。在评论厚圃时，"一篇篇有关青春和成长的叙说，像剪草机突突行过的草地，流动着微涩的草香"[1]。在评论徐东时，"我没去过西藏，但徐东的小说符合我对西藏的想象。那里，不慌张，不左顾右盼。那里，简单、宁静与美好，无须刻意，唾手可得"[2]。在评论吴君时，"吴君的文字，像裹着一层风霜，肃杀，透出冷冷的白光"[3]。

无须再多举例，信手拈来，蔡东的批评文字浑然天成，闪耀着诗性的光芒。在这本批评集的最后一章《创作谈里的秘密》，蔡东也谈到了自己的"创作笔记"，谈到自己的创作历程。她说："真正开始写作是2005年的秋天。此前已发表过

---

[1] 蔡东：《厚圃：归去来兮辞回荡在南方平原》，《深圳文学：生长与展望》，海天出版社，2015，第118页。

[2] 蔡东：《徐东的西藏书写：远方·孩童之眸·水洗的小说》，《深圳文学：生长与展望》，海天出版社，2015，第111页。

[3] 蔡东：《"北妹在南方"的叙事流变》，《深圳文学：生长与展望》，海天出版社，2015，第64页。

一些作品，但直到那一刻的到来，我才意识到，之前的不是小说，是混混沌沌的习作。"①根据蔡东的自述，她最初的文学之路走得异常艰辛。当2005年的蔡东找到小说之道，准备奋笔疾书时，"那细烟文火却冷却了下来"。因为工作之故，蔡东来到了深圳，从2006年至2009年，蔡东试图融进这座陌生的南方城市，她认真教书，勤勉工作，"为挣一间向阳的书房而忍受各种不适、不情愿、不喜欢"，"不读亦不写"。这种状况一直持续到2010年。蔡东说："2010年，我尝试恢复写作，在一种强烈的陌生感和不自信中恢复写作。"②于是，我们读到了《天堂口》，读到了《断指》《往生》，读到了《我想要的一天》《净尘山》，也读到了《伶仃》《来访者》。

孟繁华认为蔡东是"这个时代真正可以期待的文学新力量"，她2012年的中篇小说《毕业生》获得深圳市青年文学奖，她的短篇小说《往生》获得《人民文学》首届柔石小说奖。2016年，蔡东凭小说集《我想要的一天》获得第14届华语文学传媒盛典"年度最具潜力新人"奖。2018年，她凭《朋霍费尔从五楼纵身一跃》获第五届郁达夫小说提名奖。而2019年，更是蔡东的收获之年，她的小说集《星辰书》获得深圳读书月"年度十大好书"奖。她的短篇小说《伶仃》入选青年文学杂志社的年度"城市文学"短篇小说专家推荐榜，也入选《收获》年度短篇小说排行榜。蔡东的文坛影响力正在扩

---

① 蔡东：《我的创作笔记》，《深圳文学：生长与展望》，海天出版社，2015，第226页。
② 蔡东：《我的创作笔记》，《深圳文学：生长与展望》，海天出版社，2015，第227页。

　　　　　　　　　　　　　　深圳文学的十二副面孔

大，青年学者刘大先甚至认为蔡东已经是中国当代最优秀的青年作家之一。

蔡东的小说很特别，她从不描写那些规模宏大的东西，关于国家、历史、战争、大灾难这一类题材，在她的小说中没有容身之处。蔡东更多的是关注日常生活中的"小变动"，情感世界的"小波澜"。她把小说的场景放在两个地方：深圳和留州。前者是她目前的工作之地，后者是她虚构的家乡，是其成长与求学之地。有人把留州看成是蔡东的精神场所——后花园，认为留州是对大都市生活的反抗，其实，这是一种误读。蔡东在一次讨论会上说，"深圳和留州根本就是一个地方，它形不成对抗"。这是什么意思呢？其实很简单：无论是深圳还是留州，在蔡东的笔下，都是一种内涵丰蕴的独立存在，有着丰富的精神寓意，并不依靠任何其他"填充物"，也更不需要读者进行"互文式"的解读。

蔡东小说的主人公都是有着七情六欲的现代人，无论是为了一套周转房而不断进行"受辱训练"的柳萍，还是为了让职称更上一步而"左右逢源"的李燕，或者是感情处处受挫的胖女人张倩女，甚至是对净尘山充满无限向往的劳玉，她们的遭遇可以说每天都在我们的城市中上演。蔡东的厉害之处是，她对这些"小人物"投入了大量的"热情"，她们的一举一动，一笑一颦，无奈与绝望，挣扎与努力，都置于放大镜下，做精准的刻写，从不敷衍了事。这种"热情"，让我们在读蔡东的小说时，感觉到她的用词恰到好处，语言表达简洁犀利。三言两语，人物就活灵活现了。

蔡东特别擅长对比联想的写法。对比是把人物的前后遭遇对照起来，联想是用一件事引出与之相关的事。而对比联想写法，是指蔡东总能够在人物的前后比照中让你产生无限遐想，带来回味无穷的感染力。最典型的是《净尘山》里的一段描写。当肥胖的张倩女和瘦小的潘舒默终于睡在了一起，蔡东描写他们之间的"化学反应"时用各种食物来代替：面包内瓤、藕粉、甘笋青柠檬汁、豆腐脑、鸡蛋羹、慕斯蛋糕、红烧樱桃肉……简直是叹为观止。

读蔡东的小说，时常让我想到张爱玲，另一位对都市女性有着精准深刻描写的女作家。和张爱玲比起来，蔡东的语言可能没那么老到，但蔡东的最大优势是，她的小说是"温暖的"，有温度的。即使她写尽了人世的沧桑，写出了现实生活的各种重负与无奈，但小说里仍然流露出些许的温情与期待。举个例子，在《断指》里，余建英的生活在她将近50岁时，迎来了大改变。她的丈夫因外遇丢掉了工作，还欠了一大笔债，余建英为了还债，与人合伙开了一间作坊，还没等到赚钱，机器却把一个小姑娘的手指铰断了四根。医药费、补偿费，还有母亲的去世，都压在余建英的身上，后来还有打官司造成的亲戚之间的"撕破脸"，但在小说的结尾，蔡东依然为余建英保留着某种诗意："这是个温柔有梦的冬夜，余建英坐在翠绿的小树林里，圆月挨着树梢。"[1]蔡东甚至把《断指》这篇小说名改为《月圆之夜》（《月圆之夜》小说集收录的同名小说即为《木兰辞》小说集里的《断指》）。

小说中的这种"温暖"让我动容。要知道，蔡东的小说写的可都是"挣扎"和"承受"，都是小人物的"抗争"和"举

---

① 蔡东：《月圆之夜》，海天出版社，2016，第163页。

步维艰"。如果细读蔡东的小说，会发现有一个"躲"的细节，这在她的好几部小说里都有直接的描写。比如在《木兰辞》中，陈江流躲着人，躲着事。在《昔年种柳》里，周素格的"海德格尔行动"。在《无岸》中，柳萍想把自己藏起来。蔡东为此还专门发明了一种动作："把自己扔进沙发里"，我称之为蔡东式小说的标准动作，这也是进入蔡东小说世界的又一个关键点。在《净尘山》里，这种"蔡东式"的投掷动作非常传神："把自己痛快淋漓地投掷进沙发里，然后蜷起身体，半张着嘴巴看电视。""躲"是一种示弱，是不介入钻营算计生活的一种姿态，这种姿态体现出主人公的超脱，也是作者的一种寄托。

但到了《星辰书》这里，我们不再看到这种"蔡东式小说的标准动作"，却看到另一种重复出现的"行为"——让自己松弛下来。由"躲"到"松弛"见证着蔡东小说艺术的进步，也是其积极介入生活的真实写照。这种"松弛"可以看成是进化版的"蔡东式小说的标准动作"。在《来访者》中，庄老师和江恺一起去看龙门石窟，之后庄老师问江恺："石头凝固下来的是什么？"江恺说："石头凝固下来的，是松弛。"庄老师启发他："对，那是石佛最好的状态，也是人最好的状态。"[①]江恺于是明白过来，是自己绷得太紧，失掉了自我。江恺也突然发现，自己喝酒吃饭的时候双脚居然在使着劲，于是试着把脚慢慢放平。在《照夜白》中，当谢梦锦终于有机会在课堂上实施"沉默45分钟"的活动时，蔡东写道："寂静一点点加深，一点点伸展开去，深得看不见底，宽广得看不见边

① 蔡东：《来访者》，《星辰书》，北京十月文艺出版社，2019，第70页。

沿。紧绷的身体渐渐舒展，弦一根一根地松了，身体里冻僵的地方，袅袅升起热气，心底经年枯槁之处，正潺潺流过溪水，坚硬和痴滞，软和了，散开了。她渐渐失去形迹，化进了深广无边的寂静里。"[1]

进一步分析，我们会发现，蔡东已经形成了独特的写作风格——轻逸，这突出地表现在《星辰书》中。蔡东以"轻"写"不能承受之重"，以"轻"写现代都市人的挣扎与无奈、挫折与彷徨，以"轻"写沉重的负担，是卡尔维诺所推崇的"深思之轻"的经典文本。

"深思之轻"语出卡尔维诺的《新千年文学备忘录》。在为"查尔斯·艾略特·诺顿讲座"准备讲稿时，卡尔维诺将自己特别看重的文学的"特质"归纳为"轻""快""精确""形象""繁复"等方面，而在论述"轻"时他说："我尤其希望我已证明存在着一种叫作深思之轻的东西，一如我们都知道存在着轻浮之轻。事实上，深思之轻可以使轻浮显得沉闷和沉重。"在论证"深思之轻"时，卡尔维诺举了一个非常典型的例子。薄伽丘的《十日谈》里，有一个非常严厉的哲学家奎多·卡瓦尔坎蒂，他正在一座教堂附近的大理石墓园中边走边沉思。佛罗伦萨的纨绔子弟骑着马，招摇过市，他们冲到奎多面前准备奚落他。小说是这样描写的："奎多看到自己被众人包围着，便应声答道：'先生们，在你们自己家里，你们爱怎么奚落我都可以。'接着，他把一只手按在一块大墓石上，由于他身体非常轻盈，所以他一跃就越过墓石，落到另一边，一溜烟跑掉了。"卡尔维诺认为薄伽丘所创造的这个"一

---

① 蔡东：《照夜白》，《星辰书》，北京十月文艺出版社，2019，第136—137页。

跃而起"的视觉场景，代表着一种形象——"使自己升至世界的重量之上"，是一种"沉思的轻"，用以"证明很多人以为是时代的活力的东西——喧闹、咄咄逼人、加速和咆哮——属于死亡的王国，就像一个废车场。"

蔡东《星辰书》里也有类似的"深思之轻"。《天元》中，何知微试图将地铁六号线上印有"一步制胜"的广告牌摘走。他和女友陈飞白曾经一起做过这件事，陈飞白很轻松地就把广告牌取走了，但这次他却遇到了麻烦。"到站提示音响起，车门打开。他赶紧用力往下摘，镜框不动，再使劲儿还是取不下来，已经有人进了这节车厢，他只好松开手，就近坐下来。"在初次尝试失败之后，何知微开始回想陈飞白是怎么做到的。"他试着回忆陈飞白那晚的手法，似乎是轻轻往上一提，没费什么力气。……轻轻往上一提，果然摘下来了。"何知微是"使劲往下掰"，陈飞白是"轻轻往上提"[1]，这两种截然不同的动作也暗示了两个人的价值观。陈飞白代表着"轻"，何知微代表着"重"。何知微是企业高管，陈飞白是项目助理。陈飞白有多次成为项目经理的机会，但总是被卡在面试的最后一关。何知微希望陈飞白能够步入"正途"，不用辛辛苦苦做打杂的工作，但陈飞白总是不能通过面试。《天元》具有强烈的寓言意义，蔡东借陈飞白的"选择"来抵抗现代性的侵蚀，抵抗无处不在的"同化"。陈飞白最终影响到何知微，他俩一起"拿走"广告牌，是对诗意生活的守望，也是对繁复空洞的现代生活的抗拒。

"深思之轻"并不否定"重"，相反，"文学作为一种生存

---

[1] 蔡东：《天元》，《星辰书》，北京十月文艺出版社，2019，第186页。

功能，为了对生存之重做出反应而去寻找轻"。蔡东的《布衣之诗》讲述了邻里之间的矛盾冲突，这种矛盾在孟九渊和父亲的心里产生了"疙瘩"，无处化解。故乡、邻里、家庭内部都出现了问题，孟九渊最后只能在沙滩上写下一首诗，寄托情思。"他用贝壳在沙滩上写下一首诗，然后，爬到海边的一座山上，看着写完的诗行被海浪冲掉了"①。"轻"就这样承受了"重"。

《星辰书》的每一篇小说都是"深思之轻"。孟繁华教授曾说："蔡东的小说像一缕文学的炊烟在清晨的田野袅袅升起弥漫四方，然后幻化在大地与天空之间。"这个评价非常精准。蔡东小说的"轻"是"举重若轻""天高气清"，但并不是高高在上，"避重就轻"。她关注现实，敢于书写城市人的挫折与无望，写庸常生活的压迫和无奈，写情感的纠葛，写底层人的挣扎，有对生活的深刻思考与热爱。她形成了自己独特的"轻逸"式写作风格，书写着经典的"深思之轻"的文本，她努力地寻找"通往云朵洁白的天空"，她的写作也抵达了灵魂的深处，高扬着生命的活力与精神。

二、日常、风景与深圳摩登

深圳是摩登之城，短短40年创造了世界城市史的发展奇迹，从一个边陲小镇到国际化的大都市，深圳经济的腾飞举世瞩目，但当我们将目光汇聚到深圳文学时，却发现尽管深圳文学也取得了长足进步，但存在着两种格式化的写作，其一是用

---

① 蔡东：《布衣之诗》，《星辰书》，北京十月文艺出版社，2019，第249页。

假大空的腔调来表现城市过剩的欲望，用伪抒情来表现城市无用的激情；其二是用所谓的底层式写作（打工式文学）强行割裂城市的面容，固化城市的阶层差距，从而造成水火不容的二元对立。这两种写作带来的直接后果是，我们发现作者笔下的深圳和我们生活在其中的深圳隔得太远。虽说文学世界并不等同于现实世界，但格式化写作缺少个体真切体验，让文学深圳显得冷冰冰的，如同一个冰冷的怪物。一个真正的小说家善于将个体经验写入作品中，这种个体经验是鲜活的、真实的，而不是胡编乱造的，当他或她在写到城市时，不会贩卖虚假的感情，而是深入到城市之中，和城市一起呼吸，按照聂梦的说法，也就是更"关注城市生活的精神现实部分"，从而实现"城市经验自我体认和现代意义上城市经验主体生成"①。

蔡东显然属于聂梦谈到的这类小说家，从现代性的角度来理解蔡东的小说是很好的路径。她并不掩饰现代性可能带来的负面问题：消费主义、异化、职业倦怠、孤独的困局，但她的小说充满个体的主体意识，充满现代精神，有对生命存在的反思和追问。她笔下的主人公并不是完美的英雄式人物，相反，他们颤颤巍巍，躲躲闪闪，渴望做一名"逃逸者"，但这些人物并不让我们讨厌，比如《净尘山》里的张亭轩、《我想要的一天》里的高羽、《伶仃》里的徐季、《木兰辞》里的陈江流，都活得很真实，让我们心疼。

和这些"逃逸者"比起来，蔡东笔下还有一类特别的女性，比如《照夜白》里的谢梦锦、《天元》里的陈飞白、《我

---

① 聂梦：《逃逸者说：观察城市文学的一个角度》，《青年文学》2020年第12期。

想要的一天》里的春莉、《天堂口》里的王果。上述女性人物身上有一种越轨的魅力，可以统称为"城市里的冒险者"，这是蔡东为文学深圳提供的新的文学形象。在《天堂口》里，王果勇敢地来到深圳，试图找回那份"曾经属于她的爱情"。而《我想要的一天》里的春莉把老家的"铁饭碗"辞掉，来深圳从事写作，希望"靠写作找到一条出路"。在《照夜白》里，大学老师谢梦锦在学生陈乐的帮助下，"上了一节沉默45分钟"的课。在《天元》里，陈飞白悄悄地把地铁里"一步制胜"的广告牌摘下取走，她还想去摘下"天元"楼上挂着的"广告牌"。这几个女性，在深圳这座大都市里"冒险"，如同童话世界里的公主，给我们的城市"赋魅"。她们也像都市里的"堂吉诃德"，试图延缓这个城市必将会带来的"异化"。这些"英勇的"女性，包括上面所谈到的"逃逸的"男性，都充满个人主体意识，对城市生活做出了积极或消极的选择，同时也生成了鲜活的城市主体经验，因此，是现代的，也是摩登的。

再来谈谈日常生活。

蔡东的小说常常从日常中取材，她善于发现日常生活中的困顿和诗意，发现日常生活中的痛苦与欢愉。即使是反思现代性的一类小说，她的书写也不走抽象空洞的路数，而是提供细节和人物，富有生活质感。蔡东说："对日常持久的热情和人生意义的不断发现，才是小说家真正的家底。"在《来访者》中，我们看到造成江凯精神困局的原因是日常生活，而让江凯得到解脱的同样是日常生活。日常生活具有双重性——积极的方面与消极的方面，列斐伏尔认为，对日常生活的批判"会有助于提出和解决生活本身的问题"。江凯的困境是母亲强加给他的结果，那种紧迫感和压迫感让江凯不断地挑战自己，不断地往前冲。庄玉茹用"石佛的状态"来启发江凯。"石头凝固下来的，是松弛"。松弛也是人的最好状态。江凯突然发现，即使自己在喝酒吃饭时，脚还在使劲。于是，当他发现了"松弛"后，也迎来了新生。

　　"松弛"不仅是《来访者》的一个重要意象，而且在蔡东的创作中也具有重要的地位。在《照夜白》《伶仃》《她》中，蔡东也多少次写到这种"松弛"。当谢梦锦终于有机会在课堂上实施"沉默45分钟"的活动时，蔡东写道："寂静一点点加深，一点点伸展开去，深得看不见底，宽广得看不见边沿。紧绷的身体渐渐舒展，弦一根一根地松了，身体里冻僵的地方，袅袅升起热气，心底经年枯槁之处，正潺潺流过溪水，坚硬和痴滞，软和了，散开了。她渐渐失去形迹，化进了深广无边的寂静里。"而《她》的开头是这样的："关严房门，拉上窗帘，我是我自己的了。身体像叠起来的被子几下抖开来，在床上摊平。攥紧的拳头变软，手指离开手掌，一根根分开，过了一会儿，并住的脚趾也松开了。在外游荡的神魂缓缓落回到身上。我依次感觉到额头、脖子、肩膀、膝盖的存在，它们作为我的一部分，此刻跟我一起，等待着沉入宁静。"[1]这种"松弛"代表着蔡东小说美学的改变，因为在此之前，蔡东常用的是"躲"的意象。比如《木兰辞》中，陈江流躲着人、躲着事，《朋霍费尔从五楼纵身一跃》里，周素格的"海德格尔

① 蔡东：《她》，《来访者》，长江文艺出版社，2021，第1页。

行动"，《无岸》中，柳萍想把自己藏起来。蔡东为此还专门发明了一种动作："把自己扔进沙发里"。"躲"是一种示弱，是不介入钻营算计生活的一种姿态，这种姿态体现出主人公的超脱，也是作者的一种寄托。但在《照夜白》《来访者》这里，"躲"发展为"松弛"，这种"松弛"是进化版的"蔡东式小说的标准动作"。

还有风景。

风景在蔡东的小说中具有重要地位。风景既是蔡东构建日常生活场景的一部分，为日常生活的写作提供诗意，也是主人公自我治愈与自我发展的重要方式。

在《伶仃》中，卫巧蓉悄悄来到小岛上，她跟踪自己的丈夫，试图弄清楚丈夫是否有外遇。两年前，她的丈夫徐季突然离开她，来到这个小岛上独自生活。跟踪丈夫的过程中，卫巧蓉不小心扭伤了脚，女儿来岛上照顾了两天就走了，卫巧蓉在丈夫每天怡然自得的生活中仿佛窥见了什么，突然顿悟，蔡东写道："夜色像宽大的黑斗篷一样罩下来。经过小树林时，身后传来窸窸窣窣的声音，也许，人在落叶上走，也许，小动物正穿过草丛。回过头去，是看见松鼠、野兔、狐狸，还是看见一个跟她一样独行的人呢？不管怎样，她都决定转过身去看看。就在她转身的一刹那，环绕在身旁的黑暗变轻了。"①写到这里，小说戛然而止，转身的一刹那，象征着卫巧蓉敢于面对过去，敢于正视黑暗，但黑暗只是"变轻"，并不是"消失"，这又表明卫巧蓉的生活依然沉重，只是焦虑的程度有所

---

① 蔡东：《伶仃》，《来访者》，长江文艺出版社，2021，第121页。

舒缓。风景不仅推动了小说的情节发展，而且具有象征意义。

蔡东善于写雨，写云，写风，写花，写雪，写月。

比如，写雨："雨还没有落下来，但她知道，雨已经在路上了，大团大团铅灰色的雨云在西边的天空上纠结翻腾。"（《我想要的一天》）

写云："她抬头望过去，正巧又有几朵云飘到山头附近，一纵身，翻了过去，云朵们看见山那边有什么了。"（《伶仃》）

写风："明天吃什么，小米南瓜粥配鸡蛋葱花饼吧，想着明天的早餐我幸福极了。风吹着后背，好像我往后一倒，它就会拦手抱住我。"（《来访者》）

写花："隔着宽阔的湖面，石榴花开得正盛，激动的红色，红得让人看着看着，心里竟有些隐隐作痛。她想，石榴花肯定是热爱说话的，老远地，就能听到它们在交谈，声音高亢响亮。"（《照夜白》）

写雪："他燃起三炷香，靠窗而坐，身后是缓缓落下的大雪。他闭着眼睛，一动不动。"（《木兰辞》）

写月："一弯瘦月似古时候的月亮，月光下的海像古时候的海。"（《天元》）

蔡东的"风花雪月"给小说涂上了艺术的光泽，赋予小说浓郁的诗意，再加上其现代性视角和古典式情怀，被李德南归纳为一种现代古典主义的写作风格。

蔡东的写作还可以归入"慢的艺术"，这种慢不仅仅指她的下笔之慢，一部小说经常要反复修改，有时候还要推倒重来。关于这一点，我深有体会。当初蔡东把她创作的短篇小说《日光照亮北斗》电子版发给我，我读后赞不绝口，认为和卡夫卡的《煤桶骑士》遥相呼应。但一年后，我们聊到小说的时候，她说这篇小说还在修改中。这令人感慨，真是有耐性，对小说品质也真是有追求。她的作品不多，且集中在中短篇小说上，但部部都是精品。青年学者饶翔说，"读蔡东的小说常常有珍惜之感"，我想这不是他一个人的看法，而是大多数读者的看法。

蔡东写作"慢的艺术"还指向小说主题的"慢"。在《毕业生》中，郁金来到深圳，看到满地的木棉花瓣很震惊，三月份是开花的季节，但一批批新骨朵儿赶着开花，把旧花瓣挤落在地。这场景是一种隐喻，表明深圳人快节奏的生活——赶着向前。蔡东在小说里推崇"慢的艺术"，用"慢"来对抗"快"，对抗消费主义的泥潭，对抗现代性的侵袭，从而确定"无意义"在生活中的价值，建立起关于日常生活的"慢"美学。

最近这几年，蔡东的小说写得越发精纯高妙。《照夜白》《伶仃》《她》《月光下》这些篇什，已然是诗化小说的境界，是不依赖戏剧性而以语言和叙述撑起的小说。蔡东的短篇小说从短故事的层面上解脱出来，不但不是一次性的，反而极为耐读，可堪重温，可堪回味，反复摩挲中焕发出艺术品的光泽。无论书写什么故事，她的短篇首先是美的，是有意境和气息的，坦白说，现当代作家中能将短篇小说写出意境和气息的并不多。读她的小说，不知不觉中人就安静了下来，就沉浸在另一个世界了。如置身于一首古诗的场景里走走逛逛，又如大梦一场，读毕醒来，精神上喜悦而满足。

三、《伶仃》：转身的艺术

《伶仃》发表在2019年第3期的《青年文学》，入选青年文学杂志社的年度"城市文学"短篇小说专家推荐榜，也入选《收获》年度短篇小说排行榜。喜欢这部小说的人特别多，在中国作协2019年12月28日举行的蔡东《星辰书》研讨会上，作为小说集的首篇，《伶仃》也是被各位专家学者提及次数最多的一篇。青年学者刘大先认为《伶仃》在某种程度上是《月亮和六便士》的"续写"：关于"她到底该怎么办"的问题。但我却由小说题目想到了陆游的《幽居遣怀》："斜阳孤影叹伶仃，横按乌藤坐草亭。"卫巧蓉的"伶仃"，充满着愤懑与无奈，但也充满着平静与希冀。卫巧蓉最后的"转身"，如同娜拉"啪"的关门声一样，给主人公注入了灵魂，也让小说充满着神韵。

蔡东的小说干净、凝练，她的小说从不做传记式的全景表现，大多表现生活中的小片段或小场景。如海明威所提倡的"冰山理论"一样，蔡东的小说只露出冰山的八分之一，剩下的部分都藏在文字之下，留待读者去挖掘和体悟。《我想要的一天》《木兰辞》《月圆之夜》是这样，《伶仃》也是这样。只不过，《伶仃》是这种表现的"极致"——通过"转身"这一个动作来实现的。

转身，这一行为，发生在小说的结尾。卫巧蓉悄悄来到小岛上，她跟踪自己的丈夫，试图弄清楚丈夫是否有外遇。几个月之前，她的丈夫徐季突然离开她，来到这个小岛上，独自生活。在跟踪丈夫的过程中，卫巧蓉不小心扭伤了脚，女儿来岛上照顾了两天就走了，卫巧蓉在丈夫每天怡然自得的生活中仿佛窥见了什么，突然顿悟，蔡东写道："夜色像宽大的黑斗篷一样罩下来。经过小树林时，身后传来窸窸窣窣的声音，也许，人在落叶上走，也许，小动物正穿过草丛。回过头去，是看见松鼠、野兔、狐狸，还是看见一个跟她一样独行的人呢？不管怎样，她都决定转过身去看看。就在她转身的一刹那，环绕在身旁的黑暗变轻了。"写到这里，小说戛然而止，转身的一刹那，象征着卫巧蓉敢于面对过去，敢于正视黑暗，但黑暗只是"变轻"，并不是"消失"，这又表明卫巧蓉的生活依然沉重，只是焦虑的程度有所舒缓。

我曾在《论蔡东小说〈星辰书〉的"深思之轻"》一文中，专门分析过《伶仃》中的以"轻"写"重"的特点，分析过蔡东小说中的卡尔维诺式的"轻逸"风格，这里就不重复分析，但细心的读者也许会发现，卫巧蓉的"转身"其实是很艰难的。《伶仃》里的转身，将过去和现在勾连起来，将历史和现实重叠起来，重点写她转身的"过程"。来到小岛之前，卫巧蓉是一个"糟糕的妻子"，她和丈夫之间无休无止的争吵，使得丈夫离家出走。卫巧蓉总认为夫妻感情的破裂是因为有一个第三者，"她来的时候，随身携带着一座地狱"。她在丈夫的住处对面租了一间房子，睡觉的时候可以看得见他。她被丈夫带到剧场，他在看戏，她在看他。她尾随丈夫去菜市场，看看丈夫买了什么菜。她去公园，看看丈夫到底和谁在交谈。她发现丈夫的确是一个人生活，没有外遇。"他的生活简单、孤独，看起来，他享受这一切"。

问题出在什么地方？在丈夫沉重的过去和看似安逸的现在

之间，为何"我"成了一个制造麻烦的人？为何"我"成了一个被丈夫躲避的人？卫巧蓉在窥视丈夫的过程中，也开始了自我反思。这种反思让我想到鲁迅给出走的娜拉指出的两条路：不是堕落，就是回来。鲁迅借娜拉的问题指出中国变革的难度："人生最苦痛的是梦醒了无路可以走。"但在《伶仃》这里，卫巧蓉的痛苦变得更具体了：丈夫并没有外遇，而且离开自己后生活得更惬意。路，该怎么走？蔡东也给出两条"治愈之路"：自然与他者。自然的治愈和他者的治愈，都以卫巧蓉的视点为切入口，通过与她产生的联系和纠葛，形成一种对应关系，也成为小说叙事的动力，我将这归纳为"转身的艺术"，借由此，蔡东实现了"举重若轻"，写出了由逼仄走向开阔的"豁然开朗"。

先来谈他者的治愈。蔡东在《伶仃》里的他者首先指自己的丈夫徐季。徐季是一个"自在的存在"，独立于卫巧蓉的生活之外，是一个"纯客体"。尽管卫巧蓉在跟踪徐季，但从来没有"介入"他的生活。他俩从来没有见过面，因此，这种超然的他者，在一开始就摆脱了萨特式的"他人即是地狱"的他者观，也消解了庸俗的夫妻内斗模式。徐季的悠然自得让卫巧蓉改变了歇斯底里的咒骂式对抗，她突然发现问题也许出现在自己身上，开始反观自身。他者其次指向自己的女儿徐冰倩。徐冰倩赶来小岛上照顾扭伤脚的母亲时，女儿对徐季生活态度的解释触动了她，让她的思想"打了个冷战"："对于他的做法，我既不赞同，也不理解，我只是接受了。"女儿对生活的自得与从容，让卫巧蓉进一步反观自身，得到了启发。

而最终让卫巧蓉得到治愈的他者是房东夫妇。房东姓吴，他们夫妇俩经常会来找卫巧蓉拉呱，谈些日常生活的琐事，也特别关照她。房东夫妇的夫妻关系融洽，卫巧蓉觉得是他们的好运气，得到了命运的厚待。但是有一次在海边，房东夫妇环岛散步的场景一下子触动了卫巧蓉心中的坚冰，她才发现，好运气也是夫妻俩共同努力的结果。原来，老吴的腿有些问题，走不快，但吴太太无论走得多快多远，总会停下来等着丈夫，然后再一并走向前去。房东夫妇的举动让卫巧蓉发现"问题的所在"：她和丈夫总是步调不一致，她总是快，总是赶，而忽略掉总是慢半拍的丈夫。

卫巧蓉回忆起多年前一家三口去度假的场景。宾馆里的热水时有时无，让她特别烦躁，尽管丈夫和女儿觉得这并不重要，她还是决定要换一家宾馆。第二天下雨，浴场关闭让她甚是无聊和不满，丈夫却认为刚好可以多睡一会儿，在宾馆好好歇歇。卫巧蓉的这种"强迫症"或者说"完美主义"的生活态度最终让家庭和生活布满伤痕，丈夫的离开不是没有道理的。这让我想到《来访者》里江凯的母亲。也正是她的那种"强迫症"让儿子江凯无时无刻不处于"对抗"之中。江凯的脆弱和逃离，在某种程度上就是年轻版的徐季。

"水至清则无鱼，人至察则无徒"。卫巧蓉的问题恰恰在于"至清"和"至察"。蔡东通过他者的介入来对卫巧蓉进行治疗。但他者的介入又是卫巧蓉作为"他者的眼光"来实现的，这就体现出蔡东高超的叙事能力。窥视者成为被治愈者，被看者成为治疗者。蔡东通过"他者的治愈"实现了卫巧蓉的艰难转身。而更为关键的是，蔡东并没有点明他者和自我的"治疗关系"，一切都被隐藏在水面之下，"巨大的冰体"是

　　　　　　　　深圳文学的十二副面孔

由读者自行寻找和开掘的。

再来谈谈自然的治愈。《伶仃》里的自然景物描写要多过人物活动的描写。尽管自然景物本来就和人物活动密不可分，但我们还是能够感受到自然作为独立于人物之外的强大的"治愈能力"。小说以景物描写开始，又以景物描写结束，形成一个有机的环形结构。开始的时候是卫巧蓉走进一片水杉林，结束的时候是卫巧蓉经过一片小树林。开始的时候，卫巧蓉的心情是忐忑，"她小心喘着气"，结束的时候，卫巧蓉的心情是释然，"不管怎样，她都决定转过身去看看"。这样一分析，从小说开始到结束，"转身的过程"毫无疑问是小说的重点。饶翔说，整部小说都是为了写最后的转身，写"转身之难与转身之后的宽阔"，真是一针见血。

《伶仃》中的"自然"环绕在人物的左右，推进着故事的情节，渲染着故事的氛围，并和卫巧蓉一起实现了"转身"，在小说的倒数第二段，卫巧蓉抬头望过去，"正巧又有几朵云飘到山头附近，一纵身，翻了过去，云朵们看见山那边有什么了"。云朵的"纵身"，象征着卫巧蓉的"转身"。"云朵们看见山那边有什么了"和"环绕在身旁的黑暗变轻了"形成一种呼应，代表着新生。"自然的治愈"通过云朵们的纵身得以实现。

另一个值得注意的"自然的治愈"是星河。有不少研究者很奇怪《星辰书》的书名，蔡东为何要起这样一个书名？她并不是一个天文学家，小说中也并没有关于星辰的具体描写。我曾将《星辰书》的书名和《小王子》联系起来，通过对《希波克拉底的礼物》中黛西引用小王子的话来说明书名的来历。现在应该补充一个例证，就是《星辰书》的"星河"。卫巧蓉曾经看到海边夜光藻聚集引发的星河现象，"那蓝光分明是有生命的，正活着的光，很快，也说不清是水还是光，一波波漫上来，漫过她的脚。星星从天上掉下来了吗？"生命的奇迹总是在生活的不经意间闪现，星河不就是生命的奇迹吗？卫巧蓉的"刹那间的转身"，灿若星河，这是对生命的肯定，也是对生活的热爱。

于是，转身的艺术在瞬间定格。

面孔四：薛忆沩

　　薛忆沩是中国当代文学"最迷人的异类"，尽管他一直反对并讨厌这个"标签"，但他的确走的是一条"少有人走"的路。他在24岁的时候，已经出版了《遗弃》，这本书是关于20世纪80年代"社会转型期中国人精神状况"的真实记录，也被何怀宏教授列为中国的三本哲理小说之一，但很长一段时间都处在"被遗忘"的角落。薛忆沩曾经写过一篇《"好文学"的"坏运气"》，追忆了自己独特而坎坷的文学之路。但"文学的宿命"让他一直坚持到了现在，并贡献出了《出租车司机》《首战告捷》《与狂风一起旅行》等一系列经典名作，而他后来出版的长篇小说《空巢》《希拉里、密和、我》等，又进一步彰显出他的创作实力。薛忆沩善于描写"内心的奇观"，善于呈现生活的"另一种可能"。他深受存在主义的影响，"局外人"一直是其小说的重要主题。而他笔下的X，如同卡夫卡笔下的K，在荒谬的人生中寻找残存的诗意。薛忆沩的小说充满"哲学的冥思"，也有"孤独的叩问"。他曾说自己的小说主题是表现"个人"——个人的受难、个人的挣扎、个人的抗争。他的写作充满着"执着的激情"，他将文学和"家园"并列，认为语言问题是"最大的道德问题"。于是，为了追求"纯粹"的语言，他不断地"重写"自己的旧作。薛忆沩笔耕不辍，目前已出版5部长篇小说，10余部中短篇小说集，9部随笔集。而他最被人称赞的是他的"深圳人系列"作品。

一、薛忆沩的"深圳人"

1996年，薛忆沩从广东外语外贸大学博士毕业后，来到深圳大学文学院任教，此时，距离他发表的第一部小说《睡星》，已经整整过去了8年。而6年之后，薛忆沩辞掉了教职，离开了深圳，到加拿大的蒙特利尔定居。薛忆沩真正在深圳工作、生活的时间是从1996年至2002年出国定居之前。2006年，薛忆沩推出了他的第一部中短篇小说集《流动的房间》，收录了1990年以来他所发表的中短篇小说。在这些小说中，我们可以清楚地看到，《老兵》《出租车司机》《历史中的一个转折点》《与狂风一起旅行》《两个人的车站》《广州暴乱》《"深圳的阴谋"》《一段被虚构掩盖的家史》《一九九九年十二月三十一日》《首战告捷》等10部小说创作于深圳，当然，还有其他几部中短篇小说《死者》《人事处老P》《一个小学生的学期鉴定1971—1976》《那个阳光明媚的正午》也是创作于这一阶段，但并没有收入到小说集中。

正如薛忆沩在小说集《流动的房间》里所做的分类"城市里的城市""历史之外的历史"，薛忆沩在深圳创作的这些小说主要有两个主题：城市和历史。在这一阶段，薛忆沩受西方现代派文学影响颇深，我们可以看到主人公"X"出现在多部小说里，比如《一九八九年十二月三十一日》《手枪》《公共澡堂》《已经从那场噩梦中惊醒》《无关紧要的东西》《死去的与活着的》《一段被虚构掩盖的家史》《一九九九年十二月三十一日》，"X"的身份并不是固定的，有时候是推销员，有时候是9岁的孩子，有时候是语言学家，有时候还是个女性，但"X"很显然和卡夫卡笔下的"K"形成呼应关系。而且，薛忆沩关注城市普通人的生活状态：陌生感、隔膜感、疏离感、厌倦感、荒诞性等，也都是西方现代派所表现的内容。在薛忆沩的历史小说中，也随处可见历史的不确定性、虚构性，包括《首战告捷》的"父子冲突"，都打上了深深的卡夫卡印记。

薛忆沩也深受乔伊斯的影响。在某种程度上，《深圳人》是对《都柏林人》的致敬之作。《深圳人》的最初版是《出租车司机——"深圳人"系列小说》，2013年5月由华东师范大学出版社推出，再版时才改为"深圳人"。薛忆沩在再版序言中说："为了强调作品与英语文学经典Dubliners（《都柏林人》之间的联系，我建议改用Shenzheners（《深圳人》）做它的书名。一段神奇的文学之旅就这样开始了。"① 因此，《深圳人》的第一个重要意义是将"Shenzheners"带入世界文学史的版图中，并试图通过和Dubliners的呼应，确立Shenzheners的经典地位，而《深圳人》英文版和法文版的相继推出并获奖，的确推动了"深圳人"的国际化传播，这一点薛忆沩功不可没。《深圳人》的第二个重要意义是通过12个主要人物（母亲、小贩、物理老师、出租车司机、女秘书、剧作

---

① 薛忆沩：《深圳人》，华东师范大学出版社，2017，第2页。

家、两姐妹、文盲、同居者、神童、"村姑"、父亲）将"深圳人"的群像描绘出来，整体表现出一种"无根"的状态，这种状态又和索尔·贝娄的"晃来晃去的人"遥相呼应。薛忆沩笔下的"深圳人"都处于"失重"状态，他们隐秘的精神世界濒临崩溃，他们或逃离，或退缩，或抗争，或认命，都深深刻上了城市里的"个人"印记。薛忆沩特意在小说中隐藏了深圳的地标、建筑，试图阐释深圳人的身份尴尬："几乎没有人是真正的深圳人，几乎所有人都是真正的深圳人。"①

　　将薛忆沩笔下的"深圳人"放在一起比较，我们会发现他对女性着墨颇多，"母亲"暗恋着小区里的一名大学教授；"物理老师"在"理想女人"的蛊惑下陷入一段错位的师生恋；"女秘书"渴望新奇的生活，从旧城"逃到"深圳，却经历着另一段不堪的生活；"两姐妹"在理智与情感的双重作用下，掉入了看似稳妥却充满诱惑的陷阱；"同居者"在婚姻中感受不到任何的乐趣；"村姑"则试图在深圳寻找到真正的爱情。薛忆沩深入到女性精神世界的最深处，把女性的无助、无望、无辜、无瑕表现了出来，而她们有的逃走，有的心灰意冷，有的疯狂报复，轮番上演着情感悲喜剧，又强化了薛忆沩小说中的"现代派因子"——荒诞、无趣、虚幻、琐碎。

---

① 薛忆沩：《深圳人》，华东师范大学出版社，2017，第2页。

二、《出租车司机》的"重写"问题

重写，是薛忆沩的一个标志性的写作姿态。薛忆沩一直在不断地"重写"着自己的作品。1989年薛忆沩出版第一部长篇小说《遗弃》，在随后的创作中，薛忆沩对其进行了两次重写，分别于1999年和2012年推出了不同的"修订本"。他的第一部中短篇小说集《流动的房间》也在初版7年之后，进行了大量的重写，推出了"新版"。而2011年，可以看成是薛忆沩的"重写之年"，他几乎重写了自己之前发表的所有的微型小说。我曾将《流动的房间》2005年版、2013年版进行了对比阅读，发现"重写本"的语言更精练、主题更突出、人物形象更饱满。薛忆沩是语言学博士，他对文学语言有着严苛的"洁癖"，再加上在异域生活的经历，让他能够重新审视之前的作品，发现"另一种表达方式"，从而达到"完美"的境地。比如说，在重写版的《乳白色的阳光》中，他强化了小说里的"陌生感"，将初版中的"陌生感"分成了五天来写，并在第一节的最后部分进行总结："税务员一路上都在回忆自己这五天来的陌生感觉。他甚至觉得自己鞋底落地时的感觉都很陌生。他没有感觉自己这是在往家里走。他觉得自己这是在走向生活的尽头。"①小说所要表现的主题——疏离感更加强烈，具有卡夫卡式的荒诞性。下面，我就拿他的代表作《出租车司机》做一个细致的对比阅读。

《出租车司机》发表在《人民文学》1997年第10期，最

---

① 薛忆沩：《流动的房间》，上海文艺出版社，2013，第21页。

初并没有引起什么反响。《天涯》杂志在2000年第5期刊出后，被《中华文学选刊》《小说选刊》《读者》《新华文摘》等国内的众多选刊选载，后来收入到薛忆沩的第一部中短篇小说集《流动的房间》（2006年版）。2013年，上海文艺出版社推出了"修订版"的《流动的房间》，"重写版"的《出租车司机》也收入其中，并成为权威版本收录在《出租车司机——"深圳人"系列》和《深圳人》两本书中。为了方便陈述，我将《出租车司机》的初版称为"原版"，改写版称为"重写版"。

《出租车司机》的故事并不怎么复杂，在深圳工作15年的"出租车司机"在失去妻子和女儿后辞职，准备离开深圳，小说记录他最后一天上班的"心理波动"和"情感的变化"。《出租车司机》的"原版"完成度很高，整部小说具有经典小说的品质，要对"原版"进行"改写"，其难度相当大，而且稍不小心，可能就会"吃力不讨好"，薛忆沩的"重写"有一定的风险，但他很好地完成了这一工作。将"原版"和"重写版"放在一起比较，我们会发现薛忆沩对原版进行了大量的扩写，增加了很多的限定语和修饰语，比如原版里的"车"统一改成"出租车"，"公司"统一改成"出租车公司"，"电话"也改成"手提电话"。另外，加了很多的形容词，来准确描述当时的"情感现场"，比如"冷冷地说""生硬地说""伤感地说"，在原版里仅仅是"某某说"。薛忆沩试图高度还原当时的"情境"，尤其是出租车司机的心理波动，增加了很多的句子。薛忆沩试图进一步展现出出租车司机的内心世界，将"无根感"和"疏离感"凸显。

薛忆沩的这种"扩写"的企图很显然是为了更好地表现主题的。《出租车司机》的主题依然是城市里的"无根者"，依然是表现"晃来晃去的人"。本来出租车司机的工作性质就决定了其在城市里的"漂泊"状态——总是在不停地赶路，却没有一个最终落脚的地方；总是"呼之即来挥之即去"；总是急匆匆地停不下来。因此，薛忆沩将出租车司机描绘为一个"缺乏感情"的人是很准确的，他们为了多赚点钱，显得比较粗鲁，总是在"追赶"的节奏里，根本停不下来，感受不到日常生活中的细节。在《出租车司机》里，我们看到小说里的开篇，薛忆沩写出租车司机没有像之前那样"恶狠狠骂人"，这是一种"情感的变化"，促成"他"变化的原因是妻子和女儿的去世。整部小说都是在处理这种情感的变化——感性世界慢慢打开！这样看来，薛忆沩对小说关键地方的"扩写"不仅显得很有必要，而且也很重要。

"重写版"将"情感复苏"的过程拉长，将出租车司机的"感性觉醒"细化，让读者更能体会到"无根者"的情感焦虑，比如，在写到出租车司机的思绪无法安静下来时，薛忆沩在"重写版"中增加了这样的句子："他整夜整夜地失眠。那些长期被他忽略的生活中的细节突然变得栩栩如生。它们不断地冲撞他的感觉。他甚至没有勇气再走进自己的家门了。他害怕没有家人的'家'。他害怕无情的空白和安静会窒息他对过去的回忆。"[1]这样的句子将出租车司机的丧妻丧女之痛非常真实地表现出来，也正是在这种"思念的煎熬"中，出租车司

---

① 薛忆沩：《流动的房间》，上海文艺出版社，2013，第117页。

机的感性世界才开始复苏，才开始回忆起曾经他们一家人在一起的快乐时光。"情感的复苏"代价巨大，这也暗示了深圳这座现代化城市快节奏的生活对人们情感的"伤害"。出租车司机最终恢复了"感性的力量"，他要去拥抱属于他的东西，他选择回家陪伴父母，这其实是一种寻根的行为，也是一种治疗的举措。所以，小说结尾处的"神圣感觉"的出现，表现出"新生"的可能性。

当然，重写版也可能会有一些问题，比如过多地限定"情感现场"就让读者失去了想象的空间，而且可能会伤害原版的"精练性"。比如在描写出租车司机在意大利薄饼店感受女儿玩冰块的游戏时，重写版加了这样两句话："那是毫无意义的移动。那又是充满意义的移动。"① 这种补充说明很显然就属于"画蛇添足"。但总体而言，不得不承认，薛忆沩所做的努力，为我们打开了另一扇窗户，让我们重新认识小说语言所能达到的高度与深度。正如薛忆沩本人所说："我清晰地发现了汉语逻辑表达的潜力，汉语呈现细节的潜力以及汉语精准地支撑事物和情绪的潜力……'重写的革命'就是这样开始的。"②

三、《希拉里、密和、我》中的创伤叙事

薛忆沩的长篇小说《希拉里、密和、我》发表于2016年，

---

① 薛忆沩：《流动的房间》，上海文艺出版社，2013，第119页。
② 钟润生：《"汉语的潜能与魅力，让我发动了'重写的革命'"》，《深圳特区报》2015年9月15日。

是其蒙特利尔时期的代表性作品。[①]这部小说以"我"的视角，讲述了希拉里、密和、"我"——"这三颗微不足道的沙粒"[②]在蒙特利尔的冬天奇遇。三个饱受创伤的人，在蒙特利尔的皇家山相遇，在海狸湖边的人工溜冰场上，从陌生到熟悉，相互进入对方的世界，并最终分离。

这部小说是薛忆沩颇具国际化视野的作品，三种不同人物身份的设置，彰显了其国际化写作的抱负。希拉里是研究莎士比亚的专家，密和是中日混血儿，"我"是从中国移民到加拿大的"华裔"。这三个人物都饱受心灵的创伤，是薛忆沩"创伤书写"的集中展现。

（一）癔症患者的创伤记忆

创伤，本意是指外部力量给人的身体造成的物理性损伤，后来，其意义逐渐扩大化，并更多地指向精神层面。1860年，英国医生约翰·埃里克森（John Erichsen）发现，那些经历过火车事故的受害者，都有着"震惊"（shock）后的不幸和强烈的被冲击感，创伤开始和这种"震惊"联系在一起。保罗·奥本海姆（Paul Oppenheim）将这种造成大脑内在机

---

① 2018年3月8日，薛忆沩做客深圳职业技术学院深圳文学研究中心，参加主题沙龙"让我们谈谈深圳——薛忆沩文学创作"。在沙龙上，他将自己从1988年至2018年共30年的创作分为三个时期。第一个时期是1988年至1991年。第二个时期是1996年至2002年，这是典型的深圳时期，主要的特点是《遗弃》被"翻出来"。《遗弃》本是属于第一个时期的作品，但被《南方周末》登出来后，一下就具有全国性的影响力。另外，《出租车司机》也是在这个时期创作的，是《深圳人》系列小说里的第一篇，时间是1997年。第三个时期，从2003年的蒙特利尔时期开始，一直到现在。

② 薛忆沩：《希拉里、密和、我》，华东师范大学出版社，2016，第116页。

能改变的现象称为"创伤性神经症"（traumatic neurosis）。对创伤性神经症研究在19世纪末期达到一个小高潮。法国神经学家让-马丁·沙可（Jean-Martin Charcot）用现场示范表演的方式阐释他在癔症研究上的发现，引起轰动，并引来了一大批跟随者，最著名的是皮埃尔·简丽特（Pierre Janet）和弗洛伊德。

让-马丁·沙可用文字、绘图和摄影记录下癔症的症状特征：麻痹瘫痪、感觉丧失、抽搐痉挛、失忆等，并认为这些症状是非器质性损害，属心因性的，可以用催眠术诱发和再现。弗洛伊德在此研究的基础上，和约瑟夫·布洛伊尔（Joseph Breuer）合作，对癔症（Hysteria）进行了详细的临床分析，于1895年出版《癔症研究》一书。"在'创伤性'癔症中，引起症状的是意外的事件。在每次癔症发作时，有可能从病人每次发作的表达中推想到他在幻觉状态中体验第一次发作的同样事件"①。为了更好地说明"第一次发作的同样事件"，弗洛伊德引用了泰索（Tasso）在《自由的耶路撒冷》中的故事做例证：主人公坦克莱德在战场上无意中杀死了以敌军骑士的盔甲做伪装的、他所热恋的少女克洛林达。后来，他走进一片令人恐怖的森林，他拔出宝剑，砍倒一棵大树，从树干的创口里流出了血和克洛林达的声音，她的灵魂被囚禁在这棵树里。他又一次伤害了他所爱的人。"在心灵中确实存在着一种强迫性重复，它超越了快乐原则。现在我们也倾向于把创伤性神经症中出现的梦，以及导致儿童游戏的冲动和这种强迫性联

---

① 车文博主编：《弗洛伊德文集·第1卷·癔症研究》，长春出版社，2012，第17页。

系起来"①。癔症中的"强迫性重复"是困扰患者的重要表现之一，沙可用催眠的方式，引导癔症患者将强迫性重复的"病痛"呈现出来，布洛伊尔和弗洛伊德则是通过谈话的方式，让癔症患者再现"创伤的记忆"。

在《希拉里、密和、我》中，薛忆沩并没有直接说希拉里是癔症患者，但用了"一个健康的病人"来界定。"从我的目光接触到她背影的一刹那，我就感觉到她好像是一个病人。更准确地，应该说我在那一刹那就已经感觉到了她的生命中强烈的矛盾：一方面，它散发出能够挑战一切喧嚣的活力；另一方面，它又散发出无法承受任何骚动的恐惧。一个奇怪的标签立刻出现在我的脑海中：那个女人是一个'健康的病人'！"②"健康的病人"既能轻盈地溜冰，也会熟练地滑雪，她把滑雪板藏在一棵老榆树的树洞里，这让"我"分外感慨："一个人要有多么健康才可能做到这一点？一个人要多么'病'才可能做到这一点？"③弗洛伊德认为，"癔症患者主要是遭受记忆恢复（reminiscences）的痛苦"。④希拉里显然符合这一特征。随着"我"和希拉里交流的不断深入，"病人"希拉里开始敞开心扉，向"我"讲述她所经历的"两段'最黑暗的记忆'"。希拉里的第一段黑暗记忆是关于自己的父亲，他曾经对美术很着迷，想成为一个艺术家，却被长

① 车文博主编：《弗洛伊德文集·第6卷·自我与本我》，长春出版社，2012，第17页。
② 薛忆沩：《希拉里、密和、我》，华东师范大学出版社，2016，第17页。
③ 薛忆沩：《希拉里、密和、我》，华东师范大学出版社，2016，第23页。
④ 车文博主编：《弗洛伊德文集·第1卷·癔症研究》，长春出版社，2012，第20页。

辈逼迫着学习法律，他取得了法学博士学位，成为一名著名的律师，赚了很多钱，但他的婚姻却很不幸，因为是包办婚姻，感情不好，"他们每天都要争吵"，最后他在希拉里结婚的前两天自杀身亡。"希拉里说直到二十年之后才知道她父亲为什么要选择在她结婚仪式之前结束自己的生命。他说他是想'阻止'她进入他预感不妙的婚姻"。希拉里的婚姻是另一段黑暗的记忆。由于丈夫的出轨，她的婚姻以失败而告终，而这段失败的婚姻，连同父亲的死亡将其癔症的症状加剧。"我经常会睡一两个小时就突然惊醒，然后就再也睡不着了"。在写给"我"的最后一封信上，希拉里说："这相遇将我同时推进了记忆和想象的深渊，精心构筑多年的防御刹那间就失去了作用。这是出于必然还是出于偶然？这困扰了我一生的问题现在又成了我新的困惑。"[1]希拉里最终迷失在癔症的发作之中，其最终的下落，薛忆沩没有明说，这也给读者留下了想象的空间。

希拉里是一个"病人"，她把自己包裹在孤独之中，用音乐来对抗孤独。在她不发病期间，她表现得从容、淡定。她研究莎士比亚，并和"我"一起探讨莎士比亚的诗作。她"受过很高的教育，也有很丰富的内心"[2]。这样优秀的人，似乎很难和癔症患者联系起来。但希拉里的"症状"却和弗洛伊德在《癔症研究》里提供的病例之二埃米·冯·N夫人特别相似。埃米·冯·N夫人，40岁，来自德国中部，她"年轻，善于修饰边幅，富有性格"。但却容易受到惊吓，她的创伤记忆

---

① 薛忆沩：《希拉里、密和、我》，华东师范大学出版社，2016，第200页。
② 薛忆沩：《希拉里、密和、我》，华东师范大学出版社，2016，第25页。

深圳文学的十二副面孔

来自"丈夫的去世"。弗洛伊德通过对她的分析，得出："埃米·冯·N夫人给了我们这样一个实例，即癔症是怎样与洁白无瑕的品性和自我控制良好的生活方式相容。这位我们渐渐熟悉的女士是一位值得称赞的人，她把道德上的严肃性看作是自己的责任，她的智力和精力不比男人差。"[①]在《希拉里、密和、我》中，"我"折服于希拉里的渊博知识。希拉里能够完整地背诵莎士比亚的四大悲剧，反复重读莎士比亚的全部作品。于是，"我"请希拉里做导师，组成了两个人的读书会，定期讨论莎士比亚的作品。"当（癔症）患者处于正常心理状态时，这些（创伤）经历完全不在他们的记忆中，或只是以非常简略的形式存在于记忆中。"[②]希拉里在和"我"的交往中，短暂地摒弃"创伤的记忆"，敞开了心扉。

密和也是一个癔症患者。在薛忆沩的笔下，密和是一个瘫痪者，每天坐在轮椅上写作。她的癔症症状比希拉里严重些。家人为了她的安全，刻意保持和外界的距离，已经搬了很多次的家。密和不能受到干扰，她每天都去皇家山上的海狸湖溜冰场旁写作，可是，"我"的介入打破了她的"正常生活"。她说："这一段时间，我总是混淆记忆和想象。"密和的创伤记忆也来自两个方面：家庭的惨痛记忆和个人的病症。薛忆沩的高明之处是，他并没有明确告诉我们密和是怎样失去双腿的，这也为"我"后来的"追查"提供了切入口。密和的另一段创

---

① 车文博主编：《弗洛伊德文集·第1卷·癔症研究》，长春出版社，2012，第75页。
② 车文博主编：《弗洛伊德文集·第1卷·癔症研究》，长春出版社，2012，第21页。

伤记忆来自家庭。她父母的结合遭到双方家长的竭力反对，最终她父亲选择了自杀，而她母亲也在痛苦的煎熬中跳楼自杀。密和每天坐在轮椅上所写的故事，即是父母的"创伤故事"。

密和的癔症发作过一次。"我"在溜冰场看到密和做操时，以为她的病情正在好转，没想到她很快就跌倒在雪地上。当"我"跑去扶她起来时，密和请求"我"打电话叫救护车过来。密和说："每年都要来一次……我都已经习惯了。"[1]这种状态符合沙可所描述的癔症发作的第三个时期：情态期。"这种发作可使一些事件再现，由于这些事件对创伤来说有一种瞬间恰好重合的特殊倾向，因此而被强调起来"[2]。密和的这次发病与前一次她和"我"的谈话有关。"我"告诉了她关于密云水库的真相，让她记起深埋在心底的"创伤记忆"，从而引起癔症的发作。

（二）创伤的治疗与复原

癔症存在的历史很古老。早在公元前1900年，埃及医生就发现了癔症现象，认为造成癔症的原因是子宫在妇女身体内游弋，这一说法也被希波克拉底所认可。但癔症和癫痫并不是一回事，尽管癔症在某些时刻会出现类似癫痫的症状。沙可在大量实证研究的基础上，认为癔症发作是情绪诱因使然，弗洛伊德和布洛伊尔认为癔症与创伤性神经症之间可以进行比较研究，都是"心理创伤"引发的。"心理创伤，或者更准确地说

---

[1] 薛忆沩：《希拉里、密和、我》，华东师范大学出版社，2016，第187页。
[2] 车文博主编：《弗洛伊德文集·第1卷·癔症研究》，长春出版社，2012，第24页。

创伤的记忆，犹如进入身体中的异物，在很长时间内继续被看作仍起作用的动因。"①

随着对癔症研究的不断深入，弗洛伊德和布洛伊尔提出了治疗癔症的科学方法，并在病人的身上试验成功。癔症患者最主要的病理学特征是"解离"，由于发生对个人有重大冲击的创伤事件，癔症患者"丧失了将这些记忆统合在一起的能力……导致记忆、知识和情绪之间的正常联结遭到阻隔"②。布洛伊尔对癔症患者安娜·O小姐的催眠与"谈话治疗"给弗洛伊德很大的启示，他也利用催眠术和"谈话疗法"对癔症患者如埃米·冯·N夫人、露茜·R小姐等进行治疗，找到了解决癔症患者症状的"药方"："当我们能使患者把激发的事件及其所伴发的情感清楚地回忆起来，并且患者尽可能详细地描述这个事件，而且能用言语表述这种感情时，则每一个癔症症状就会立刻和永久地消失。不带情感的回忆几乎不产生这种效果。最初发生的心理过程必须尽可能鲜明地重现，必须回复到它的原状，然后予以言语陈述。在我们所要处理的下列诸种刺激现象（痉挛、神经痛和幻觉）中，这些现象以充分的强度再现后，便永久消失。"③这段话有几个关键词：回忆、言语表述、重现。回忆起"掩蔽性记忆"（screen memories）④，用言语表达出"创伤记忆"，重现曾经被强烈冲击的场景，这样

① 车文博主编：《弗洛伊德文集·第1卷·癔症研究》，长春出版社，2012，第19页。
② 朱迪思·赫尔曼：《创伤与复原》，施宏达、陈文琪译，机械工业出版社，2015，第31页。
③ 车文博主编：《弗洛伊德文集·第1卷·癔症研究》，长春出版社，2012，第19页。
④ 车文博主编：《弗洛伊德文集·第8卷·图腾与禁忌》，长春出版社，2012，第289页。

就可以让"解离"现象得到复合，从而根治好癔症。

在《希拉里、密和、我》中，"我"是一个类似于弗洛伊德式的治疗师的角色，承担着"精神分析"的重任。"我"从中国移民到加拿大，在蒙特利尔经营着一家便利店。小说一开始，"我"也饱受着精神的创伤。"我"的精神创伤来自三个方面：第一，妻子的死亡；第二，卖掉了经营13年的便利店，卖掉了已经住过将近10年的房子，失去了生活的依靠；第三，女儿再也不搭理我，离家独自生活。"我已经不再是一个丈夫，我也已经不再是一个父亲，已经不再是一个业主，甚至已经不再是一个男人……"生活的突然变故强烈地冲击了"我"，"我"正在面对着新一轮的"身份危机"："我很孤独。我很绝望。我想离开这里，甚至想离开这个世界。"① "我"是一个创伤者，能够充当两位癔症患者的"治疗师"吗？薛忆沩给出了肯定的答案。

阅读小说，你会发现，整部书如同一份记录详细的"病历报告"。主人公"我"的喋喋不休与各种重复性表达，如同精神分析师的"治疗手记"。"我"的"创伤经历"能够让"我"更加谨慎地和两位癔症患者交流与沟通，也更加容易进行创伤治疗。朱迪思·赫尔曼在《创伤与复原》一书中认为，创伤后应激障碍有很多种症状，但总体上可以归纳为三个主要的类别，而这也同样适用于癔症的症状。这三个主要类别是："'过度警觉'（hyperarousal）是持续不断地预期将面临危险；'记忆侵扰'（intrusion）是受创时刻的伤痛记忆萦

---

① 薛忆沩：《希拉里、密和、我》，华东师范大学出版社，2016，第8页。

　　　　　　　　　　　　　　　深圳文学的十二副面孔

绕不去；'禁闭畏缩'（constriction）则反映出屈服放弃后的麻木反应。"[1]"我"在与两位癔症患者初次交流时，都感受到了这种"过度警觉"。"我"在皇家山上的溜冰场，首先见到了"健康的病人"希拉里。他初次见她，就觉得她是一个病人，这激起了作为"治疗师"的"我"的强烈好奇，"我想看见她的表情，我想听到她的声音，我想知道她的背景……我从来没有对一个陌生人产生过如此强烈的好奇"[2]。这种"好奇"在文中不断地重复，如同一个医生对病人持续的关注一样，最终引起了希拉里的注意，但当"我"说自己曾在中国生活过时，又让希拉里变得恐慌起来。"她的目光变得那样的不安。她的表情变得那样的阴暗"。这种"过度警觉"也在"我"第一次和密和交谈时出现。当"我"问她写的是什么类型的作品时，她"用紧张的目光看着我"。并用"紧张得发硬的声音说，'我是很注重隐私的人'"。

　　针对两位癔症患者的过度警觉，"我"逐渐找到如何让她俩放松警惕的方法。"我"知道她俩正遭受着"记忆侵扰"的麻烦，唯有"通过言语途径而发泄受压的情感，使其不产生作用"[3]。这即是"谈疗法"（talking cure）。"我"和希拉里约定组成一个"二人读书会"，专门讨论莎士比亚的作品。在读书会中，讨论到了《十四行诗》里的"孤独"。希拉里认为

①　朱迪思·赫尔曼：《创伤与复原》，施宏达、陈文琪译，机械工业出版社，2015，第31页。
②　薛忆沩：《希拉里、密和、我》，华东师范大学出版社，2016，第20页。
③　车文博主编：《弗洛伊德文集·第1卷·癔症研究》，长春出版社，2012，第25页。

孤独如同癌症，每个人都逃不掉，这也深深地打动了"我"。但随着交流的深入，"我"也发现希拉里"只读莎士比亚"。"我也不相信世界上还有什么人会对莎士比亚如此地偏执。这偏执也许应该看成是她的病症"①。后来，他们又谈到了《十四行诗》里的"孤儿"问题。通过"谈疗法"，"我"逐渐消除了希拉里的"过度警觉"，让她对"我"产生了依赖和信任。于是，困扰希拉里的"记忆侵扰"开始通过"言语表达"重现。希拉里邀请"我"一起看电影，一起去她在滑雪胜地的小房子，并向"我"讲述"最黑暗的记忆"。但希拉里最终没有走出来，她在给"我"留下最后一封信后，把自己"禁闭"起来，"我"对希拉里的"创伤治疗"最终以失败告终。

相反，"我"对密和的创伤治疗则要成功得多，这主要归功于密和的"自我治疗"。密和对自己的治疗方式是写作。通过写作，将"记忆侵扰"重现出来，从而达到康复的目的。写作作为治疗创伤的手段早已得到研究者的确证。德萨欧（DeSalvo）在《写作作为治疗的方式》一书中写道："我们在生活中受到了震惊、打击或经历了创伤。通过探索它、研究它、把它形成文字，我们就不会把它看成是一个随意的、无法解释的事件。我们开始理解表象下的秩序。……通过写作使我们发现事情的整体性、人类经验的连贯性。我们明白最大的震惊并不能让我们和整个人类分开。相反，通过表达我们自身，我们和其他人以及世界建立了联系。"② "我"初次与密和交

---

① 薛忆沩：《希拉里、密和、我》，华东师范大学出版社，2016，第109页。
② Louise DeSalvo. Writing as a Way of Healing: How Telling Our Stories Transforms Our Lives[M]. Beacon Press, 1999. P.43.

谈时，得知她已经写完了五本笔记本时，大吃一惊。"我"对密和的写作内容很好奇，但又不方便直接问，于是就通过不断交谈的方式，最终知道密和写作的秘密。当密和向"我"讲述自己的"创伤故事"时，"记忆侵扰"开始出现，并最终导致了癔症的爆发，但"记忆的再现"让密和突然明白自己到底该怎样去完成这部作品，她感谢"我"的参与，"没有你，我不可能完成这部作品。它其实是我们一起创造的神话"①。这样，癔症患者密和在写作以及"我"的帮助之下，治愈了自己。这正如范德科（Van Der Kolk）所说的那样："当故事可以被诉说，个体就能回看发生了什么；他就在自己的生命中留下了一个位置，因此也指向了完整的人格。"②

（三）创伤书写中的"家国情怀"

弗洛伊德认为："某种经验如果在短时期内，给大脑提供强有力的刺激，以致不能用正常的方法应付或适应，从而使大脑能量的分配方式受到永久的干扰，我们把这种经验称为创伤经验。"③创伤经验和患者日常生活中的正常经验存在着意识的分裂，这种分裂造成的异常状态就是癔症患者的症状。通过对癔症患者临床分析，弗洛伊德发现，每一个癔症患者都"固着（fixated）于她们过去的某个特殊地方，就好像她们

---

① 薛忆沩：《希拉里、密和、我》，华东师范大学出版社，2016，第220页。
② Bessel O. van der Kolk. Psychological Trauma[M]. American Psychiatric Press, 1987. P.176.
③ 车文博主编：《弗洛伊德文集·第4卷·精神分析导论》，长春出版社，2012，第160页。

都不能使自己从中解脱出来，并因此与现在和将来都脱离了关系"[①]。

"对象固着（subject of fixation）"是创伤神经症以及癔症的典型表现。具体到《希拉里、密和、我》中，希拉里、密和的"对象固着"都是中国，这也是"我"之所以特别好奇，愿意充当两位癔症患者的"治疗师"角色的重要原因。薛忆沩借"我"之口，表达了其强烈的"家国情怀"。

造成希拉里心理创伤的原因是丈夫的"背叛"，而丈夫之所以背叛是在上海遇到了一位中国姑娘。当希拉里遇到来自中国的"我"，她最初是处于警戒状态，因为这让她想到了自己的前夫。前夫和她一起生活了20年，被派往中国主持为期两个半月的培训活动后，从之前对中国的"反感"转变为对中国的"赞赏"："他说中国菜太油、太咸；他还说中国人太无知、太势利。而在回加拿大的飞机上，他也与邻座有短暂的交谈。他说的却全是关于中国的好话，他甚至说中国的嘈杂和拥挤都让他觉得很有意思。"因丈夫的背叛，中国给希拉里留下了惨痛的记忆。希拉里在给"我"的最后一份信中写道："整整二十年的婚姻生活以那么荒诞的方式结束将我彻底变成了一个'病人'。'病人'才是我最重要的身份。这些年里，我一直都在小心翼翼地与这种身份周旋。我现在已经疲惫不堪了。"

一个作家笔下所处理的对象，都是深思熟虑之后的"安排"。薛忆沩对希拉里的定位，讲述的是一个外国人眼中的

[①] 车文博主编：《弗洛伊德文集·第4卷·精神分析导论》，长春出版社，2012，第159页。

"中国"，但对密和的定位，则上升到了"家国情仇"层面。密和的心理创伤主要是来自自己的父母。她从来没有去过中国，因此，在写作中常常陷入"记忆与想象"的错觉。通过交谈，她知道"我"去过北京，在圆明园待过，还在密云水库里游过泳，而这两个地方都是密和创伤心理的"固着"，因为她父母的故事就发生在那里，她父亲是在密云水库溺亡的。密和的父亲是中国人，密和的母亲是日本人。他俩相识在1974年的北京。密和的母亲是中日邦交正常化之后最早一批来中国学汉语的留学生，在课堂上认识了密和的父亲，他们很快就相爱，但很快就被双方的家长所拆散，因为"两个国家的历史，两个家庭的历史……三十多年前两个国家之间的战争在他们各自的家庭中都留下了永远的'硬伤'"①。战争的创伤最终破坏了美好的爱情，薛忆沩通过密和的"创伤记忆"揭露了战争给两个国家和两个不同的家庭留下的"创伤"。

但薛忆沩的目的不仅仅在于暴露"战争的创伤"，他还通过小说表达了中国的"国家创伤"。圆明园被毁灭的历史在小说中被反复提及。"我"问密和是否知道圆明园被毁时雨果写的那封抗议信。"有一天，两个来自欧洲的强盗闯进了圆明园。一个强盗在洗劫，另一个强盗在纵火"。密和说她读过那封信，并且知道圆明园已经成为废墟。密和在给"我"的手稿里，记载了她父母在圆明园废墟约会的场景。废墟不仅见证了爱情的生长，也见证了爱情的悲剧，个人情感通过"废墟"和"国家的创伤记忆"联系起来，表现出薛忆沩对以圆明园为代

① 薛忆沩：《希拉里、密和、我》，华东师范大学出版社，2016，第225页。

表的"国家创伤"的思考。

　　"我"在小说中的"创伤经历"进一步凸显了薛忆沩的"家国情怀"。在《希拉里、密和、我》中，"我"经历了三次"创伤"和三次"移民"。"我"的第一次创伤来自在北京读书期间的恋爱经历，圆明园是"见证者"，这也是"我"的第一次"移民"经历——离开家乡，去外地生活。"我"在圆明园认识了一位北京姑娘，由于自卑和对未来的担忧，"我"最终中止了这段感情，在毕业后立刻离开了北京，去了广州。"在广州的十年时间可以说是我的第二次移民经历"。"我"和一个女博士结婚，组成了家庭，结果妻子在结婚之后总是以"不负责任"来表达对"我"的不满。妻子以"为了小孩的教育"决定移民到加拿大，"我"虽有百般不愿意，最后还是听从了妻子的意见。家庭的创伤是"我"在广州阶段的重要经历。当"我"终于和妻子、孩子成功移民到加拿大后，生活也并没有得到好转，妻子不得不放弃科研工作，最终和"我"一起开了一家便利店。"我"在这一阶段的创伤经历主要是妻子的去世、女儿的"离家出走"。但我们却可以通过"我"的移民经历，了解到薛忆沩对"祖国"的看法。"在十五年的移民生活中，我有过很多次询问看似同胞的对方是不是中国人的经历。我也经常会听到对方义正词严地回答说：'不是。我是香港人。''不是。我是台湾人。'这种回答会让我马上就失去对回答者的敬意。"这段话里所涉及华裔关于身份的认同问题，充分表明"我"的爱国之心和"家国情怀"：无论香港人、台湾人还是大陆人，都是中国人。在"我"看来，"移民是残忍的选择"。只要选择了移民，就"必须面对移民带来的那些最本质的问题：比如寂寞，比如屈辱，比如单调和重复，比如进退两难，比如无所适从……那是金钱解决不了的问题，那也是感情解决不了的问题"。于是，在小说的结尾，当"我"最终与女儿和解后，毅然选择了回到中国生活，回到"已经面目全非的故乡去"[①]。

《希拉里、密和、我》是薛忆沩国际化写作的典范，作家通过对"三个饱受创伤的人"的描写，处理了一个重大的写作问题：作为一个名海外华人作家，如何正确地把握中国？如何在平等对话的基础上，实现对"家国情怀"的理性书写？薛忆沩没有用惯用的讨巧的方式（比如故意暴露中国的阴暗面）来书写中国，相反，"我"作为作家的代言人，充当了两位西方社会癔症患者的"治疗师"，通过"我"的视角和眼光，既给西方人"疗伤"，也彰显了中国的"蒸蒸日上"。"我"的"告老还乡"，并在中国找到幸福，给小说画上了一个圆满的句号，"我"也"终于看到了生活的全景"，获得了新生。

---

① 薛忆沩：《希拉里、密和、我》，华东师范大学出版社，2016，第263页。

面孔五：盛可以

盛可以是中国少有的具有极强女性意识的作家，她关注女性，书写女性，表达女性世界，讴歌女性的自由，她创作了一系列脍炙人口的作品，比如长篇小说《北妹》《道德颂》《息壤》等。李敬泽认为，"盛可以的小说有一种粗暴的力量。她几乎是凶猛地扑向事物的本质"，这种本质，在我看来就是女性的存在之道，她是埃莱娜·西苏所期待的作家——"用语言飞翔也让语言飞翔"[①]。

一、美杜莎的笑声

盛可以是70后代表性作家，她出生于湖南益阳，1994年移居深圳。2001年盛可以离开深圳，去沈阳开始文学创作，后定居北京。她的处女作《北妹》2003年发表在《钟山》杂志上，篇名为《活下去》，2004年由长江文艺出版社推出，但在此之前，她已经开始崭露头角，比如《Turn on》发表在《收获》2002年第11期，《手术》发表在《天涯》2003年第5

---

① 埃莱娜·西苏：《美杜莎的笑声》，《当代女性主义文学批评》，张京媛主编，北京大学出版社，1992，第203页。

期。盛可以目前已经出版长篇小说10部，中短篇小说集9部，散文集（画文集）3部，曾获首届华语文学传媒大奖、人民文学奖、郁达夫小说奖等。在盛可以众多的作品中，内容涉及深圳的只占一小部分，但却是分量极重的一部分，它们参与了深圳女性话语的建构。具体来说，盛可以的深圳小说包括3部长篇小说《北妹》《无爱一身轻》《水乳》，6部中短篇小说《Turn on》《钢筋蝴蝶》《硬伤》《成人之美》《也许》《镜子》。①在《无爱一身轻》中，盛可以将男性的性器官比作深圳的地王大厦："你看深圳'地王'大厦：那直插青天的两根柱子，坚挺、坚决、坚韧、坚硬、坚固、坚强、坚信……"②在《成人之美》中，盛可以借主人公之口这样评价深圳："深圳人每天琢磨吃什么，怪不得连精神都吃没了。"③深圳是欲望之都，深圳充满着男性的征服力量，"那里没有爱情，不重视文化。只有一群躺在优裕物质生活中沾沾自得和做文化表面功夫的人"④。盛可以对深圳的这种书写并没有摆脱旧有的思维模式，依然将深圳看作没有文化的欲望都市，落入了传统话语的窠臼，但她对深圳文学"女性话语"的

---

① 盛可以的短篇小说《无爱一身轻》是关于男人性器官"研究"的小说，她后来的同名长篇小说《无爱一身轻》和这部短篇小说没什么关系，小说中也没有直接提到深圳，但有很多地方都有深圳的影子，比如朱妙和方东树关于所生活城市的描述与评论，很显然就是深圳。另外，《钢筋蝴蝶》和《镜子》是同一部小说，《镜子》是《钢筋蝴蝶》的"修订版"。盛可以还有一些作品写底层的生活，比如《中间手》，但由于无法确定故事的发生地，本文并没有将其纳入深圳文学的范畴。

② 盛可以：《无爱一身轻》，《谁侵占了我》，时代文艺出版社，2002，第98页。

③ 盛可以：《成人之美》，《私人岛屿》，湖南文艺出版社，2018，第43页。

④ 盛可以：《无爱一身轻》，作家出版社，2005，第222页。

建构功不可没，她的《北妹》为深圳文学创造了经典的女性文学形象——钱小红。

钱小红是深圳文学的"冒犯者"，也是中国文学的"冒犯者"，"她是原生态的、野生的、本质的、粗粝的、生机勃勃的生命呈现"①。"五四"以来，中国底层女性的形象大都可归入被侮辱被损害的那一类，以祥林嫂为代表。新中国成立以来，中国妇女大翻身，男女平等，同工同酬，但底层女性依然摆脱不了传统家庭的束缚，尽管改革开放之后，许多底层女性离开农村，外出务工，寻找新的生活，但即便进了城，她们依然举步维艰。盛可以的小说就描写了这些去深圳务工的女性，她们有的希望通过嫁给城里人，拿到城市户口，来改变卑微的地位，有的希望能够挣到钱，改善生活。少数幸运者如王海鸥，尽管在城市安家，但心灵世界已经千疮百孔。钱小红和其他的"北妹"都不一样，她自信、坚韧、真实、鲜活，她下过工厂，做过洗头妹，当过宾馆服务员，也在医院打过杂，无论处境如何艰难，她都没有丧失生活的信心。更为关键的是，钱小红有着"带电的肉体"，她不压抑自己的欲望，也能冲破传统道德观的束缚，大胆追求自己的性福，不遮掩、不拘束，她是"自己身体的主人"②，敢于"冒犯"不合理的生活，为自己活着。

钱小红是盛可以身体写作的典范，"她的肉身在讲真话，她在表白自己的内心。事实上，她通过身体将自己的想法物质

---

① 盛可以：《北妹》再版后记，《北妹》，天津人民出版社，2011，第281页。
② 盛可以：《成人之美》，《私人岛屿》，湖南文艺出版社，2018，第3页。

化了；她用自己的肉体表达自己的思想"①。盛可以的身体写作和林白、陈染的身体写作有所不同。在盛可以的笔下，钱小红并没有躲在自己的闺房里，在镜子里"审视"自己，发现自己，她处在开放的社会空间里：工厂、街道、宾馆、医院。钱小红也不像卫慧、棉棉笔下的女主角，频繁地出入酒吧、咖啡馆和各种高档场所。钱小红是底层外来务工者中普普通通的一员，她拥有"充满欲望"的身体，并接纳自己的欲望。正如西苏所言，"我的欲望创造了新的愿望，我的身体懂得前所未闻的歌"②。盛可以通过对钱小红的书写，开拓了深圳文学"女性话语"的新空间。

盛可以善于写身体，善于写女性的身体。③乳房、子宫、阴道等多次出现在她的小说中，甚至成为小说的核心意象。在《息壤》（台湾版本叫《子宫》）中，盛可以将几代女性的命运集中在"子宫"上。在短篇小说《手术》中，唐晓南的左乳长了纤维腺瘤，需要做手术，盛可以细致而又冷酷地描写了唐晓南做手术时的身体感受，用身体来"述说"爱情的酸甜苦辣。在《北妹》中，钱小红的身体特征特别突出：乳房硕大无比。小说的结尾，钱小红的乳房不断膨胀，连身体都支撑不住了，"钱小红把乳房搁在栏杆上，一直望到那辆载着李思江的车屁股消失。她吃力地用双手先把左边的乳房抱下来，

---

① 埃莱娜·西苏：《美杜莎的笑声》，《当代女性主义文学批评》，张京媛主编，北京大学出版社，1992，第195页。

② 埃莱娜·西苏：《美杜莎的笑声》，《当代女性主义文学批评》，张京媛主编，北京大学出版社，1992，第189页。

③ 当然，盛可以她也善于写男性的身体，她的短篇小说《无爱一身轻》通篇都写男性性器官，大胆、泼辣，一针见血。但，盛可以更专注于女性的身体和女性的命运。

再把右边的乳房抱下来，忽然身体失去平衡，随着右乳房的重量倾斜，钱小红跌倒在地，压在自己的乳房上"①。沉重的乳房是一种"变形"，是"生命不能承受之轻"，我们在邓一光的《深圳在北纬22°27′—22°52′》也看到过类似的这种变形。主人公变成了一匹马，在草原上自由地奔跑，主人公的妻子变成了一只蝴蝶，在翩翩起舞。邓一光借"变形"来讲述城市的重压与精神的突围，盛可以是借"变形"来讲述生活的重负与女性的出路问题。他们都开拓了深圳都市文学表达的深度，尤为难得的是盛可以的女性意识，她借钱小红的身体，将"个人的历史既与民族与世界的历史相融合，又与所有妇女的历史相融合"②。

另外，通过对钱小红身体的不厌其烦的叙写，盛可以还创造了一种狂欢化的语言，这种语言改变了传统女性被观看以及被窥视的命运，她成为自己的主宰者，尽管卑微又弱小，但蕴含着无穷无尽的力量，这种新的语言，也进一步丰富着深圳文学的"女性话语"，将陈腐的、充满等级的、花言巧语式的语言摧毁，增强了深圳文学语言的表达力与穿透力。

二、《息壤》：规训之下的"反抗"诗学

2019年，盛可以的长篇小说《息壤》分别由人民文学出

---

① 盛可以：《北妹》，天津人民出版社，2011，第279页。
② 埃莱娜·西苏：《美杜莎的笑声》，《当代女性主义文学批评》，张京媛主编，北京大学出版社，1992，第197页。

版社和台湾九歌出版社推出，台湾版的书名为《子宫》，这两本书的内容完全一样，相比较而言，我更喜欢"息壤"这个名字。据《山海经·海内经》记载："洪水滔天，鲧窃帝之息壤以堙洪水，不待帝命。帝令祝融杀鲧于羽郊。鲧复生禹。帝乃命禹卒布土，以定九州。"传说中的"息壤"是一种能自己生长、永不耗减的土壤。这样，盛可以就将"子宫"赋予神话学、文化学意义。但"子宫"毕竟不等于"息壤"，它会衰减、削弱，甚至被切除。《息壤》中初冰的子宫被切除时，"她对世界的欲望也被切除了，天空暗了半边"[1]。

盛可以是身体写作的大师，名篇《北妹》里的钱小红"乳房变形"既指向了身体的病变——乳腺增生，更指向城市生活的重负——生命不能承受之轻。而且，盛可以特别擅长将身体与时代结合起来，书写一个时代的变化。比如《北妹》里的"处女膜"与深圳边防证问题，《野蛮生长》里的"生命"与广州暂住证问题，以及《息壤》里的"子宫"与计划生育废存问题。《息壤》所要表现的身体中心是"子宫"，通过湖南益阳槐花堤初家四代女性的命运，来描绘新中国成立以来的计划生育政策及女性意识的觉醒过程。

初家第一代女人是祖母戚念慈，她出生于清朝晚期的1895年，是个小脚女人，2000年去世，活了105岁。初家第二代女人吴爱香18岁嫁给初安运，连生六个女儿，夭折一个，生完儿子初来宝后去上环，后来成为寡妇。初家第三代女人是五姐妹初云、初月、初冰、初雪、初玉。初家第四代女人以初秀为代

---

① 盛可以：《息壤》，人民文学出版社，2018，第182页。

表。这八个女人中，有七个都受到"子宫"的困扰。比如吴爱香，丈夫去世的第一年，她就想去把子宫里的"环"取下来，她觉得丈夫的死和子宫里的"环"有神秘的联系，而且现在也用不到"环"了。但婆婆却发话了："那东西就让它放着，不碍么子事。"①结果，这"环"在吴爱香的子宫里又待了24年。等婆婆去世后，吴爱香第一时间跑去医院取环，医生发现这个"环"已经长在肉里面，成为身体的一部分，根本无法再取出来了。初云17岁"未婚先孕"，在生完两胎之后，去医院做了结扎手术，结果丈夫和婆婆一点都不怜惜她，催她下地干活。2005年，初云去北京找妹妹初玉，咨询输卵管复通手术的事情，她希望给另一个男人生个孩子，被初玉痛斥了一番。初冰在广州做生意时，认识了小自己五六岁的电工，她以为找到了爱情，去医院"取环"，结果大出血，切除了子宫。初雪从专科一直读到博士，后来留在高校工作，因意外怀孕做了流产手术，结果丧失了生育能力。初玉最开始坚决不生孩子，后来改变了生育观，生第一个孩子的时候，因为骨盆太窄差一点丢了性命。初秀17岁时就怀孕了，后来发现胎儿有问题，选择了流产。"没有哪个女人躲得了这关。不然为什么要给女人造一个子宫，而不是给男人造呢？人身上的器官个个都有自己的职责"②。

　　盛可以用初家四代女人的"子宫问题"，将中国一百年来的生育政策展现得淋漓尽致，也将中国女性艰难的觉醒过程表

---

①　盛可以：《息壤》，人民文学出版社，2018，第19页。

②　盛可以：《息壤》，人民文学出版社，2018，第236页。

深圳文学的十二副面孔

现出来。吴爱香一连生了六个女儿，最后总算生了儿子来宝，为初家留了"根"。同样的事情也发生在来宝的妻子身上。来宝的妻子赖美丽，第一胎生了女儿，第二胎属于"计划外"。为了躲避执行计划生育政策的管理者，下雪天独自逃到山里躲起来，被不幸冻死。而到了2015年11月，为了应对人口老龄化问题，中国开始全面实施二孩政策，原来的计划生育政策被彻底废除。《息壤》里的初玉，曾经是意志坚定的"不生育"者，在国家的二孩政策之下，也成功地怀了二胎。初玉对生育态度的转变，是小说描写的一个重点。初玉在小时候看到初云生完孩子之后躺在床上的惨状，对生育产生了恐惧心理，"第一次对自己的女性身体产生了恐惧，她没想过女人的身体要承受这些。我永远不要生孩子。不要在我生病的时候，还有别的什么东西在吃我的身体"。[1]后来，初玉又目睹了初月结扎回来之后的情景，进一步加重了她对身体的恐惧，"不知道女人绝育后是不是也去掉了七情六欲"[2]。长大后初玉进入大学学医，在北京找到了工作，并顺利地成为城里人，她对生育依然有一种近乎本能的抗拒。她以时代新女性自居，将"初云"为代表的农村妇女看成是"旧时女性"，并用"你们"来加以区分。"你们作为女人遭受的罪，尤其是妈妈像牲口一样生育。因为恩妈要孙子，因为父亲要儿子，最后还要忍受一个钢圈的折磨"[3]。旧时的女性只知道生孩子，只会用生孩子来"拴住"男人，而城里的女人不仅有家庭还有事业，初玉批评初

① 盛可以：《息壤》，人民文学出版社，2018，第18页。
② 盛可以：《息壤》，人民文学出版社，2018，第19页。
③ 盛可以：《息壤》，人民文学出版社，2018，第22页。

云："像你这种爱一个人就给他生娃，就给他做饭的旧思想要不得了。"[1]初玉对生育的态度后来得到了根本的改变，当她和朱皓结婚后，一次意外的怀孕让她重新认识"生育"，她感受到了生命的"喜悦"，愿意生孩子，"她成了一个安宁的孕妇，像所有怀孕的女人那样，微撇着八字步，在阳光下看树嗅花"[2]。当国家二胎政策放开后，初玉又开始积极准备二胎。难道初玉成为生育的机器？难道初玉又回到了旧时女性的老路？答案是否定的，盛可以想用初玉的例子告诉我们，当女性主动拥有了子宫，拥有了女性的独立意识，她选择生育就不再是什么问题了，问题的核心是女性是否已经觉醒和自立。

初玉斥责初云还像旧时的女性那样生活，初云讨厌初玉"城里人"这种盛气凌人的口气，最后放弃了做复通输卵管手术的决定，初云在城市里逛了几天，眼界大开，仿佛发现了另一个世界，一个迥异于农村生活的全新的生活方式，她的思想开始觉醒，渴望在城市里找到工作，后来，她果然在城市里找到家政工作，还在城里租房，成为时代新女性，她感叹道："话说回来这一趟还是值得　不出来我就醒不了　出来一看你们都在这样生活　真正过自己的　冇人要求你　冇人管你　也冇得眼睛天天盯着你　几多自在"[3]初云的"自在生活"代表着新生，代表着女性通过工作重新认识自己的价值，重新发现自己。城市是女性改变自己的"战场"。持同样观点的还有初雪。初雪一路求学，从专科读到了博士，后来在一所高校任

---

① 盛可以：《息壤》，人民文学出版社，2018，第23页。
② 盛可以：《息壤》，人民文学出版社，2018，第235页。
③ 盛可以：《息壤》，人民文学出版社，2018，第98页。

　　　　　　　　　　　　　深圳文学的十二副面孔

教。她说城市改变了她的生活，改变了她的思想和观念："毫不夸张地说，城市给了我新的生命与灵魂，回过头来看小脚恩妈，我真的可怜她，她们是在一种束缚中没有选择的余地，她肯定也挣扎过，但社会没有提供出路，以至于她认为生活就是这样的。"①初雪经常感慨有"两个我"，一个在村庄，另一个在城市。每次回家总要讲方言，回到城市后讲普通话，这里涉及文化知识对女性塑造的问题。初雪的解放是知识的解放，之前加在农村女性身上的"枷锁文化"被一扫而空，女性变得独立而自信。

其实，我们可以将放入女性子宫的"环"看成是一种"枷锁"，这种枷锁是对女性身体的规训与惩罚，也是对女性身份和女性意识的规训与惩罚。初雪说："世界上最强大的东西不是核武器，而是日积月累的文化。"②戚念慈是小脚女人，她虽然深受封建文化之苦，但也自觉捍卫封建文化，她将婚姻看成是一种运气，如果嫁得好，都是运气好，并用此种观点劝说吴爱香，让她守本分，让她认命。吴爱香最终认可了这种"运气说"，极力压抑自己身体的欲望，并用裹头巾的方式来彰显自己的"节操"。"一个人之为女人，与其说是'天生'的，不如说是'形成'的，没有任何生理上、心理上或经济上的定命，能决断女人在社会中的地位，而是人类文化之整体"③。当女性自觉用男权文化来要求自己和其他女人时，女性就处于被规训的位置。而当她们开始觉醒并反抗时，往往付出血的代

---

① 盛可以：《息壤》，人民文学出版社，2018，第82页。
② 盛可以：《息壤》，人民文学出版社，2018，第86页。
③ 西蒙·波伏娃：《第二性——女人》，湖南文艺出版社，1986，第23页。

价。初云担心自己结扎之后，体质弱下来没法干农活，就建议丈夫阎真清去做结扎手术，阎真清觉得不可思议，而且会让别人看笑话，最后在阎真清母亲的劝说之下，初云才选择了自己去做手术。初云的反抗以失败告终。

如何反抗这种规训下的生活？如何反抗女性的既定命运，盛可以给出了两条路。第一条路就是读书，用现代知识武装自己，用现代意识武装自己，从而重新发现女性自身的价值。"生理上的小脚不是最可怜的，女人精神上的小脚才是最悲哀的"[1]。初玉的强大和独立就是多读书的结果，而初雪的自信与坚持也是文化带给她的自信。当女性自觉用现代眼光来看待世界，看待社会和自身，就不会自我矮化，因为"现代女性的自我物化矮化弱化，与自愿裹小脚是一个道理"[2]。初雪后来从高校辞职，专职画画，表现女性的力量，被誉为是第二个弗里达。第二条反抗规训之路是劳动。恩格斯在《家庭、私有制和国家的起源》中认为："妇女解放的第一个先决条件就是一切妇女重新回来公共的劳动中去。"[3]初云逃离了家庭的"束缚"，离开了农村，在城市里做家政，因工作认真努力，特别受欢迎，她从劳动中获得了快乐，获得了尊重，也获得了独立的力量："她从劳动中找到了某种尊严，是过去她不曾体验过的真正的价值感。"[4]初云甚至在城市里租了一间房子，一间

---

① 盛可以：《息壤》，人民文学出版社，2018，第89页。

② 盛可以：《息壤》，人民文学出版社，2018，第156页。

③ 恩格斯：《家庭、私有制和国家的起源》，《马克思恩格斯全集》第21卷，人民出版社，1965，第87页。

④ 盛可以：《息壤》，人民文学出版社，2018，第100页。

属于"自己的房间",这里,盛可以很显然是在向伍尔夫致敬。我们看看盛可以如何写初云的内心想法:"首先是有一间自己的房间……还有独立的衣柜和门窗,以便她胡思乱想时不被打扰,对着镜子搔首弄姿时不被发现和嘲笑……她要那样一个私人空间,她甚至可以在那个房间里约会,关起门来谁也不知道他们在干什么。"①至此,盛可以的"反抗"诗学得以确立。

盛可以是一个有着鲜明风格的女性作家,而且是一名女性主义者,这在《息壤》中有非常明显的表现。为了表现女性的绝望与觉醒,盛可以通过"子宫",将初家几代女性的命运写得荡气回肠,歌颂了女性的觉醒与女性的"反抗"。为了突出女性形象,盛可以对小说中的男性进行了"折叠",这也可以看成是盛可以的"反抗诗学"。小说中的这些男性,不是处于"缺席"的状态,比如戚念慈的男人,就是处于"被批判"的对象:吴爱香的丈夫初安运是农场场长,因偷情而被捉奸致死;初云的丈夫是阉鸡师傅阎真清,被时代所淘汰,为了挣钱,选择了"碰瓷"的手艺,最后被撞成残废;初冰的丈夫戴新月,开了一家影楼,却借机骚扰年轻女性;初雪的丈夫是财经主笔,因初雪无法生育,他偷偷在外面找了其他女人帮忙生孩子;初来宝是个香烛先生,智障人士,经常无影无踪不知去处。但盛可以并没有夸大两性之间的对立,而是尽可能缝合及弥补两性差距,于是,我们看到初月的丈夫王阳冥特别疼爱妻子,而初玉的丈夫也深爱自己的妻子,这样,盛可以就给小说

---

① 盛可以:《息壤》,人民文学出版社,2018,第216页。

画了一个较为圆满的句点："到他们这一代，子宫应该不再有什么负担。"①"他们这一代"指的是以初玉为代表的新时代女性的孩子们，她们也许已经不再面对文化的桎梏与规训，她们的人生也许会变得光明起来，正如鲁迅在《伤逝》里借子君之口所说的那句："我是我自己的，他们谁也没有干涉我的权利！"②

① 盛可以：《息壤》，人民文学出版社，2018，第241页。
② 鲁迅：《伤逝》，《鲁迅全集·第2卷》，人民文学出版社，2005，第115页。

深圳文学的十二副面孔

面孔六：吴君

　　吴君1991年在《花城》第二期发表中篇小说《太平园》登上文坛，除了长篇小说《我们不是一个人类》写的是老家的人和事，其他的作品全部都是以深圳为背景的。吴君长期住在宝安，这里曾经是深圳的"关外"，也是"打工文学"的策源地，诞生了林坚《别人的城市》、张伟明《下一站》、王十月《出租屋里的磨刀声》等打工文学的经典文本，而且以王十月、叶耳、曾楚桥、徐东等打工作家所租住的宝安"三十一区"城中村，还形成了一个打工文学的聚集地。"打工文学"作为一种文学现象的命名并没有得到批评界一致的认可，相反，以描述打工文学为主要文学现象的"底层写作"逐渐浮出水面，引起越来越多的批评家的关注。吴君是"底层写作"的代表性作家，她长期关注深圳底层人的生活，尤其关注那些从北方来深圳打工的"外来者"，坚定不移地描写她们的生存和挣扎，先后出版了《亲爱的深圳》《二区到六区》《皇后大道》等6部中短篇小说集，出版了表现宝安"万福村"40年历史变迁的长篇小说《万福》。2022年，吴君出版了一部中短篇小说集《我城我说》和一部长篇小说《同乐街》。

一、属下能说话吗

吴君的小说世界以深圳为中心，形成了三种二元对立的叙事模式，具体包括深圳关内与深圳关外的二元世界、深圳本土与深圳市外（尤其是省外）的二元世界、男性与外省女性的二元世界，这三种二元对立的世界并不是简单的对立关系，更多的时候是相互缠绕，形成一种错综复杂的社会关系。深圳关内和关外是一个历史概念，自深圳实行经济特区以来，为了把特区内和特区外分开，1982年4月，政府动工开建"二线关"，这条长84.6公里，后来逐步延伸到90.2公里，高2.8米的铁丝网，从深圳中部横穿而过，被它"网住"的就是深圳经济特区，包括南山区、罗湖区、盐田区和福田区，而关外是指经济特区以外的深圳辖区，包括宝安、龙岗两个区。从关外进入关内要经过边防检查站，非深圳户籍者入关需要办理边防证或深圳暂住证。2008年1月1日，深圳特区的边防证正式停止办理，2010年，国务院批准深圳经济特区范围扩大到深圳全市，关内关外终于淡出了历史的舞台。吴君有多篇小说描写到关内和关外不同的世界，很多打工者把进入关内看看国贸大厦和深南大道当成"深圳梦"。在《亲爱的深圳》中，李水库来深圳是为了将老婆程小桂劝回家生孩子，但程小桂并不想回家，还给他找了一个保安的工作，这让李水库左右为难。"他住的这个地方在深圳的关外，和真正的特区还有一道铁丝网隔着，不过离深圳的飞机场很近。遗憾的是，李水库还从来没有真正地进特区内看过一次呢，更不要说著名的深南大道，那些伙伴从电视上知道了深圳，临行前曾经交代过他，一定要替他们看一次"①。《二区到六区》也是一个典型的"关内关外"的故事，深圳关内代表着繁荣和富裕，关外代表着进入深圳的"前站"，也是靠近梦想的地方，但每个在关外的人都举步维艰，"在这个既不是深圳也不是内地的小镇里，我常常觉得每个人都像蚂蚁，被放在了热锅上"②。深圳本土与深圳市外的二元世界从表面上来看是经济特区与非经济特区的关系，但那些从国内各个地方，尤其是贫穷的农村走出来的打工者，很显然在本地人眼里就属于"外来者"，尤其是打工者中的女性，冠以带有歧视性的称呼："北妹"。"北妹"不仅饱受深圳本地人的侮辱，还要忍受男性的"骚扰"，这样，外省女性（北妹）又和所有的男性构成一种二元世界。吴君小说表现的重点就是外省女孩在深圳的生活，外省女孩处于三种二元对立世界中的"最底层"，也就是"属下"阶层。

"属下"（subaltern）的概念最早来自葛兰西，他在《狱中札记》中用"属下"指意大利南部的底层农民，加亚特里·斯皮瓦克借用了这一概念，引申为那些失去了自身的主体性，无法言说自己的群体。在《属下能说话吗？》一文中，斯皮瓦克在论证《知识分子与权力：米歇尔·福柯与吉尔斯·德鲁兹的谈话》时，认为福柯和德鲁兹都"忽视了帝国主义的知识暴力和国际劳动分工的问题"③。斯皮瓦克认为"这种知识暴力所标示的边缘（人民也可以说是沉默的、被压制而不出声的中心），处于文盲的农民、部族、城市亚无产阶级的最底层

---

① 吴君：《亲爱的深圳》，花城出版社，2009，第8页。
② 吴君：《二区到六区》，海天出版社，2011，第59页。
③ 罗钢、刘象愚：《后殖民主义文化理论》，中国社会科学出版社，1999，第127页。

的男男女女们"①都是"属下"阶层，而"属下不能说话……作为知识分子的女性知识分子肩负一项受限制的使命，对此，她绝不能挥手否认"②。吴君写小说，为这些属下阶层发声，她也建构了深圳文学新的"女性话语"。

属下能说话吗？吴君笔下的外省女孩大都无法发声，她们卑微地活着，既要忍受生活的重负，也要忍受男人的"压迫"，她们怀揣着梦想，顽强、努力，但大多逃不掉失败的命运。在《陈俊生大道》里，怀孕的刘采英去深圳宝安探望丈夫陈俊生，刘采英看到丈夫的床上有一本沈从文的书，先是沉默了一秒，然后低着头对陈俊生说："你不会不要我吧？"③在刘采英看来，丈夫能够看自己看不懂的书，有文化，而且又在城市里打工，和自己的差距越来越大，她不由得产生"要被抛弃"的感觉，因此，她总是沉默着。在《复方穿心莲》中，方小红终于把自己嫁给了深圳本地人，还生了一个女儿，她实现了北妹们梦寐以求的梦想：嫁给本地人。但她婚后的生活并不好，丈夫出轨，连抱怨的权利都没有，当孩子哭着要吃奶时，方小红让屋子里的亲戚出去一下，却遭到婆家的训斥："什么？你说的是什么？这是你的家吗，你让他们出去？你说说，这里的什么东西是你的，你有什么权力去安排，去支配！"④在《深圳西北角》中，王海鸥通过在深圳的打拼，终于挣到

---

① 罗钢、刘象愚：《后殖民主义文化理论》，中国社会科学出版社，1999，第118页。

② 罗钢、刘象愚：《后殖民主义文化理论》，中国社会科学出版社，1999，第157页。

③ 吴君：《陈俊生大道》，《二区到六区》，海天出版社，2011，第11页。

④ 吴君：《复方穿心莲》，《二区到六区》，海天出版社，2011，第115页。

　　　　　　　　　　　　深圳文学的十二副面孔

钱，在关外开了一间美容店。当她寄了两千块钱支持村里的小学时，竟被拒绝，因为嫌她的钱脏，是做不正经生意得来的。即使王海鸥已经成功地在深圳立住脚跟，她依然处于"被嫌弃"的地位。而在《亲爱的深圳》中，程小桂比丈夫先到城市，先适应了城市，她还为丈夫在本单位找到保安的工作，因此，在丈夫李水库面前获得了话语权，为了不被外人发现他们的夫妻身份，程小桂给丈夫约法三章：不能在公共场合打招呼，不可以随便拥抱，不干涉各自的生活。程小桂终于改变了"属下"的角色，掌握着性爱的主动权，她还幻想着找个城里人，改变命运，但在被城里人愚弄之后，她连最后的自尊也没了。她希望能重新赢得丈夫的心，而丈夫李水库在适应了城市生活后，很快又占据了主动，虽然他也依然处于被剥削的底层，但在夫妻关系上，他再次凌驾在程小桂之上，牢牢掌控着话语权。

斯皮瓦克说："性别的意识形态构建一直以男性为主导的。在殖民生产的语境中，如果属下没有历史、不能说话，那么作为女性的属下就被更深地掩盖了。"[①]属下无法发声，也无法为自己代言。丁玲在《我在霞村的时候》描写了"我"在霞村的见闻，小说中充满着各种嘈杂的声音，但唯独没有当事人贞贞的声音，她因被鬼子糟蹋过，生了病，被本村女人看不起，即使她从事着"革命"工作，但依然处于被压制的状态。小说最后借"我"之口，才写出了贞贞的"声音"："而且我

---

① 罗钢、刘象愚：《后殖民主义文化理论》，中国社会科学出版社，1999，第125页。

想，到了延安，还另有一番新的气象。我还可以再重新做一个人。"在吴君这里，外省女孩处于被定义的角色，她们无声无息，体现着"属下"的命运。吴君为这些打拼着的"北妹"立像，也为深圳文学贡献了新的"女性话语"：被压抑的女性打工群体。

二、吴君小说里的"疾病叙事"

在吴君众多的小说中，有一类小说很特别，它们都以"药物"来命名，可以构成一个"药物系列"：《福尔马林汤》《牛黄解毒》《复方穿心莲》《扑热息痛》等。《福尔马林汤》发表于《厦门文学》2005年第12期，后分别收入小说集《亲爱的深圳》《远大前程》中，收在《亲爱的深圳》时小说名叫《小桃》，主人翁分别是程小桃和方小红，收在《远大前程》时小说名叫《福尔马林汤》，作者将方小红改名为方小洁，小说内容没变。方小红是程小桃的好朋友，她俩都在深圳关外的某家工厂里打工，最大的梦想是能够嫁给本地人，拥有深圳户口，然后美美地喝上广东靓汤。程小桃为了接近深圳本地有钱人，卷入了一场诈骗案，而方小红则在处处碰壁后最终嫁给了本地人。方小红在《复方穿心莲》中也出现了，而且是小说的主角。这时的方小红已经嫁给了本地人并且生了孩子。但这里的方小红并不是《小桃》里的那个打工妹方小红，而是一个大学生，有文化，在深圳的某学校当老师，嫁给深圳本地人后辞掉了工作，专心在家带孩子。方小红这个名字特别容易让我们联想到盛可以《北妹》里的钱小红，吴君也似乎特别偏爱方小红这个名字，后来又让她出现在了小说《樟木头》里，不过收入小说集《远大前程》时，把方小红的名字改成李丹丹。这几篇"药物系列"小说，除了《牛黄解毒》，都收在了2019年出版的小说集《远大前程》里了，这里我就主要以《远大前程》来集中讨论吴君的"药物系列"小说。

吴君的"药物系列"小说属于"疾病叙事"，无论是"福尔马林""复方穿心莲"，还是"扑热息痛"，都是药物的名字，用来治疗病人的。谁是病人呢？程小桃、方小红、杜小娟都是病人。在讨论这几个"病人"之前，我们先来追述一下文学中的"疾病叙事"。疾病叙事是一个跨学科的概念，主要应用于医学与文学两个领域，哈佛大学教授阿瑟·克莱曼（Arthur Kleinman）认为疾病叙事是指与疾病相关的描述或陈述。狭义上是指病人对自身疾病的描述，广义上则泛指一切文学作品中与疾病相关的描述，不局限于疾病本身，还包括病人、家庭成员、社会等多方面的反应。中国古代文人特别喜欢借疾病意象传达苦闷、悲愤或者相思之苦，比如杜甫《登高》里的名句"万里悲秋常作客，百年多病独登台。"陆游《病起书怀》里的"病骨支离纱帽宽，孤臣万里客江干"。五四运动之后，一大批作家，比如鲁迅、沈从文、巴金、张爱玲、萧红、丁玲等，都在小说中大力描写"病人"，尤其是鲁迅，小说中的"病人"比比皆是，触目惊心。《狂人日记》里的狂人得了被迫害妄想症，《药》里的小栓是痨病患者，《孔乙己》里的孔乙己被打断了腿。鲁迅对病人的刻画并没有停留在医学层面的病状分析，而是着重剖析国民劣根性。正如维拉·波兰特所说，"患病这一基本经验在文学中获得了超越一般经验的表达功用和意义。在文学介体即语言艺术作品中，疾病现象包含着其他意义，比它在现实世界中的意义丰富得多。"①

程小桃是《福尔马林汤》的主角，她是工厂里的女工，最大的期望是嫁给本地男人，从而喝上本地特有的靓汤。她抱着试试看的运气，和深圳本地男人交往，其中的一个交往对象是"当官的"，这个"当官的"问小桃最想得到什么。小桃回答道："我，我想喝你们云城人煲的那种汤。"②话一出口，把小桃自己也吓一跳。小桃除了知道云城人喜欢讲排场、信神拜佛，还知道他们有一种神秘的东西，那是一种很特别的老火汤。味道从上午10点左右到晚上6点，一直都飘荡在云城的半空中，让小桃全身上下有一种说不出的通透和舒服。在小桃看来，汤代表着一种生活，一种文化，"代表着到了晚上可以在干净而整齐的街道上散步，可以自由进出海关，有不用被人检查证件的优越"③。但"当官的"却笑话小桃幼稚，他觉得每天都喝汤是受罪，这样就间接否定了小桃的"理想生活"。后来，小桃找了一个"司机男人"，"司机男人"也是外地人，但通过和深圳本地人结婚才拿到深圳户口。小桃想和他结婚，并给他生个孩子，结果被"司机男人"嘲笑一番，并威胁说："你是一个外省妹，我们始终不可能结婚。那要是万一有

---

① 维拉·波兰特：《文学与疾病——比较文学研究的一个方面》，方维贵译，《文艺研究》1986年第1期。

② 吴君：《福尔马林汤》，《远大前程》，四川人民出版社，2019，第31页。

③ 吴君：《福尔马林汤》，《远大前程》，四川人民出版社，2019，第31—32页。

　　　　　　　　　　　　　　深圳文学的十二副面孔

了，就先怀着，到时候可以打出来，用福尔马林泡上，放在瓶子里。"①这样，药物"福尔马林"就和食物"本地靓汤"结合在一起，成为"福尔马林汤"。这一独特的药方彻底让小桃清醒过来，她放弃了嫁给本地人的期望，没想到却卷入"当官的"诈骗案当中。

《扑热息痛》是一部别出心裁的小说，黄灿生和杜小娟是一对夫妻，他们把自己挂在高高的电线杆上讨薪。本来很沉重的一个话题，被吴君写得充满着浪漫气氛，这是以乐写悲的佳作。杜小娟的手指受伤了，住院看病花了很多钱，却被老板拖欠工钱，在走投无路的情况下，丈夫黄灿生建议爬上电线杆，用"行为艺术"来吸引群众的眼球，从而引起老板的注意，夫妻俩在电线杆上"看夕阳"，回忆"谈恋爱时的美好岁月"，凭空建造了一座"空中楼阁"，但也只能存在"天空"中，等他俩落地的那一刻，现实的沉重就会将他俩压垮。"扑热息痛"又叫"对乙酰氨基酚"，可用于缓解普通感冒或流行性感冒引起的高热，以及轻至中度的疼痛症状。黄灿生夫妻俩仿佛发了"高烧"，需要扑热息痛来缓解生活的阵痛。正如桑塔格所言："疾病是生命的阴面，是一种更麻烦的公民身份。每个降临世间的人都拥有双重公民身份，其一属于健康王国，另一则属于疾病王国。"②黄灿生夫妻俩用爬电线杆讨薪的方式，为自己挣得了"扑热息痛"，至于治疗的效果如何，只有生活能给出答案。

---

① 吴君：《福尔马林汤》，《远大前程》，四川人民出版社，2019，第70页。
② 苏珊·桑塔格：《疾病的隐喻》，程巍译，上海译文出版社，2003，第5页。

药物作为一种隐喻，更直接地表现在《复方穿心莲》中。方小红嫁给了本地人，获得了深圳户口，被众多姐妹羡慕并嫉妒着，但方小红的日子并不好过。首先，作为"北妹"，她被全家人排挤。其次，自己的丈夫在外面有其他的女人，自己也是敢怒不敢言，好不容易带着孩子离家出走，最后还是被找回来。通过阿丹之口，方小红才知道自己之所以能够嫁给本地人，是因为公公提倡优生优育，要找一个会读书的大学生"改良"一下家族的基因，没想到方小红却生了个女孩，就更加不受待见了。方小红在家里没有地位，就连她所认识的"扁豆"也受到歧视。当方小红将"荷兰豆"称作"扁豆"时，被婆婆讥笑一番。婆婆认为方小红老家根本没有这种产自荷兰的高贵品种——"荷兰豆"，方小红将荷兰豆说成是扁豆是无知的表现。备受打击的方小红觉得这种荷兰豆特别像一种药丸——复方穿心莲，也许可以帮助方小红"清热解毒"。

　　吴君的"药物系列"小说一方面批判了那些一心想通过嫁给深圳本地人从而改变命运的"愚蠢想法"，这种想法使得这些打工妹处处被侮辱与被损害，只能靠"药物"来治疗"受伤的肉体和心灵"；另一方面也讽刺了深圳本地人的偏见与无知。他们一方面歧视这些外来打工者，另一方面又深深地伤害着这些无辜者，他们仿佛也是病人，需要"看病吃药"。这样，吴君的写作就具有了文化批判意义。就如同桑塔格在其《疾病的隐喻》中所阐释的，生理学层面上的疾病的确是自然的事件；但在文化或文学的层面上，它又从来都是负载着一定道德批评和价值判断的。"只要某种特别的疾病被当作邪恶的、不可克服的坏事而不是仅仅被当作疾病来对待，那大多数癌症患者一旦获悉自己所患之病，就会感到在道德上低人一头"[1]。程小桃特别不自信，是因为她已经将深圳本地人对"北妹"的看法内化为自己的一部分。方小红最开始还扬扬得意，后来在婆婆们的"歧视之下"，她才发现自己的真实处境，感到压抑和悲伤。如何破解"药物治疗"的困境？吴君并没有给我们明确的答案，也许答案就飘浮在空中，若隐若现。

---

[1] 苏珊·桑塔格：《疾病的隐喻》，程巍译，上海译文出版社，2003，第8页。

下编

面孔七：1986年

　　历史，也许是一个任人打扮的小姑娘，它有坚如磐石的一面，也有摇摆不定的一面。但具体到研究时，我们必须回到历史现场，才有可能窥见历史的某种面孔，但这种"面孔"是否"真实"，也并没有定论。几年前，我曾将1986年看成是深圳文学的"逻辑起点"，刘学强的《红尘新潮》、李兰妮的《他们在干什么？》、刘西鸿的《你不可改变我》，以及徐敬亚等人策划的中国诗群1986大展都是我立论的重要依据，但细究起来，这也仅仅是我对历史的"一面之词"。前不久，查阅历史资料，读到《特区文学》1989年第5期上的一篇文章《在新的审美层面上呼唤特区文学——深圳石岩湖笔会纪要》，却不由得会心一笑，文章中谢望新的发言也将1986年看成是深圳文学的重要转折点。"特区文学，真正具有特区文学的文化精神、文化品格，我认为是从1986年开始。这同整个中国新时期文学十年处在一种转型的过程当中，应该说是同步的。这种同步可以说是文化现代精神的一种认同，也可以说是中国处于十年变革时期的一种反照。"①谢望新认为特区文学在1986年具备了区域文化和现代文化的精神品质，最主要

---

① 宫瑞华整理：《在新的审美层面上呼唤特区文学——深圳石岩湖笔会纪要》，《特区文学》1989年第5期。

的因素是刘西鸿的出现，"因为从刘西鸿的小说开始，我们才看到了：中国当代文学当中一种特别的东西。这种特别的东西表现在，她对人生的一种选择的自由性，对价值取向的一种自由度。当然，包括在语言和思维方式上的区别于我们中国当代作家的许多特别的东西"[1]。1986年，作为"无法拒绝的年代"，是深圳文学发展史上的重要"面孔"。

一、回到文学现场

回到文学现场，1986年，深圳文学的"新人"辈出。在广东省作协主办的第五届新人新作奖中，一共有20篇作品获奖，深圳占据6席。获奖的小说有刘西鸿的《月亮，摇晃着前进》、石涛的《雨雪霏霏》、张黎明的《李察·黑尔》。刘学强的《腾飞时代的明白人》获得报告文学奖，林雨纯的《致海辛》获得散文奖，李少陵的《走，到春天去》获得诗歌奖。具体到文学创作上，刘学强的散文集《红尘新潮——深圳青年观念更新录》由云南人民出版社出版，谭日超的诗集《望香港》由花城出版社推出，陈荣光的中短篇小说集《教授女儿的爱情》由北京工人出版社出版。

1986年，深圳文坛也热闹非凡。先不说由徐敬亚等人策划的"中国诗坛1986'现代诗群体大展"引起轰动，成为当年

---

① 宫瑞华整理：《在新的审美层面上呼唤特区文学——深圳石岩湖笔会纪要》，
《特区文学》1989年第5期。

标志性的文化事件。深圳文联和作协也举办了多场活动。深圳文联成立于1981年7月14日，深圳作家协会成立于1984年7月9日，在深圳文学的"拓荒期"，功不可没。1986年1月27日，中国作协顾问、著名作家萧军与深圳部分作家座谈，提出作家要写出对社会、对人生有积极意义的作品。4月初，《特区文学》编辑部与《深圳特区报》副刊部联合举办李兰妮的小说《他们要干什么？》讨论会。5月11日至15日，深圳市文联、作协、《当代文坛报》、《文学自由谈》、《羊城晚报》等在深圳举办"八六文学与现代文明研讨会"，著名作家陈残云、李准等出席会议并发言。6月4日，中宣部副部长、著名诗人贺敬之参加深圳市首届少儿艺术节，亲临文联指导工作，并为文联亲笔题词："特区文艺，腾飞在望。"10月14日，深圳文联与广东作协创研部、《当代文坛报》、《希望》杂志等联合举办刘西鸿作品研讨会，韦丘、谢望新、黄树森、钱超英、谭甫成及刘西鸿等40多人出席。刘西鸿的短篇小说《你不可改变我》1986年9月发表在《人民文学》头条，并获得中国作协第八届全国优秀短篇小说奖，这是深圳作家第一次获得国家级文学大奖。深圳市政府也特别重视，深圳市委常委、副市长邹尔康与市委宣传部部长李伟彦等专程到文锦渡海关探望作家刘西鸿。12月6日，由中国作协和深圳市文联合作兴办的"创作之家"在西丽湖麒麟山疗养院举办揭幕仪式。这是中国作协第一次与地方合办"创作之家"，首批入驻"创作之家"的作家有于黑丁、马加、李乔等10位作家。

经过5年的"拓荒期"，到1986年，深圳文学已经形成了一支多层次、立体构成的老中青作家群体。广东省作协主席、著名诗人韦丘来深圳挂职，并参与创办《特区文学》，他写了一系列关于特区风貌的诗作，比如《边城赋》《特区人物》。广东省作协文学院朱崇山、谭日超、陈国凯等也到深圳工作、生活，朱崇山的《影子在月亮下消失》[①]是深圳第一部反映特区建设者生活的中短篇小说集。来到深圳工作的还有小说家陈荣光、刘起裕、乔雪竹、李兰妮、谭甫成、梁大平、石涛、林坚，诗人徐敬亚、孟浪、吕贵品、贝岭、刘更申、冯永杰、黄振超、赖志华、黄海、李丹、钟永华、客人等等。值得一提的是，深圳本土作家开始快速地成长起来，这些作家有廖虹雷、林雨纯、刘学强、黎珍宇、张黎明、李建国、邓维、费岚岚，刘学强和林雨纯的《深圳飞鸿》1982年由花城出版社推出，是深圳文学乃至岭南文学第一部关于深圳特区开发的报告文学作品集。报告文学作为文学的轻骑兵，能够在第一时间将特区建设的情况展现在世人面前，反映特区精神和时代风貌，既能快速吸引眼球，形成轰动效应，也能讴歌改革、开放，因此吸引了一大批作家从事报告文学写作，尤其是深圳本土作家，他们熟悉这片土地，得天时地利，很快就脱颖而出，比如刘学强、林雨纯、邓维、李建国等等。

深圳文学"拓荒期"的最大收获也是报告文学，时间来到1986年，报告文学依然是作家们特别热衷的体裁。较为知名的报告文学作品有《在未来历史地理的刀刃上》（宫瑞华）、《深圳，两万人的苦痛与尊严》（吴启泰、段亚兵）、《旋飞》（李建国）、《深圳经纬》（祖慰、刘学强）、《安特

---

① 朱崇山：《影子在月亮下消失》，花城出版社，1984。

卫普头盔》（陈朝行）、《蛇口，有这样一个男子汉》（陈宜浩）、《流动的胸怀》（张黎明）、《在蛇口，一次短暂的"罢工"》（罗建琳）。《深圳经纬》可以作为典型文本拿来分析，这部报告发表在《特区文学》1986年第1期，通过一个从北京调来深圳的"来深建设者"的角度，将1979—1985年深圳改革开放的成绩及不足生动地展现在读者的面前，立体而又全面地展示了特区建设的方方面面。在这篇文章的开篇，"儿子"给"父亲"一封信，这封信是"母亲"寄过来的。父亲还没拆开信，就告诉儿子，这封信是"母亲"决定办理工作调动手续，要来深圳团聚了。但是，等他打开信才发现"孩子他妈"反悔了，拒绝来深圳，理由是："深圳真的有那么好吗？"于是，"父亲"打开了他这几年在深圳工作所拍的纪录片，内容是关于深圳五年来取得的"进步"：来料加工厂、土地拍卖与投标、国贸大厦、国际商场、现代游乐场、水贝工业区、八大文化设施建设等等，这些"光鲜的画面"并没有打消"孩子他妈"的顾虑，她觉得丈夫是记者，记者历来是报喜不报忧，因此，她对丈夫所说的一切，抱着"不可不信，不可全信"[①]的态度。为了说服妻子，丈夫也开始"揭短"：深圳的学术气氛不浓，有可能成为深圳由劳动密集型转变成技术密集型的重大障碍；深圳外销工业利润只有10%左右，严重偏低，深圳要走外向型道路任重道远；深圳的出口加工产业还需要进一步与世界接轨，吸引更多的外资进入。丈夫的"揭短"实际上是理性地反思深圳发展中的"问题"，这样就将深圳建设的

---

① 祖慰、刘学强：《深圳经纬》，《特区文学》1986年第1期，第117页。

难处和不足曝光在全国人民面前，这也突破了报告文学写作的通病——只歌颂，不反思，体现出"历史的真"。《深圳经纬》如同是深圳改革开放5年来的历史档案，作者将深圳的成功与中国的现代化建设结合起来——深圳的成功离不开全国人民的支持，深圳的成功也代表着中国改革开放的成功。

二、现代化与现代性的文学表达

深圳是中国改革开放的起点，也是中国改革开放的一面旗帜。1979年1月31日，中共中央、国务院决定在深圳市蛇口举办工业区。邓一光2021年发表在《收获》上的小说《第一爆》再现了蛇口工业区"开山炮"的情景，当然，邓一光在肯定这一历史性时刻的同时，也在反思历史背后的"个体创伤"。1980年8月26日，中华人民共和国第五届全国人民代表大会常务委员会第十五次会议决定：批准国务院提出的《广东省经济特区条例》，正式宣布在深圳、珠海、汕头设置"经济特区"，这一天也正式成为深圳经济特区成立的日子。1984年1月，邓小平同志来到深圳视察，充分肯定深圳的建设成绩，他为深圳书写的题词是："深圳的发展和经验证明，我们建立经济特区的政策是正确的。"这在全国引起巨大反响，进一步推动了深圳改革开放的步伐。1984年2月24日，在《办好经济特区，增加对外开放城市》一文中，邓小平说："特区是个窗口，是技术的窗口、管理的窗口、知识的窗口，也是对外政策的窗口。从特区可以引进技术，获得知识，学到管理，管理也是知识。特区成为开放的基地，不仅在经济方面、培养人才方面使我们得到好处，而且会扩大我国的对外影响。"[1]从此，特区的"四个窗口"成为中国现代化建设的经典表达。

深圳的作家们积极响应现代化的建设，极力讴歌改革开放，赞美特区的建设者们，代表性的作品有《爱的宣言》（谭日超）、《温暖的深圳河》（朱崇山）、《特区的早晨》（陈荣光）、《新娘的橙皮书》（刘起裕）、《中国"ANGEL"》（黎珍宇）、《李察·黑尔》（张黎明）、《新城，向你致敬！》（钟永华）、《蛇口晨曲》（黄振超）、《犁，拉过大地》（赖志华）。仔细分析这些作家的作品，我们能够感受到深圳的"日新月异"，感受到深圳的"现代化"，感受到深圳建设者的拼搏进取，感受到时代的召唤，以及充满光明的未来之路。这些作家特别喜欢用"新城"来指代"深圳"，比如钟永华写于1985年的诗歌《新城》："勾勒出一个童话，/塑造出一座新城。//抛弃一切陈旧的结构，/梦一般地追求、突破，/焕发着灿烂和清新，/大胆地摒弃、追求，/大胆地走向竞逐和延伸。"[2]他的另一首诗歌《崛起》，也在大声讴歌"新城"："这座新城在骄傲的崛起中，/像清新的朝日微笑地升腾起来，/微笑地升腾呵，/却又充满艰辛和严峻，/新城的每一步延伸，/该要扫除多少陈腐和障碍！//一切都是全新的，全新的结构，/全新的神韵，全新的天空，全新的阳光，

① 邓小平：《办好经济特区，增加对外开放城市》，《邓小平文选》第三卷，人民出版社，1993，第51~52页。
② 钟永华：《新城》，《情人岛乐园》，花城出版社，1989，第2页。

全新的世界！"^①谭日超的《新城雨》也是讴歌"新城"的力
作："这一座新城，是有启示的，/因而，汗水交流，不吝贡
献。//这一块土地，是有希望的，/因而，雨浇淋着，不知疲
倦。"^②将深圳比作"新城"，一方面是指新建的城市，一切
都是新的，和"旧城"相区别；另一方面也是指"新城"抛掉
了旧的思想包袱，挣脱了束缚，勇敢地走向新生——新的精神
和风貌。这些作家不仅歌颂"新城"，还歌颂"新城"的建设
者们，钟永华在《正是埋头弓背奋力时——献给"开荒牛"》
中写道："你是掀开羁绊前进的，/你是踏着荆棘前进的，/这
是一条全新的路，/这是一条闪着光芒的路，/它的光芒是辐射
性的，中国大地/的太阳——它，会以无穷的活力，/热力，不
断地向四方辐射……"^③这样，"新城"与"拓荒牛"就成为
特区文学"拓荒期"的重要表征。而1984年7月27日，由广州
美院副教授潘鹤设计的大型铜雕"孺子牛"在市委大楼前举行
揭幕仪式，进一步强化了"拓荒牛"的形象。

　　时间再次来到1986年，对"新城"和"拓荒牛"的讴歌依
然是深圳文学的重要主题。刘学强的散文集《红尘新潮——深
圳青年观念更新录》（云南人民出版社，1986年）是对"新
城"生活的集中描写，而李建国发表于《特区文学》1986年
第2期的中篇小说《再见，"989"》也通过对工业区联络处
主任葛小健及其北京吉普车（车牌尾号是989）的几个故事，
串联起蛇口工业区建设的情况，赞扬了葛主任的拼搏奋斗以及

①　钟永华：《崛起》，《情人岛乐园》，花城出版社，1989，第4页。
②　谭日超：《新城雨》，《望香港》，花城出版社，1986，第39页。
③　钟永华：《崛起》，《情人岛乐园》，花城出版社，1989，第64页。

"989"的任劳任怨。李兰妮的《他们要干什么？》（《特区文学》1986年第1期）、梁大平的《大路上的理想者》（《特区文学》1986年第4期）同样是对"新城"创业者的赞扬。对"现代化"的书写依然是深圳文学的主流。但是，1986年，深圳小说的"现代性"因素开始增强，除了刚才所说的《他们要干什么？》《大路上的理想者》之外，代表性的作品还有刘西鸿的《你不可改变我》（《人民文学》1986年第9期）、谭甫成的《往左跳往右跳》（《特区文学》1986年第3期），以及深圳诗人的某些诗作。

这里有必要对"现代化"和"现代性"做一个简单的说明。现代化主要是指工业革命带来的生产方式的大变革，从而引起世界经济的快速发展。英国学者韦伯斯特将现代化和传统进行对比分析，发现有三个方面的巨大变化：第一，传统社会的价值观比较稳定，而现代化的人敢于抛弃旧传统，追求新的东西；第二，传统社会的门第制度对个人的社会地位有决定性的影响，而现代化社会，个人的社会地位取决于自身的能力；第三，传统社会的人们相信命运，而现代化社会的人们更看重科学及创新精神。[①]现代化以工业化为基础，更侧重于经济和物质层面，因此，第三世界经济落后的国家，往往通过学习世界先进技术，带动广泛的社会改革，加速追赶发达国家的步伐，从而实现"现代化"。中国的现代化进程大体可以分为四个阶段，最早的现代化尝试是洋务运动，当时的口号是"中学为体，西学为用"。但甲午战争和《马关条约》的签订标志着

---

① 韦伯斯特：《发展社会学》，陈一筠译，华夏出版社，1987，第21—29页。

第一阶段的尝试失败。第二阶段是五四运动时期，德先生和赛先生是现代化的"两个代表"，但"救亡"压过"启蒙"，现代化的进程被延缓。第三个阶段是中华人民共和国建立后，这一时期的"现代化"等同于"工业化"。在1954年召开的第一届全国人大第一次会议上，现代化的工业、农业、交通运输以及国防被认为是我国摆脱落后与贫困的关键。但"文革"又延缓了现代化建设的步伐。20世纪70年代末开始的"改革开放"是我国现代化进程的第四个阶段，这个阶段一直持续到现在还没有结束。"实现社会主义现代化，是一场根本改变我国经济和技术落后面貌的伟大革命。这场革命既要大幅度地改变目前落后的生产力，就必然要相应地多方面地改变生产关系，改变上层建筑，改变经济事业的管理体制和管理方式，也就必然要改变人们的思想。解放思想，不仅是为了适应社会主义现代化的需要，而且是实现社会主义现代化的先决条件。"[1]"新城"——深圳就是现代化的最典型的代表。作家们极力讴歌敢拼敢闯、摆脱束缚的创新精神，赞扬"拓荒牛"，歌颂改革开放，因此，文学世界里的"深圳"欣欣向荣，活力无限——是现代化的极致书写，但缺少"现代性"表达。

什么是现代性？马克斯·韦伯认为现代性就是世界的解魅（disenchantment of the world），是摆脱愚昧、迷信，追求理性、自由的过程。沃勒斯坦认为有两种现代性：一种是"技术的现代性"，它假定永无休止的技术的进步；另一种是"解放的现代性"，它指人性对自身的胜利，也就是民主的现代性

---

① 周扬：《三次伟大的思想解放运动》，《人民日报》1979年5月7日。

深圳文学的十二副面孔

以及人性实现的现代性。尽管现代性有解放的功能，但也要付出昂贵的代价，比如疏离感、意义的失落、心灵的空洞感等等，于是，西方的思想家们开始对西方现代文明质疑和反思，比如托克维尔的"多数的暴政"、马克思的"劳动异化"、马尔库塞的"单向度的人"等等。

　　现代化的成就背后，藏着现代性的悖论和暗影。"我是谁？""我将要到哪里去？"都是"现代性"必须反思的问题。1986年的深圳文学，作家们开始反思"现代性"的局限性，开始站在历史的制高点，思考个体存在的价值及意义；开始回到自身，拥抱虚无的力量。比如客人写于1986年11月7日的《限选必修》："夜已深了，那就等待/空空的明天/你我静坐，世界/在此刻没有声响。"[①]徐敬亚的《一代》、陈寅的《世界把我们困在屋子里》也有这种"虚无感"。贝岭的《一如既往》则将"虚无"极端化："我们自虐的喜悦/我们空白的喜悦/我们恐惧的脸张着/被践踏，赤裸/死亡的皮肤干燥/我们没有喜悦。"《特区文学》一向是歌颂"现代化"的重镇，但在1986年第4期突然推出"十人诗会"的专栏"现代广场"，并邀请谢冕写了评论文章《这里是现代广场》。谢冕在分析这十个诗人（北岛、芒克、多多、杨炼、晓青、贝岭、石涛、张真、翟永明、岛子）时，特意强调了"现代意识"："但有一个事实须引起注意，即他们属于现代世界。他们的诗的沸点是现代意识，现代意识的追求是他们的根本追求。这是

---

① 徐敬亚、孟浪、曹长青、吕贵品编：《中国现代主义诗群大观1986—1988》，同济大学出版社，1988，第358页。

与传统相距更远的素质，他们致力于现代对古代的改造，'工业城市'对于'小农村社'的改造，他们把心灵和思维的现代化当作一个巨大的诗工程。"①专栏里的十个诗人，有两位是深圳诗人：贝岭、石涛，这也从一个侧面看出深圳诗人的"现代性"。

1986年，引起轰动的文学事件是徐敬亚等人策划的"中国诗坛1986'现代诗群体大展"，这是第三代诗人群体的一次集中亮相。徐敬亚此时已到深圳工作，作为"三个崛起"的倡导者之一，徐敬亚将他对中国诗坛的影响力带到了深圳，生生地为深圳诗坛种下了"现代性"的种子。他1986年9月30日在《深圳青年报》发文"广而告之"：《〈深圳青年报〉、安徽〈诗歌报〉将于10月隆重推出新中国现代诗历史上第一次规模空前的断代宏观展示——中国诗坛1986'现代诗群体大展》，这次诗歌大展囊括了1986年中国诗坛上全部主要现代诗派——100多名诗人组成的60余家"诗派"。在这些集中展示的诗人中，来自深圳的诗人有"朦胧诗派"的徐敬亚，"边缘诗群"的客人、胡冈，"游离者"诗派的贝岭、石涛、陈寅、绿岛、文雪、张国强、吕贵品，再加上孟浪，一共12人。徐敬亚、孟浪、曹长青、吕贵品等四人后来将这次大展的诗人作品编辑、结集，并于1988年由同济大学出版社推出，这即是"红皮书"《中国现代主义诗群大观1986—1988》。"红皮书"一共收录了这12位深圳诗人的32首"现代诗"。当然，收在书中的"诗歌"有的是创作于1987年和1988年，但那些写于

---

① 谢冕：《这里是现代广场——十人诗会序》，《特区文学》1986年第4期。

1986年的诗作《世界把我们困在屋子里》（陈寅）则是现代性冲动的最好表征，"他们努力把诗情建立在生命内部的冲动上"①，而不是单纯的对现代化进程的时代颂歌。

不仅仅是诗歌，1986年的深圳小说也有强烈"现代性"表达，比如谭甫成发表在《特区文学》1986年第3期的《往左跳往右跳》，已经是现代派小说的模样了。小说的情节无比简单，"我"曾经是一个下乡插队青年，后来考入大学，和现在的女友谈恋爱，本来"我"有一个光明的前途，女朋友的家长也同意这门婚事，但是我却犹豫不决，因为，有一件重要的事情等着自己去做，这个重要的事情是什么？就是逃离现在的生活，去远方闯荡。"我总是对人对事过于敏感，过于刻薄。我不能长时间忍受一种非自然的、强制的、造作的事物，而我觉得我每日每时、无时无刻不被包围在这些事物中。"②"我"不安于现状，与世界格格不入，渴望逃离，心无所系，这恰恰是法国存在主义所表现的"城市里的漂泊"，也是萨特所论述的"恶心"处境。

当然，现代性并不是只有"消极之处"，也有其积极的意义所在，比如对自由的追求与拥抱。哈贝马斯认为现代性是一种挑战，这种挑战从实证的观点来看，是个人被时代深深打上了自由的烙印，这主要表现在三个方面："作为科学的自由，作为自我决定的自由，还有作为自我实现的自由。"③具体到

---

① 谢冕：《这里是现代广场——十人诗会序》，《特区文学》1986年第4期。

② 谭甫成：《往左跳往右跳》，《特区文学》1983年第3期。

③ 包亚明：《现代性的地平线——哈贝马斯访谈录》，李安东等译，上海人民出版社，1997，第122页。

文学作品中，我们可以看到1986年颇具影响的三部深圳小说《他们要干什么？》（李兰妮）、《大路上的理想者》（梁大平）、《你不可改变我》（刘西鸿）恰好体现了哈贝马斯所说的自由。《他们要干什么？》首发于《特区文学》1986年第1期，描写了《深圳晨报》的记者们呼延凯、沈小桔、罗旭艰苦办报的经历，颂扬了这些特区建设者敢闯敢拼、乐于奉献的特区精神，小说中洋溢着"蓬勃向上"的乐观精神，高扬着"我的自由"。沈小桔说："我应该寻找我自己的位置——寻找别人无法取代的我的位置。"[1]沈小桔有强烈的自我意识和主体性，她决定在深圳闯出一片天空，这也是深圳建设者的某种象征。梁大平的《大路上的理想者》发表于《特区文学》1986年第4期，小说的主角吴为是一名毕业不久的大学生，辞掉了内地的工作，来到特区的某家工地上做监工，因揭露打桩工人偷工减料被"炒了鱿鱼"。他曾经写过小说，在深圳认识了写诗的"收租姑娘"以及四处求职的黎明，并和黎明谈恋爱，但在丢掉工作后，他只能拎起皮箱，离开了深圳。评论家钱超英曾对这部小说给予及时又中肯的评价，认为这部小说"通过描写人在'寓言'与'经验'这两个领域之间的奔突，表现自己对生存的感悟"[2]。吴为作为"大路上的理想者"，渴望"寻找一种精神"[3]，但却无法排解孤独。小说还引用了里尔克《秋日》里的诗句来描述生存的现状："谁这时没有房屋，就

---

① 李兰妮：《他们要干什么？》，《特区文学》1986年第1期。
② 钱超英：《写人在"寓言"和"经验"之间的奔突——我读大平的小说》，《深圳特区文艺丛书·文艺评论选》，海天出版社，1992，第33页。
③ 梁大平：《大路上的理想者》，《特区文学》1986年第4期。

不必建筑。/谁这时孤独，就永远孤独。"在现代化建设的大舞台上，吴为作为"现代人"，体会到了生存的压力，理想的距离，以及个体的孤独，而这种孤独赋予这部小说深深的"现代性"——即使我有选择的自由，但却无法选择"不孤独"，这也许就是现代人的宿命。《你不可改变我》是刘西鸿最负盛名的一部小说，也被认为是20世纪80年代中国现代派小说的代表作之一。"你不可改变我"这一口号式宣言，将深圳人的自我选择、自我担当、自我革新、自我实现的现代精神阐释得淋漓尽致。

三、现代性的未完成

现在我们回过头来，重新看1986年的深圳文学，会清晰地发现深圳文学的"现代化"与"现代性"是同步进行的。"现代化"书写一直是主流，但在1986年受到"现代性"的"阻击"。"现代性"尝试着突破，并通过刘西鸿、梁大平、谭甫成、徐敬亚、石涛等人的努力，复出历史地表，在深圳文学史上书写了"非同凡响"的一章。但是，好景不长，1986年之后，深圳文学的"现代性"面孔迅速引退，甚至消失不见。1988年谭甫成的《小个子马波利》是一部现代派作品，但在2000年之前，我们还能在深圳文学中找到具有"现代性"的作品吗？太难了。缪永1995年在《特区文学》发表的《驶出欲望街》，以及后来的长篇小说《我的生活与你无关》，张扬女性的自我与独立，可以看成是1986年现代派的"余续"，但将它们归入90年代流行的"私语化写作"更为恰当一些。

1986年之后的很长一段时间，深圳文学依然是"报告文学"唱主角，1991年的长篇报告文学《深圳的斯芬克思之谜》获得中国作协1990—1991年优秀报告文学奖，而杨黎光更是凭借着《没有家园的灵魂》（1996）、《生死一线》（2000）、《瘟疫，人类的影子"非典"溯源》（2003）连续三届获得鲁迅文学奖"全国优秀报告文学奖"。20世纪90年代，打工文学开始异军突起，涌现出林坚、张伟明、安子、黄秀萍等一批"打工文学"作家，他们用坚实的笔墨书写打工生活，属于现实主义创作的一个分支。这一时期，比较优秀的现实主义小说还有彭名燕的《世纪贵族》、廖虹雷的《老街》、黎珍宇的《无土流浪》、文夕的《野兰花》、谢宏的《温柔与狂暴》等等。因此，深圳文学的"现代性"在1986年短暂"崛起"后便迅速"隐身"，深圳文学的"现代性"属于"未完成的工程"，这一工程到什么时候才最终完成呢？在这里我并不能给一个最终的答案。但是我认为，邓一光2011年发表短篇小说《深圳在北纬22°27′—22°52′》是深圳文学40年发展过程中最为典型的一部现代派作品。在这部短篇小说中，邓一光通过描写在深圳这个现代化的城市中一对夫妻的"变形"过程，不仅隐喻了个人所遭遇的现代困境——人的异化，而且通过身体的"返魅"叙事，找到了一条"精神突围"之路。下面我就重点分析这部小说。

齐格蒙特·鲍曼在《被围困的社会》中描绘了现代社会普遍存在的一种困境：不论是国家还是个体，都处于无法逃脱的命运之中。鲍曼认为，从国家层面来说，2011年的

"九一一"事件宣告了空间时代的终结，"没有哪一个国家能够隔绝同外部世界的联系，不管它是多么富有、遥远和不容易接近"①。这种全球化政治使得对其有效反应只能是全球性的，每一个国家都处于巨大的关系网中。同理，个体也处于被围困的境地："个体的人类犹如植物一样，已经被连根拔起，他们被迫'脱离'在旧制度下发芽、生长的土壤，但是其目的仅仅是为了急切地寻求'重新植入'，即'重新植人'在一个规划得更好和理性设计的社会花园所布置的土壤。"②不仅如此，个体面对的最大威胁是消费主义的冲击。"消费社会和消费主义不是关于需要满足的，甚至不是更崇高的认同需要，或适度的自信。消费活动的灵魂不是一系列言明的需要，更不是一系列固定的需要，而是一系列的欲望——这是一个更加易逝的和短命的、无法理解的和反复无常的、本质上没有所指的现象；这是一个自我产生和自我永恒的动机，以至于它不需要找一个目标或原因来证明自身的合理性，或者进行辩解"③。消费刺激着个体的欲望，个体欲望又加速了消费的过程。欲望和消费互相刺激。其结果是，个体淹没在消费的洪流里，被操纵，变成"官能性的人"了。

邓一光很显然看到了现代人的生活困境，尤其是消费文化带来的"束缚"。他在《深圳在北纬22°27′—22°52′》这

---

① 齐格蒙特·鲍曼：《被围困的社会》，郇建立译，江苏人民出版社，2005，第76页。

② 齐格蒙特·鲍曼：《被围困的社会》，郇建立译，江苏人民出版社，2005，第6页。

③ 齐格蒙特·鲍曼：《被围困的社会》，郇建立译，江苏人民出版社，2005，第190页。

部短篇小说中，首先就把"消费的可能"降到最低。小说中的"他"是一名监理工程师，负责深圳市梅林关道路拓宽改造工程。"他"的妻子是一名瑜伽教练，严格控制饮食，不吃油腻的食物。在妻子的影响下，"他开始接受素食，并且越来越喜欢清爽的新鲜蔬菜"①。但是，尽管如此，他依然处于一种"被围困"的状态。由于道路拓宽工程正在加速推进，"整个白天他都在工地上没头没脑地奔波"②。他感觉到特别疲惫，"他累，却只能忍着，无处可说"③。这种高强度的工作状态，正是马克思在《1844年经济哲学手稿》中所描绘的"异化劳动"。马克思认为："劳动越是有力，劳动者越是无力；劳动越是机智，劳动者越是愚钝，并且越是成为自然界的奴隶。"④小说中的"他"被高强度的工作压得喘不过气来，一有机会，就想离开工地，因为"工地完全变成了战场"⑤。

马克思为"异化"研究开辟了道路。卢卡奇在马克思关于"异化"理论的基础上，认为资本主义已经陷入了全面的异化，人们的一切行为都受到商品生产和商品交换原则的支配，从而被"物化"。霍克海默和阿多尔诺则从发达的现代技术层面出发，认为技术也带来了一种异化，"今天，技术上的合理性，就是统治上的合理性本身，它具有自身异化的社会的强

---

① 邓一光：《深圳在北纬22° 27 '—22° 52 '》，海天出版社，2012，第92页。

② 邓一光：《深圳在北纬22° 27 '—22° 52 '》，海天出版社，2012，第88页。

③ 邓一光：《深圳在北纬22° 27 '—22° 52 '》，海天出版社，2012，第88页。

④ 马克思：《1844年经济学哲学手稿》，刘丕坤译，人民出版社，1979，第46页。

⑤ 邓一光：《深圳在北纬22° 27 '—22° 52 '》，海天出版社，2012，第88页。

制性质"①。哈贝马斯把这种技术的合理性看成是一种意识形态，"技术理性的概念，也许本身就是意识形态。不仅技术理性的应用，而且技术本身就是（对自然和人的）统治，就是方法的、科学的、筹划好了的和正在筹划着的统治"。②在《深圳在北纬22°27′—22°52′》中，"他"和"她"已经有意识地抵抗消费文化的"异化"冲击，把生活的标准降到最低。但，城市生活和工作压力让他们紧张、焦虑。他们开始了"变形"。

　　"变形"是一种比较常见的艺术手法，这在奥维德的《变形记》、阿普列乌斯的《金驴记》中有突出的表现。但从卡夫卡开始，小说中的"变形"具有了丰富的现代性。卡夫卡小说中的"变形"，不仅是一场新的文学试验，而且是一次美学革命。格里高尔变成"甲虫"的悲惨遭遇表明，西方现代社会工作的劳累与压抑、家庭的冷漠与无情、亲情的虚伪和势利，已经把人异化了。"甲虫"象征着现代社会的人与人之间关系的降格：人变成物。随后，布鲁诺·舒尔茨的《父亲的最后一次逃走》、尤奈斯库的《犀牛》、菲利普·罗斯的《乳房》都有对"变形与异化"的深刻表现，但反响最大的还是法国作家玛丽·达里厄塞克的《母猪女郎》。她在小说中描写了一个因"异化"而被"变形"为猪的女郎，借此讽刺没有人性的社会。"人间是个大猪圈，天天在上演着荒诞的悲剧，它比动物更荒唐，更没有人性，人仿佛失去了理智和人性，成了疯狂的

①　霍克海默、阿多尔诺：《启蒙辩证法》，重庆出版社，1990，第113页。
②　哈贝马斯：《作为"意识形态"的科学技术》，学林出版社，1999，第39—40页。

动物"①。

《深圳在北纬22°27′—22°52′》中的"变形"很奇特：主人公"他"发现自己变成了一匹马，而"她"变成了一只蝴蝶。表面上看起来，这是对城市生活不堪重负的艺术化表达。邓一光借"变形"表达了疲惫的都市人，表现了"异化"之下的现代生活，延续了卡夫卡在《变形记》中的"变形传统"，是对现实生活的讽刺与批判。但细究起来，我们会发现，邓一光不仅陈述了"人的异化"的现实，而且还把"变形"看作是精神突围的手段，是通向人的自由之路的必要条件。

艺术中的"变形"是必不可少的。卡西尔在分析神话世界的典型特征时认为，如果神话有什么突出的法则，那肯定是变形的法则。因为"没有什么东西具有一种限定不变的静止状态：由于一种突如其来的变形，一切事物都可以转化为一切事物"②。奥维德则宣称变形是一切形象存在的基础。"一切事物只有变化，没有灭亡。灵魂是流动的，时而到东，时而到西，它遇到躯体——不论是什么东西的躯体——只要它高兴，就进去寄居。它可以从牲畜的躯体，移到人的躯体里去，又从我们人的躯体移进牲畜的躯体，但是永不寂灭……宇宙间一切都无定形，一切都在变异，一切形象都是在变异中形成的"③。但每一个艺术家对"变形"的处理是不一样的。在《变形记》中，卡夫卡笔下的格里高尔是突然变形的，那

---

① 玛丽·达里厄塞克：《母猪女郎》，胡小跃译，重庆出版社，2006，第129—130页。

② 恩斯特·卡西尔：《人论》，甘阳等译，上海译文出版社，1985，第104页。

③ 奥维德：《变形记》，杨周翰译，人民文学出版社，1984，第208页。

个经典的小说开头震撼了无数的读者："一天早上，格里高尔·萨姆沙从不安的睡梦中醒来，发现自己躺在床上变成了一只巨大的甲虫。"①之后，卡夫卡用大量的细节描写为我们确证变形的"可能性"与"真实性"。邓一光在《深圳在北纬22°27'—22°52'》的"变形"是渐变的，是主人公"他"通过对自己身体的细微变化的"发现"，慢慢确证了自己的另一种形象。也可以说，《变形记》的重点是表现变形后的世界，《深圳在北纬22°27'—22°52'》重点表现的是变形的过程，尤其是"变形中的身体"。

尼采认为"创造性的肉体为自己创造了创造性的精神，作为它的意志之手"②。肉体是精神的策源地，小说中的"他"发现自己"变形的身体"恰恰是"创造性的精神"的显现，是对"被围困的自己"的突围，也是精神的超脱之路。"经历变形过程所产生的东西是一个新的生命形式，某种不同于既往的东西。在过程结束时，我们看到了一个与前半生不同的新的自我界定和个性身份。这新的成熟形式以先前的性格结构为基础，与之不离左右，给了它新的意谓。性格倒不是变得让老朋友再也认不得该人了。但存在一个新的内在价值和取向中心，存在一个新的心灵意识。这一成年期中的内心生活现象用传统的话讲，被称为精神性的人的创造。"③邓一光通过"变

① 卡夫卡：《卡夫卡全集·第1卷》，叶廷芳主编，中央编译出版社，2015，第88页。
② 尼采：《查拉图斯特拉如是说》，上海人民出版社，1987，第11页。
③ 斯坦因：《变形：自性的显现》，喻阳译，中国社会科学出版社，2003，第24页。

形"，也确立了自己的身体叙事美学。

在《深圳在北纬22°27'—22°52'》一开始，主人公"我"就有些"不对劲"，他因自己的梦感到不安。在梦中，他仿佛在另外一个地方，而且，是在千里之外的草原。"他明明看见一大片绿薄荷，叶端生着金色的斑点，它们从他脚下一直铺到天边，他怎么就能一跃而过。"[1]梦中的他，变得轻盈，虽然他还不确定自己是什么，但连续多次梦到草原，让他很吃惊。这里，梦和现实产生了一种对照。现实的沉重比照着梦中的轻盈，现实的劳累比照着梦中的洒脱。随着主人公所负责的梅林关拓宽改造工程进入关键时期，"他"越来越劳累，这种劳累让他更频繁地"逃"入梦境——一个虚化的精神世界。通过多次辨认，他发现"梦中的自己"原来是一匹马。"把身体带入可以指意的领域，使它成为指号过程（semiosis）的参与者，似乎需要标记具有看得见的、可以辨认的重要性。"[2]邓一光的细节处理和卡夫卡一样出色。他描写了联系着梦和现实世界的"标记"，这种标记清楚地表明，他的梦并不虚幻："从梦中醒来后，他还在大口呼吸，胸脯剧烈地起伏，小腿肚子发紧，膀胱也发紧。而且，他的后颈上有一层细细的汗。"[3]与此同时，他的妻子"她"也开始了"变形"。她在梦中变成蝴蝶。由于发现梦中的"自己"被雨冲到泥水里，脑袋撞在叶子上，她的梦成为一种"噩梦"，"她"

---

① 邓一光：《深圳在北纬22°27'—22°52'》，海天出版社，2012，第86页。

② 彼得·布鲁克斯：《身体活：现代叙述中的欲望对象》，朱生坚译，新星出版社，2005，第57页。

③ 邓一光：《深圳在北纬22°27'—22°52'》，海天出版社，2012，第93页。

开始向他讲述自己的梦，希望能得到安慰。"她"虽然知道自己在梦中变成了蝴蝶，但从来没有在现实生活中怀疑自己属于人的身份，尽管她的皮肤有着类似蝴蝶般的"令人陶醉的粉质感"[①]。

　　小说中，"他"在"她"的噩梦中，看到了某种"变形"，这种变形也进一步确认了"他"对自己身份的看法。"如果他是马，她为什么不能是蝴蝶？蝴蝶凡事用喙，他喜欢用嘴；蝴蝶有长长的触须，她头发软得撩人；蝴蝶收束起翅膀栖息，他蜷缩着身子睡觉。她不是蝴蝶还能是什么？"[②]布鲁克斯说："身体不能够遗留在一个无关紧要的肉体的领域。它必须具有意义。但是，它只有成为指意实践的网络的一部分，才能做到这一点。"[③]邓一光把"他"和"她"放在一起，用身体织就一张大网，把现实和梦境连接在一起，并有意去掉现实和梦境的间隔。这种处理表明，邓一光的"变形"不是异化的结果，而是躲避异化的手段。"他"和"她"生活在城市里，被消费文化等围困着，他们能够率先突围，是因为他们都是素食主义者，具有了超脱的前提。当"他"在繁忙的工地上吃素食时，被孟工所嘲笑，但他却毫不在意，而是"离开腥腻味十足的监理点，高高地跃过一道警示牌，再越过一道路障，跳跃着朝工地上跑去"[④]。渐渐地，"他"在现实生活中开始

①　邓一光：《深圳在北纬22° 27'—22° 52'》，海天出版社，2012，第92页。
②　邓一光：《深圳在北纬22° 27'—22° 52'》，海天出版社，2012，第101页。
③　彼得·布鲁克斯：《身体活：现代叙述中的欲望对象》，朱生坚译，新星出版社，2005，第65页。
④　邓一光：《深圳在北纬22° 27'—22° 52'》，海天出版社，2012，第96—97页。

具有"马"的某些特征。而随着情节的发展，"马的特征"开始更多地介入现实生活。当他洗澡的时候，他随便哼上两句，希望能放松心情，但却被自己的声音吓住了："是的，他的确听见了自己的声音——不是咏叹调，也不是民谣，而是一声轻轻的马嘶。"①这种描写和达里厄塞克的《母猪女郎》有着异曲同工之妙："我张开嘴，但只是发出一阵猪叫般的声音。"②

　　身体的变形首先通过"声音"来得到初步的确认。这也不由得让我们想到卡夫卡《变形记》中的关键情节。当格里高尔早上醒来看见自己变成甲虫后，并没有惊慌，但是在听见自己发出的第一声却吓了一跳："格里高尔听到自己的回答声时大吃一惊，这分明是他从前的声音，但这个声音中却掺和着一种从下面发出来的、无法压制下去的痛苦的叽喳声，这叽喳声简直是只在最初一瞬间让那句话保持清晰可见，随后便彻底毁掉了那句话的余音，以致人们竟不知道，人们是否听真切了。"③梅洛-庞蒂说："事物与我身体之间的关系无疑是非凡的：正是它有时让我显现出来，有时把我带往事物；它产生了可见之物的嗡嗡声，又让这些嗡嗡声陷入沉默，并使我完全地投入世界。"④这种嗡嗡声最终通过身体的变形达到精神的解脱。小说中的"他"也通过"嗡嗡声"发现自己是一匹马的

---

① 邓一光：《深圳在北纬22°27′—22°52′》，海天出版社，2012，第99页。
② 玛丽·达里厄塞克：《母猪女郎》，胡小跃译，重庆出版社，2006，第65页。
③ 卡夫卡：《卡夫卡全集·第1卷》，叶廷芳主编，中央编译出版社，2015，第90页。
④ Maurice Merleau-Ponty, *The Visible and the Invisible*, Evanston: Northwester University Press, 1968, p.8.

事实："他不是他，而是一匹前肢收束起站立着的马。"①至此，他的"变形"已经宣告完成，但邓一光还在继续他的身体叙事。

我们可以把《深圳在北纬22°27'—22°52'》看成是关于身体叙事的范本，它不仅仅解构了"异化的都市生活"，而且还对现代人的身体进行了复原与"返魅"，为都市人提供了精神突围的绝佳入口。

布鲁克斯认为："身体一直都是包括语言在内的文化所俘虏的骚动不安的囚徒。"②不仅仅是语言层面，历史上，身体多数时候都处于压制状态。在封建时代，革命者、造反者，或者是持异端学说的人，都可能会遭受到肉体上的处罚。西方哲学也有一个传统，在把理性从肉体中解放出来的时候，会推崇理性的力量，排斥肉体的身体。柏拉图在《裴多篇》中对身体的负面作用进行了批判，他认为身体的各种感性骚动扰乱了我们的心灵，因此，极力推崇理性的力量。而宗教对"禁欲的身体"的推崇，又是加在身体之上的一道枷锁。当文艺复兴和启蒙运动逐渐解放了人们的精神，但身体又处在另一种"监控"之中。福柯通过对权力的分析，发现身体是一个不断被驯化的、温顺的场所，已经打上了深深的权力的烙印，无法逃避。即使是在当代社会，身体也处于被"改造"的位置。鲍曼认为消费主义在本质上是寻求刺激，创造新的欲望，并引导现存的欲望。而作为欲望承载主体的身体，最终只得到了短暂的快

① 邓一光：《深圳在北纬22°27'—22°52'》，海天出版社，2012，第99页。
② 彼得·布鲁克斯：《身体活：现代叙述中的欲望对象》，朱生坚译，新星出版社，2005，第7页。

乐，而不是长久的幸福。波德里亚也认为，在消费时代，"身体在一种全面折磨之中，变成了必须根据某些'美学'目标来进行监护、简约、禁欲的危险物品"[①]。

在《深圳在北纬22°27'—22°52'》中，主人公"他"恢复了对自己身体的观察能力。当他发现自己变成了"马"，他非常紧张，以为是自己出了问题。当他发现自己的妻子也处在一种"变形"过程中，并最终确认为是"透翅长尾凤蝶"时，他开始求助于自己的好朋友维平。维平是一名学者，专门研究神秘生命现象。维平在听到他的描述后，认为这涉及"物种异换"的问题。维平说："生命的神秘现象不是科学，但所有的科学都有过前科学时期。问题在于，我们是否有足够的耐心和敬畏去认知它们。"[②]维平的解释让"他"觉得不可思议，于是他挂掉了电话，陷入了对自己身份的思考中。我们发现，小说进行到这里时，提出了一个核心的问题：身体的"返魅"。

"返魅"对应着"祛魅"。"祛魅"（disenchantment）一词源于马克斯·韦伯的"世界的祛魅"。韦伯认为由启蒙运动带来的理性主义思潮对以宗教为代表的神圣性的东西进行了"解咒"，这也是宗教世俗化的必然过程。"从原则上说，再也没有什么神秘莫测，无法计算的力量在起作用，人们可以通过计算掌握一切，而这就意味着为世界除魅。人们不必像相信这种神秘的力量存在的野蛮人那样，为了控制或祈求神灵而求

---

① 波德里亚：《消费社会》，刘成富、全志钢译，南京大学出版社，2014，第136页。

② 邓一光：《深圳在北纬22°27'—22°52'》，海天出版社，2012，第104页。

助于魔法。技术和计算在发挥着这样的功效，而这比任何其他事情更明确地意味着理智化"①。这种"祛魅"在本雅明的《机械复制时代的艺术品》中也有生动的阐释。本雅明认为，现代科技消除了曾经笼罩在艺术作品中的那种独一无二的"灵晕"（aura）。"在祛魅的自然中，关于自然的现代科学导致了自然本身的祛魅。关于自然的机械论的、祛魅的哲学最终导致了整个世界的祛魅。"②

"祛魅"的结果，理性大行其道，"那些充满迷幻力的思想和实践从世上的消失"③。机械世界观代替了有机世界观，科技的力量无坚不摧。伽达默尔曾表达了对技术力量的担忧："二十世纪是第一个以技术起决定作用的方式重新确定的时代，并且开始使技术知识从掌握自然力量扩展为掌握社会生活。所有这一切都是成熟的标志，或者也可以说，是我们文明危机的标志。"④胡塞尔也对"祛魅的世界"表达了深深的忧虑，"现代人让自己的整个世界观受实证科学支配，并迷惑于实证科学所造就的'繁荣'。这种独特现象意味着，现代人漫不经心抹去了那些对于真正的人来说至关重要的问题。只见事实的科学造成了只见事实的人"⑤。"祛魅"有其进步意义，但其危害也开始渐渐显露，它否定了人自身的主体性、经验和

① 马克斯·韦伯：《学术与政治》，冯克利译，三联书店，1998，第29页。
② 大卫·格里芬：《后现代科学——科学魅力的再现》，马季方译，中央编译出版社，1995，第2页。
③ 尼格尔·多德：《社会理论与现代性》，陶传进译，社会科学文献出版社，2002，第43页。
④ 伽达默尔：《科学时代的理性》，国际文化出版公司，1988，第63页。
⑤ 胡塞尔：《欧洲科学危机和超验现象学》，上海译文出版社，2005，第7页。

感觉。因此，为了恢复现代人对精神生活的敏感性，对抗现代性的各种弊端，"返魅"也是一个必然的选择。

邓一光在《深圳在北纬22°27'—22°52'》中，首先通过"变形"的方式，解放了个体的身体，然后通过身体的"主体性"参与，对事物的神秘性的给予确认，这即是一种典型的"返魅"过程。小说的结尾，"他"在路边看见了一个头发蓬松的男孩正在过马路，突然，他发现自己看到的不是男孩，而是"一只展开双翅掠地而过的稻田苇莺"[①]。直到此时，"他"才释然，头一次露出了从容的微笑。

邓一光的"返魅"是通过主人公对自己身体的"重新发现"而实现的。"马"和"蝴蝶"在这里都是一种隐喻，是精神突围的象征物。邓一光曾说："奔跑和飞翔早已不再是属于禽兽的美丽游戏，而是它们逃命的手段。"[②]面对一个不断被异化的社会，面对不断被围困的个体，邓一光在思考精神突围的可能性。他最终通过"变形的身体"，找到了突破口，也宣告了现代都市人"主体精神"的回归。在这个意义上来讲，《深圳在北纬22°27'—22°52'》不仅是深圳文学"现代性"书写的典范之作，也是中国当代都市文学的经典之作。

---

① 邓一光：《深圳在北纬22°27'—22°52'》，海天出版社，2012，第106页。
② 邓一光：《深圳在北纬22°27'—22°52'》，海天出版社，2012，第121页。

　　　　　　　　　　　　　深圳文学的十二副面孔

面孔八：31区

时常会有一些不常见面的朋友问我最近在研究什么，我说在研究深圳文学。他们的反应大体上有两种。第一种，啊？深圳文学有啥？也值得研究？第二种，哦！打工文学，我知道的。先抛开第一种"反应"不谈，我们来看看第二种"反应"。第二种反应同样暴露出两种问题：第一，对深圳文学不了解，以为打工文学代表着深圳文学；第二，打工文学，仿佛谁都知道，谁都能谈一谈。而实际上呢？我们不仅对深圳文学一知半解，对打工文学的认识也同样流于表面化。有人也许会说出一大堆的打工作家，比如林坚、张伟明、黄秀萍、周崇贤、黎志扬、郑小琼、安石榴、王十月、谢湘南、刘虹、许立志、郭金牛、徐东、曾楚桥、戴斌、郭建勋、萧相风等等；有人也许读过很多的打工文学作品，比如《深夜，海边有一个人》《别人的城市》《我们INT》《下一站》《绿叶，在风中颤抖》《米脂妹》《出租屋里的磨刀声》《我的深圳地理》《天堂凹》《北妹》《国家订单》《打工，一个沧桑的词》《零点的搬运工》《流水线上的兵马俑》《纸上还乡》《幸福咒》《词典：南方工业生活》《打工词典》；有人甚至知道那些曾经大力提倡和研究打工文学的专家，比如杨宏海、柳冬妩、罗德远等等。但说到31区打工作家群时，可能有些人从来没有听说过。什么是31区？31区打工作家群又是怎么回事？

也许真的到了不得不谈论31区的时候了，因为，31区作家群作为一种"文学现象"已经退出了"历史的舞台"。

一、31区作家群

要谈论31区作家群，首先得了解什么是31区。唐冬眉在《宝安日报》"文化周刊"刊发的《关外→斯德哥尔摩，通向诺贝尔文学奖的路途经31区》一文，是目前能找到的最早介绍31区作家群的文章。"31区在哪里？宝城的一个城中村。地理上的31区的概念是指宝城上合至芳菲苑酒店一带。"[①]叶耳在《31区的月光》中，也详细介绍了31区："31区在哪里呢？地理上是指深圳宝城上合到芳菲苑酒店一带区域。这里是城中村，也差不多是亲嘴楼了。来自五湖四海的人聚集在这里，各色人马都有。杂货店、发廊、诊所、性用品店、公用电话超市、私人旅馆（含十元店住宿）、餐馆林立，纷繁嘈杂。"[②]宝安为什么会有31区？可能有读者会产生这样的疑惑，既然有31区，那么是不是也有30区、29区、26区、13区？这种推测是对的。安石榴就有一首诗叫《二十六区》，这首诗被认为是安石榴深圳写作的代表作。内容如下：

"我从二区出发/经过三区/四区/五区/六区/七区/八区/九区/十区/十一区/十二区/十三区/十四区/十五区/十六区/十七区/

---

① 唐冬眉：《关外→斯德哥尔摩，通向诺贝尔文学奖的路途经31区》，《宝安日报·文化周刊》2005年11月26日。
② 叶耳：《31区的月光》，《人民文学》2006年增刊。

十八区/十九区/二十区/二十一区/二十二区/二十三区/二十四区/二十五区/在二十六区的一个小店/我与朋友喝了几瓶啤酒/然后动身回二区/经过二十五区/二十四区/二十三区/二十二区/二十一区/二十区/十九区/十八区/十七区/十六区/十五区/十四区/十三区/十二区/十一区/十区/九区/八区/七区/六区/五区/四区/三区/终于回到了二区。"①

　　这首看起来"无病呻吟"的诗，却大有深意，如同一个"圆环"，将诗人的生活状态表现出来——从起点出发又回到起点，让人想起鲁迅《在酒楼上》的吕纬甫，耗费了无用的热情和能量。另一方面，将宝安区独特的"区"生动地表现出来。"区"与"区"之间进行有序的排列组合，产成了奇妙的诗歌张力。谢湘南这样评价该诗："如果我们从诗中抽出任何一句或两句，我们都不会认为这就是诗，但这些最没有诗意的句子却是一首不可替代佳作中无法缺少的诗句，它们随随便便地排列在那里，给人一种最直接的'意外'，谁也不会想到安石榴会这样去写，他居然可以如此轻松地把诗学的极致'简单地深刻'表现出来。"②但如果对宝安的这些"数字区"有足够的了解，就会发现这首诗存在着无法克服的"现实问题"——宝安的这些"数字区"并不是按照阿拉伯数字序号进行简单的排列。如果要从二区走到二十六区，正确的顺序应该是二区—四区—三区—五区—六区—八区—十区—九区，但是十一区离一区比较近，这样又得从九区掉头回来。继续往下

①　安石榴：《二十六区》，《不安》，海风出版社，2002，第37—39页。
②　谢湘南：《发音与咳嗽》，《不安》，海风出版社，2002，第160—161页。

走，我们发现行走的难度加大，十三区在二十九区附近，十四区在二区的马路对面。从十三区走到十四区，相当于又走回到了"起点"。仅仅是走到十四区就来来回回好几趟，如果按照诗歌中设定的"行走路线"从二区走到二十六区再走回二区，很显然，"行路者"会迷路的。在这里，我的本意并不是批判这首诗，而是想引出一个话题：宝安的这些"数字区"到底是怎么来的？这里得追溯到宝安县的建城史。据《新安街道志》记载，自1981年恢复宝安县建制后，新县城选址在南头以西与特区交界处，东以石岩公路为界，西北至广深公路，北到北门顶，西至灶下村，方圆6平方公里。新县城初定名为"宝城镇"（1985年才更名为"新安镇"），1981年11月，新县城开始筹建，1982年4月破土动工。"新县城建设实行统一规划、统一征地、统一设计、统一组织施工、统一使用资金的'五统一'原则，先地下，后地面，分区建设。在符合总体规划的前提下，搞好小区的详细规划，做到规划设计一区，开发建设一区，配套完善一区，建成获益一区，按建成时间先后，依次将建成区划为宝城一区、二区、三区等小区。"[1]这样，我们就知道为何宝安的这些"数字区"是不规则分布了——按照建成的时间来确定具体的数字区。而且标准的叫法不是"宝安×区"，而是"宝城×区"。

31区作家群是指在深圳"城中村"宝城31区租房写作的作家群体，代表人物有王十月、叶耳、卫鸦、徐东、曾楚桥等

---

[1]　深圳市宝安区西南街道志编纂委员会：《新安街道志》，中国文史出版社，2015，第190页。

人，唐冬眉2005年11月26日在《宝安日报·文化周刊》发表的《关外→斯德哥尔摩，通向诺贝尔文学奖的路途经31区》第一次将这个作家群体集中推出。"最初，一个叫王十月的写作人在深圳关外宝城31区租房而居。不久，叶耳、卫鸦、徐一行三位作家慕名而来。他们的文字在纸质媒体和网络上越来越受到关注。不久，五定、刘小骥、叶曾也将入住31区。"①唐冬眉重点推荐了四位作家：王十月、叶耳、卫鸦、徐一行（徐东），每位作家都谈了自己的文学主张以及对31区写作的感悟与期待②。王十月还为31区设计了一句广告词："没有什么不可能的。"2005年12月12日，《深圳商报》记者李胜、袁磊刊发《外来作家群生根宝安31区》继续为"31区作家群"造势。"31区最近引起很多人关注，原因是一群年轻人在这里做着与周围很不'协调'的事情：纯文学写作。王十月、叶耳、卫鸦、徐一行，这些经常在全国文学刊物上发表作品的写作人不约而同在这里落脚。在他们吸引下，五定、刘小骥、叶曾等写作者也将入住31区；通过网络、电话、短信，还有几十位天南海北的写作者与31区作家群联系紧密。31区，在这群写作人眼里已是一个文学和精神上的概念：在诱惑丛生的都市里，

---

① 唐冬眉：《关外→斯德哥尔摩，通向诺贝尔文学奖的路途经31区》，《宝安日报·文化周刊》2005年11月26日。

② 王十月的文学主张是"像手术刀一样剖开我们内心的幽暗地带"，对31区写作的感悟是"希望以集体的形式让自己变成文学上和生活上的强者"；叶耳的文学主张是"讲述日常生活里被忽略了的细节，让我们看到一种来自心灵深处的光"，对31区写作的感悟是"是的，爱。在31区"；卫鸦的文学主张是"虚构背景是小说的灵魂"，对31区写作的感悟是"我们的追求因这片土壤而单纯"；徐东的文学主张是"热爱小说，希望我的生命隐于小说"，对31区写作的感悟是"揭起中国甚至是世界文学的一角"。

一群年轻人因文学走在一起，清贫却不坠其志。"①31区作家群在2006年底有一次集中的华丽亮相。《人民文学》2006年增刊推出了31区作家群的"专刊"，尽管编者并没有用"31区作家群"来介绍他们，但本期收录的全部作品都来自31区作家群，具体来说，发表的小说有8篇，分别为：王十月的《愁容少年》、卫鸦的《墓碑》、杨文冰的《公民马福年谱》、曾楚桥的《规矩》、文尧的《河边》、韩三省的《外面》、于怀岸的《让你打我一回》；发表的散文有2篇，叶耳的《31区的月光》《弥漫的尘影》。2007年，《特区文学》第2期也集中刊发了31区作家群的相关作品8篇，分别是王十月的《父亲万岁》、文尧的《分家》、卫鸦的《归宿》、叶耳的《一位父亲的观察手记》、杨文冰的《残红》、于怀岸的《放牧田园》、曾楚桥的《我爱西桥》、韩三省的《礼物》。主编还写了编前推荐："他们用文字经营着一方心灵的净土，他们用精神的丰饶对抗物质的清贫。如今，他们成了深圳一道亮丽的精神景观，成为中国一道独特的文学风景线。"②《人民文学》和《特区文学》对31区作家群的集中推荐，并不是说他们已经形成了统一的可辨别的风格，相反，这8个作家的写作风格个个不同，但并不影响他们作为一个整体而存在。

31区作家群的形成和王十月有着紧密关系，更进一步说，王十月对31区作家群的形成有着"决定性"的影响。王十月，本名王世孝，1972年生于湖北，1996年来深圳松岗某厂当杂

---

① 李胜、袁磊：《外来作家群生根宝安31区》，《深圳商报》2005年12月12日。
② 《没有什么不可能——"三十一区"作品合辑编前》，《特区文学》2007年第2期。

工，2000年5月在《大鹏湾》当编辑，最初租住在宝城4区、19区，2002年秋天搬到31区，在31区住了好几年，2004年4月，《大鹏湾》停刊，王十月失业了，但他并不想再打工，于是开始了自由写作的生活。在他的感召下，叶耳、卫鸦、徐东、曾楚桥等都陆续来到31区租房，写作，形成了颇有影响的"31区作家群"。因此，我们可以将王十月2002年搬家到31区看成是"31区作家群"形成的标志，而结束的时间呢，以叶耳2009年离开31区为结点，因为他是最后一个搬离31区的作家。但2007年可以看成是31区作家群"分散"的开始，这一年王十月签约东莞文学院，在鲁迅文学院第八届高研班进修半年，随后进入《作品》杂志当编辑，定居广州。

二、"31区文学"

为了研究的方便，我将31区作家群在31区创作的文学作品统称为"31区文学"。几乎每一个重要的31区作家都写过以31区为主题的作品，这可以看成是31区文学的第一个特点。王十月的《声音》是对31区各种声音的描写，通过声音，我们对31区有了直接而又亲切的了解。"在31区，最先醒来的，是那些小贩的叫卖声。"[①]王十月描写了"卖凉粉"的吆喝声，收破烂的吆喝声，邻居刷牙时牙刷敲打杯子的声音，酒鬼发酒疯的声音，打工夫妻吵架的声音，"阿咪朵"的声音，等

---

① 王十月：《声音》，《父与子的战争》，新疆美术摄影出版社，2013，第58页。

等，所有这些声音的背后都有令人感动或让人心酸的故事，王十月还把31区作家们的生活写在文章里。"31区的几位自由写作者，大约都意识到了身体的重要性，于是我们每天都会去离31区不太远的宝安公园跑步，绕着宝安公园的山跑一圈是三公里，几个月下来，我的体重降下去了二十斤，现在上六楼也没有那么喘了，感觉生活又重新充满了希望。"①和王十月一起跑步的人是叶耳与徐东，这在叶耳的《三十一区的文学与梦想》中有详细的描述，而且叶耳还在文中记录了31区作家们是如何受到王十月的感召来到31区从事文学创作的。这是研究31区非常珍贵的参考材料。叶耳的诗歌《31区》也非常有名，我在《上合村志》中读到过这首诗："我想/我就这样站着/我看到了31区/许多行人和这些工厂的出口/保持着亲切的喜气/许多年以来/我和你一样/也一直这样表达自己的青春//现在　我就站在31区/我看到了我租下的房间/和打开房间的钥匙/我无法停止在拥挤的城市/返回故乡/莫扎特说/如果我能使用语言/何必再用音乐//我只想种植一片自己喜爱的庄稼/我只想在城市的中心/种一株我心灵的故乡/我亲眼所见的东二巷/以及东二巷的雨水和阳光/在我容纳的粮食里/答复这个秋天的宽阔//修单车的师傅和卖性用品的主人/就在我的楼下/我的楼下还住着一些打麻将的/他们都讲着强壮的方言/秋天有着清澈的空气//是难度使我发现了/骨节里的苦盐/拥有了无比深厚的颜色/马蹄放弃了抒情的温度/越来越暗 在低处的黑暗里/我接受了疼痛的讲述//幸好　31区的月光也在暗处/和我的房间遭遇这

---

① 王十月：《声音》，《父与子的战争》，新疆美术摄影出版社，2013，第74—75页。

　　　　　　　　　　　　　深圳文学的十二副面孔

一切/也许许多的梦想都不会实现/也许这终究只不过是一个愿望/我和我认识的31区可以做证/你忽略的忧伤/已被我亲眼所见。"①这首诗将强壮的方言和疼痛的梦想进行对比，凸显出打工者在城市中的无助、无望与无奈，诗人是敏感的，也是真诚的，所以，文字并没有被控诉所包围，语言使用比较节制，让人能感受到诗人的努力与憧憬。31区，不管怎样，还是一个能给诗人以希望的地方。叶耳还写过以31区为主题的诗歌《三十一区的夜晚》、散文《31区的月光》，将生活之"沉重"放在文字里"变轻"，让思想的利剑斩断生活的杂乱无章。曾楚桥在小说集《观生》的后记中，也记载了在31区生活的点点滴滴。2004年3月20日，他和王十月、杨文冰在31区成立了"存在工作室"，他们仨还合写了长篇报告文学《深圳有大爱》并发表在《特区文学》2004年第8期，后来获得全国首届鲲鹏文学奖·报告文学类一等奖。徐东在随笔《31区》中也深情地回顾了自己在31区写作的往昔，徐东在文中说自己是2005年10月3日离开北京，来到深圳，租住在31区，写了西藏系列短篇，比如《其米的树林》《欧珠的远方》，后来，在"自传体"小说《变虎记》中，徐东也多次谈到31区："我来到三十一区以后，觉得自己的生命一下子变得软和了，就像多年行走在风里，一下子回到了家。"②

将31区写进小说或者将31区当成小说发生的背景地是31区作家群特别热衷的事情。叶耳有部小说《痕》写的是乡村生

① 《上合村志》编委会：《上合村志》，北方文艺出版社，2017，第205—206页。
② 徐东：《变虎记》，中国社会科学出版社，2009，第122页。

活，但他还是将背景放在31区。"陈家湾在三十一区，过一条河，望到那棵开花的梨树就是了。"①曾楚桥的小说《破碎》同样是以31区为背景，"小泉的住地离市区稍远，沿着107国道出了南头关一路往西，大约走两公里再向右拐就是宝城三十一区，旧称上合村。小泉就住在三十一区的城中村"②。王十月的《在深圳的大街上撒野》也提到31区。"这些年来，西狗并没有在深圳买房，他还在宝安31区租房住。他的租房里，也没有什么像样一点的家具。"③王十月还有一部很有名的小说，题目就叫《三十一区》，而且小说故事的发生地也是"三十一区"，但作者在后记里强调自己虚构了一个"31区"："这里的31区并不是我生活的31区，这是一个存在于我的梦幻里的地方。"④《三十一区》写得潮湿、阴冷，有西方哥特式小说的特点，让人窒息，"这就是31区，一个被遗忘的角落。一个没有法律约束，没有道德约束的地方"⑤。小说主角玻璃是个盲女孩，她来到31区寻找奶奶，玻璃不知道31区是个巨大的火葬场，奶奶早已去世。玻璃被老院工囚禁拐卖，被银珠救下来后一直留在纸货铺生活。后来瘟疫暴发，31区居民认为玻璃是"罪魁祸首"，将她绑在街边的路灯柱子上，玻璃最终离开了这个罪恶的世界。王十月笔下的31区如同《圣经》里的罪恶之城蛾摩拉，该城市因居民邪恶、堕落而被

---

① 叶耳：《痕》，《作品》2006年第6期。
② 曾楚桥：《破碎》，《幸福咒》，海天出版社，2016，第52页。
③ 王十月：《在深圳的大街上撒野》，《浮生记》，江苏凤凰文艺出版社，2016，第227页。
④ 王十月：《后记》，《三十一区》，北岳文艺出版社，2006，第244页。
⑤ 王十月：《三十一区》，北岳文艺出版社，2006，第212页。

愤怒的神毁灭。罗德是城中唯一善良的人，上帝给了他逃生的机会。《31区》里的玻璃，就如同一面镜子，照出了人间的罪恶，也显示出了银珠的善良。"这是一本关于罪与罚的书，一本关于道德与本能的书。"①

　　"31区文学"与打工文学有着千丝万缕的联系，也可以说，31区文学曾是打工文学的重要组成部分，但是后来集体"逃离"了打工文学。《出租屋里的磨刀声》是王十月早期创作的打工文学的经典作品，被选入多个打工文学作品选本里，比如杨宏海主编的《打工文学作品精选集·中、短篇小说选》（2007）、李杨主编的《深圳新文学大系·"打工文学"卷》（2020），但这篇小说并不能归入"31区文学"，原因很简单，这部小说并不是创作于31区。据《租房纪事》记载，王十月当时住在宝城4区，"住在四区时，我的邻居每天都要刷上七八次牙，刷完牙阴森森从我门口走过，牙刷和杯子有节奏地敲打七下，怪吓人的。我以此为基础写了一个小说，发在了《作品》上，得了一个奖，后来《作品与争鸣》选了"②。这部小说就是发表在《作品》2001年第6期的《出租屋里的磨刀声》。当然，王十月后来获得鲁迅文学奖的中篇小说《国家订单》也不属于"31区文学"，创作该小说时，王十月已经离开31区了。

　　尽管将王十月的《出租屋里的磨刀声》《国家订单》排除在外，"31区文学"还是有很多经典的打工文学作品。比如王

① 王十月：《后记》，《三十一区》，北岳文艺出版社，2006，第245页。
② 王十月：《租房纪事》，《特区文学》2005年第11期。

十月的《文身》《示众》、曾楚桥的《幸福咒》、叶耳的《31区的月光》。[①]《文身》写于2005年，为了写好这篇小说，王十月还专门在31区的小巷里做过细致的观察。小说中的主角是一名少年，作者并没有给他具体的名字。少年每个月发工资的时候都会被烂仔收保护费，而且这些烂仔在小店吃东西也从来不给钱。烂仔的胳膊上文了一条龙，看起来很威风。少年觉得自己太软弱，于是在身上文了一条巨龙，结果却被辞退了，"经理说这里是工厂，不是黑社会，厂里不欢迎文身的工人。经理又补充了一句，说是有工人反映，说看见他的文身觉得害怕"[②]。丢掉工作的少年被招募做了烂仔，收保护费，但在"上岗"的第一天就被警察抓起来了。少年的文身不仅没能保护他的安全，还让他陷入了巨大的麻烦之中。这种充满戏剧性的遭遇，真有点"黑色幽默"的味道，也让我们更加关注打工人的"安全"问题。《示众》是一部比较独特的小说，老冯在楚州城做了十几年的建筑，盖了很多座高楼大厦，在离开楚州城之前，老冯想看看自己亲手建的这些楼房。老冯依次去看了"大儿子"金蝶大厦、"二儿子"百花大厦、"小闺女"依云小区。走到依云小区时，老冯遇到了麻烦，门卫不让他进小区大门。老冯特别想在小区里走一走，他找到了一处低矮的围墙翻了进去，结果却被当成了小偷。保安让老冯胸前挂一个牌子，在小区门口示众两个小时，牌子上写着十个大字："我叫

---

① 王十月的《文身》发表于《山花》2006年第4期，《示众》发表于《天涯》2006年第6期；曾楚桥的《幸福咒》发表于《收获》2007年第6期。

② 王十月：《文身》，《成长的仪式》，吉林出版集团有限责任公司，2010，第26页。

冯文根，我是一个贼！！！"①这个画面特别具有反讽性，城市的建设者最后被当成城市的"违法者"遭受公开的"审视"与谴责，王十月用夸张的方式写出了普通打工者的"受辱"遭遇。曾楚桥的《幸福咒》也具有强烈的反讽性。翠珍的丈夫来顺从脚手架上摔死了，翠珍领了接近10万元的赔偿金后，将丈夫火化了，翠珍按照老家的风俗，要在工地上给丈夫做一场法事，于是请来了和尚，和尚迟迟不来，工头就和几个泥水工打麻将，接着就发生了一系列匪夷所思的事情。和尚骑着摩托车来到工地后就开始忙着做法事，并向翠珍额外收取了念"幸福咒"的服务费。小说最后，翠珍选择吃安眠药自杀，但并没有成功，恢复意识之后，翠珍发现照片上的丈夫长出了长长的胡子。作者在这部小说中设置了两种"对立"。第一种对立是翠珍的悲伤与法事的闹腾，第二种对立是死去的来顺的"忠贞与诚恳"与活着的凡夫俗子的"欺诈与蛮狠"。这两种对立使小说充满着张力，也颇具讽刺性。柳冬妩认为《幸福咒》是充满了真正结构性反讽的后现代小说文本，"在《幸福咒》中，单纯无知的女人的行为与全知全能的叙述者的矛盾结合，就造成了《幸福咒》的结构反讽，因为整个语境的反讽性，决定了文本内一切组合关系的反讽性"②。《幸福咒》是在荒诞中寻找真实，在荒唐中寻找意义，在作家冷酷的文字背后，有对生活的深沉热爱与关怀。叶耳的《31区的月光》可以看成是31区文学的经典文本。作者继承了打工文学的"传统"——"在别

---

① 王十月：《示众》，《成长的仪式》，吉林出版集团有限责任公司，2010，第45页。
② 柳冬妩：《"粤派评论"视野中的"打工文学"》，广东人民出版社，2018，第31—32页。

人的城市里书写自己的生活"，但又有创造性贡献：月光的发现。月光是安静的、柔美的，这不就是打工人的象征吗？他们在城市里安静地生活，不张扬，不咄咄逼人，他们守着自己的夜晚和寂寞，四处奔波，"我已经四年没有回家过个年了。那么，同样像我一样漂泊在别人的城市打工的大哥二哥三哥他们呢，他们回去过吗？在我的印象里他们好像好多年也没有回家过过年了"①。这种发文不是控诉，没有伤害力，就如同月光一样，安静的、柔美的，而且还带着淡淡的忧伤，这种忧伤连同孤独，全部献给了城市的夜晚。

31区文学不是只描写和反映打工生活，它早已超越了打工文学，体现出经典文学的面目。在小说集《观生》的后记里，曾楚桥对打工文学进行了反思："流于表象的叙事作品，对广大的打工者来说可能更直接好读也更感性，易于接受，但是难以深入人物的精神内核。"②如何才能写出有着丰富文化韵味的小说，写出具有令人耳目一新的颇具审美内涵的小说？31区的作家们一直在努力和探索着，而且，他们也找到了突破口——故乡。对故乡的书写是31区作家群对打工文学的一次成功逃离，王十月的"烟村"系列，卫鸦的"小镇"系列，叶耳的"客里山"系列，连同曾楚桥的"风流底"系列、徐东的"西藏"系列、于怀岸的"猫庄"系列，构成了一个庞大的"故乡群落"。即使这些作家已经离开31区了，他们依然在深耕自己的"故乡"，出版了《烟村故事集》《空中稻田》

① 叶耳：《31区的月光》，《人民文学》2006年增刊。
② 曾楚桥：《后记》，《观生》，中国社会出版社，2009，第246—247页。

《藏·世界》《猫庄史》等颇受赞誉的小说集。

三、《秋风辞》

　　31区作家群是一个居住在深圳宝城31区的自由写作者组合，他们都有坚定的作家梦，都有崇高的献身精神——为文学献身，他们住最差的房间，吃最便宜的饭菜，但有着最为坚毅的追求，他们渴望通过努力，成为杰出作家，但他们并不急躁，也不急功近利，租住在31区，相互鼓励和打气。31区的作家们因为住得比较近，经常一起跑步，一起聚餐，一起交流写作心得，因此，文学上的沟通和联系就比较密切。我们经常会在某个作家的文章里看到其他人的名字，比如王十月的随笔《租房纪事》中，作者感谢了多位31区作家："这是我在三十一区生活的真实写照，他们的存在，给了我温暖，在这里，我要记下他们的名字：叶曾、杨文冰、叶耳、卫鸦、易江南、温木楼。他们于我的意义，是我知道了吾道不孤，我们是战友，是革命同志，是兄弟。我们在深圳做着作家梦。"[①]叶耳在《三十一区的文学与梦想》中也谈到31区的作家们："压力使我们更努力地写作，但也不可避免地面临现实的沉重。每个人都有自己的梦想。王十月的梦想是在三十一区开一个酒吧，使它成为自由写作者的沙龙……徐东的梦想更为远大……

---

① 王十月：《租房纪事》，《特区文学》2005年第11期。

他也梦想自己能写出世界大师级的作品出来。"①叶耳还专门写过《他多么像个大哥》，来谈论他所认识的王十月。

之所以谈论这么多，是想引出"31区文学"的经典文本《秋风辞》。《秋风辞》也是31区作家们"互动"的结果。2006年，曾楚桥丢掉了工作之后在31区租房，开始自由写作，他读了陈翔鹤的《陶渊明写挽歌》，特别喜欢，于是动手写了一篇小说《王十月写〈秋风辞〉》，写得饶有趣味，写完之后，发表在《广西文学》2008年第4期，但是编辑将小说名改为《秋风辞》，和王十月先前所写的《秋风辞》同名。而王十月的《秋风辞》最终发表在《作品》2009年第8期，要比曾楚桥的《秋风辞》晚一年多的时间。如果没有王十月写的《秋风辞》，肯定不会有曾楚桥写的《秋风辞》，后来在小说集《观生》里，曾楚桥又改回了原名《王十月写〈秋风辞〉》。将这两部小说放在一起进行对比阅读很有意思。王十月在小说集《观生》的序里也特意提到了《秋风辞》："但有一篇小说，却和这些小说有明显的不同，那就是《王十月写〈秋风辞〉》。我写过一个短篇小说叫《秋风辞》，楚桥比较喜欢。在这个小说里，他虚构了我写作这篇小说的过程，将真实与虚构结合在一起，真真假假，虚虚实实，达到了较好的互文效果。语言也较之从前的小说有了极大的变化，有着古典的美。"②

王十月的《秋风辞》是"烟村故事集"中的一篇。王十月

---

① 叶耳：《三十一区的文学与梦想》，《散文百家》2011年第5期。
② 王十月：《序》，载曾楚桥：《观生》，中国社会出版社，2009，第4页。

　　　　　　　　　　　　　深圳文学的十二副面孔

的小说大体上分为两类：一类是以打工为主题，比如长篇小说《烦躁不安》《大哥》《无碑》，中短篇小说集《开冲床的人》《国家订单》等等；另一类是以自己故乡为背景的小说集《烟村故事集》。[①]2007年，王十月发表了一系列"烟村故事"小说，比如《大鱼》《绿衣》《蜜蜂》《夏枯》《落英》《杀人者》，这些小说都是王十月在31区写成的，包括2009年发表在《作品》上的《秋风辞》。《秋风辞》里的语言干净又富有诗意，这是王十月"烟村故事"系列小说的一贯风格。小说中的瞎婶娘住在烟村，她的眼睛虽然看不见，但"心里亮堂得很哩"[②]。她的丈夫老国是个哑巴，在搭锚洲围湖造田。瞎婶娘和马夫搭档铡草，干活的时候，瞎婶娘特别喜欢听马夫粉白（讲故事），马夫给瞎婶娘讲到天星洲一个男人吃了"乌龟精"死了，留下妻子和两个孩子，信以为真，她想撮合马夫和这个寡妇的婚事，于是跑到天星洲去"说亲"，找遍了天星洲的4个村落，也没有找到这个寡妇家，后来才发现是马夫杜撰的故事，"瞎婶娘笑了，她突然发觉，这次出门很是可笑，简直有些莫名其妙。离家几天了，她从来没有离开家这么久，她很想家。她只想回家，快点回家"[③]。《秋风辞》刻画了心地善良的瞎婶娘，特别令人称赞的是小说的叙事手法，用一个故事牵出另一个故事，又用另一个故事讲述了烟村的故事，环环相扣，意味深长。小说的开头是讲"秋风起"引出孩童去找

---

① 这里需要补充说明的是，王十月除了写以打工为主题的小说、烟村故事之外，还写了科幻小说《如果末日无期》，魔幻现实主义小说《31区》《米岛》等。

② 王十月：《秋风辞》，《烟村故事集》，中国言实出版社，2020，第142页。

③ 王十月：《秋风辞》，《烟村故事集》，中国言实出版社，2020，第154页。

瞎婶娘穿针线的故事，又由瞎婶娘引出马夫的故事，而马夫所讲的故事又促使瞎婶娘去说亲，瞎婶娘在天星洲的遭遇又无意中证实了马夫所讲的仅仅是一个故事。就这样，故事在秋风中越传越远，烟村在秋风中越发亲近可爱起来。

曾楚桥的《王十月写〈秋风辞〉》生动地描写了王十月写作《秋风辞》的经过。这是关于31区作家的故事，王十月住在31区，他想以周家婶为主角，写一篇名为《秋风辞》的小说。但除了开头的那句话"烟村的秋天总是在夜晚偷偷光临"[①]，王十月毫无思路和头绪。周家婶在31区住了十几年，她在垃圾屋的旁边搭了个简陋的小棚，她儿子的女朋友因嫌弃周家婶而断绝了和她儿子的交往，王十月深深同情周家婶的艰难处境，找朋友帮忙给周家婶的儿子介绍了一份门卫的工作，但周家婶的儿子却觉得不受尊重辞了职，深受打击的周家婶最后哭瞎了眼睛，她让王十月带着她去荔枝公园看勒杜鹃。小说中还穿插了王十月和楚桥交往的场景，以及王十月租房、看病、被骗的经历。真真假假，虚虚实实，读起来别有一番风味。如果对王十月不了解，曾楚桥肯定写不出这样的小说来。曾楚桥对王十月在31区的生活进行了高度还原和创造性改造，贡献了31区文学的代表性作品，这也从另一个方面反映出31区作家们之间的密切关系。

"烟村的秋天总是在夜晚偷偷光临。"

"那时的日子平静而快乐。"[②]

---

① 曾楚桥：《王十月写〈秋风辞〉》，《观生》，中国社会出版社，2009，第141页。
② 曾楚桥：《王十月写〈秋风辞〉》，《观生》，中国社会出版社，2009，第142页。

深圳文学的十二副面孔

面孔九：内刊

　　深圳文学有很多副面孔，内刊是其中之一。内刊里暗藏着深圳文学生动的、充满生机的"烟火气"，内刊里有着深圳文学鲜活、充满激情的"呼吸"，内刊是打开深圳文学的一把重要钥匙。

　　深圳是内刊之城，在短短40多年的发展历程中，产生了一大批有影响力的内刊，比如《万科》《宝安风》《华为人》《招银文化》《中兴通讯技术》《康佳通讯》《华侨城》《鸿桥》《赛格》《中国平安》《雅昌》《蛇口三洋》《金威》《京基》。具体到文学与文化内刊方面，我搜集到的资料就不少，比如《大鹏湾》《羊台山》《龙华文学》《深圳文学》《大鹏文学》《伶仃洋》《文化深圳》《文化宝安》《文化福田》《龙岗文艺》《南山文艺》《莲花山》《群文》《红棉》《行走南书房》《听海》《海花石》《山湖石岩》《合澜海》《红树》《自由原创》等等。2017年，《民治·新城市文学》前执行主编裴亚红赠送给我们深圳文学研究中心一套《民治·新城市文学》，从创刊号（2009年7月）到2016年夏季号，共29本。

一、内刊《民治·新城市文学》

《民治·新城市文学》是由龙华新区民治办事处主办的纯文学杂志。在确定刊物名字之前，曾经有另外两个备选名，一个是《望天湖》——民治办事处所在地的古名叫望天湖，另一个是《新城市文学》，但最终确定在"新城市文学"前加上"民治"，以体现"在地性"。在发刊词《阳光下的新城市风景》中，我们可以看到该刊物的定位："我们有必要来一次有意识的精神扫描，关注深圳这座新城市的文化内涵，注重提升生活在这里的人们对这座城市的认同度和归宿感，挖掘和彰显新城市的人文价值。我们企望通过文学这扇窗口，欣赏新城市不断变幻的风景，探寻新城市人的心灵轨迹，宣扬新城市的文化主张，为构建深圳人的家园意识和人文精神尽绵薄之力。"[1]这里有一个关键词"有意识的"需要特别注意，这说明办这本刊物的意图非常明显，这一意图的直接体现就是刊物的每一期封底都印有"新城市·新梦想·新文学"几个大字。执行主编裴亚红说："希望在接续深圳的'打工文学'之后，发出一种新的文学召唤。同时，这本新刊物在创办之初也寄寓了我们的文学理想。"[2]裴主编在《明治·新城市文学精选集》编者序里所说的并非戏言。通读这29本刊物后，我认为裴主编在某种程度上发出了一种"新的文学召唤"。

---

[1] 李勇：《阳光下的新城市风景——发刊词》，《民治·新城市文学》创刊号（2009年7月）。

[2] 裴亚红：《守护文学的理想和初心》，《民治·新城市文学精选集1》，裴亚红主编，花城出版社，2005，第2页。

了解深圳文学发展历史的人都知道，深圳文学曾有两次广为人知的"文学口号"，一次是"打工文学"，另一次是"新都市文学"。北大教授李杨在编写"深圳新文学大系"四卷本时，其中的两卷本是以这两次口号命名的，比如《深圳新文学大系·打工文学卷》《深圳新文学大系·新都市文学卷》。"打工文学"在20世纪90年代随着打工的热潮风靡全国，并产生了一大批打工文学作家，较为知名的有林坚、张伟明、王十月、安石榴、谢湘南、许立志、郭金牛、萧相风、戴斌等等。为打工文学摇旗呐喊，提供理论支撑的是杨宏海，他先后担任深圳市文化局调研处副处长、深圳市特区文化研究中心主任、深圳市文联副主席等职，发表了《"打工文学"纵横谈》《打工世界与打工文学》《面对精彩的打工世界》等文章，主编出版了《打工世界：青春的涌动·打工者的文学》（2000）、《打工文学作品精选集》（2007）、《打工文学备忘录》（2007）、《打工文学纵横谈》（2009），组织了一系列的"打工文学论坛"，比如2000年8月，在深圳宝安都之都大酒店召开"大写的二十年·打工文学研讨会"。随后，杨宏海又组织了多届打工文学论坛，邀请全国知名学者参与到"打工文学"的学术讨论中来，比较有名的文章有《我看"打工文学"的价值与意义》（何西来）、《在"中国梦"的面前回应挑战》（张颐武）、《现实关怀、底层意识与新人文精神——关于"打工文学现象"》（蒋述卓）。另外，深圳本土学者也参与了"打工文学"的大讨论，较知名的论文有《市场经济下的文学新潮：打工文学》（杨宏海、尹昌龙）、《走向新的地平线——谈深圳的"打工文学"》（李小甘）、《打工文学的文化意义与视角调适》（王为理）。王为理认为打工文学是当代中国工业化、城市化，以及现代追求的一种文化表达，是深圳的标志性的文化符码。"从深圳自身来说，打工文学打造了一张城市文化名片，铸造了一个城市文化符码，激起的是心灵的震撼，提高的是文化的辐射力和影响力。一个能够孕育打工文学的城市，一个能够张扬打工文学的城市，是一个将自己的命运与千千万万用心血和汗水创造着这座城市的底层大众牵连在一起的城市。打工文学丰富了深圳城市文化的混杂性，放大了深圳城市文化的包容性，养成了深圳城市文化亲近大众、切近民生、关爱底层的亲民特征。"[①]无论我们怎样"忽视"打工文学，都无法否认打工文学与深圳文学的天然关系，这种关系具有文学史的意义和价值。杨宏海在考察打工文学在深圳的发展史时，曾将打工文学的发展分为三个阶段："1984—1995年，从萌生到真正发展阶段；第二阶段，1995—2000年，走向泛化和过渡阶段；第三阶段2000年之后，扩大内涵和健康发展的阶段。"[②]现在学术界一般将林坚在1984年第3期《特区文学》发表的短篇小说《深夜，海边有一个人》看成是打工文学的萌芽，但据我搜集到的资料，在此之前，诗人黄海在1982年发表的诗《姐妹们，我们打工去》，是目前能找到的最早公开发表的打工文学作品。"劳动是人类的

① 王为理：《打工文学的文化意义与视角调适》，《深圳文学大系·"打工文学"卷》，李杨主编，海天出版社，2020，第207页。
② 邓林等整理：《打造"打工文学"品牌，促进社会和谐进步——首届"全国打工文学论坛"纪要》，《深圳文学大系·"打工文学"卷》，李杨主编，海天出版社，2020，第236页。

本分/为了理想也为了生存//走进社会我们上的第一课/姐妹们，我们打工去//领件工衣佩张厂卡/我们是消费者又是生产者了//加班加班还是加班/剩余劳动怎能蚕食我们的青春//领到工钱我们逛街熙熙攘攘/学孔乙己'多乎哉不多也'地喊//为了今天的诺言明日的理想/姐妹们，我们打工去"[①]。杨宏海将2000年看成是打工文学第三阶段的开始，具体的理由有两点：第一，深圳打工文学向全国内地发展，比如由东莞、珠海、中山在内的一批诗人创办了《打工诗人》等民刊；第二，2005年1月，由共青团中央、中华全国青年联合会联合主办了打工文学奖"鲲鹏文学奖"，打工文学从此进入了主流学界。[②]但忽略了打工文学的中坚力量"31区作家群"。另外，我认为2005年恰恰是深圳打工文学"衰退"的开始。尽管以王十月为代表的"31区作家群"获得了"鲲鹏文学奖"的多项大奖，但是共青团中央2005年将打工文学更名为"进城务工文学"，后来又更名为"劳动者文学"，"打工文学"作为一个官方名称正式退出了历史舞台。而在此之前，遵照国家相关出版法规的规定，打工文学的大本营《大鹏湾》杂志被迫停刊，编辑王十月、杨文冰、曾楚桥相继来到宝城31区租房，开始了自由写作阶段。而更早一些时候，《打工诗人》于2001年5月31日创刊，创刊人为许强、徐非、罗德远、任明友，他们都不是深圳打工者，这说明打工文学的阵地正在悄然转移。2007年，宝

---

① 黄海：《树叶的舞蹈》，花城出版社，1999，第70页。
② 邓林等整理：《打造"打工文学"品牌，促进社会和谐进步——首届"全国打工文学论坛"纪要》，《深圳文学大系·"打工文学"卷》，李杨主编，海天出版社，2020，第236—237页。

安区文联创办内刊《打工文学》，2008年利用《宝安日报》的刊号，出版《打工文学》周刊，尽管涌现出了萧相风、许立志、郭金牛、陈再见等打工文学作家，但随着王十月离开31区后创作的《国家订单》获得鲁迅文学奖，深圳文学的"打工文学"作为城市标志性的"文化符码"渐渐退出了历史舞台。

1994年，是深圳文学发展史上另一个重要的节点。《特区文学》主编戴木胜在当年的第一期卷首语中首倡"新都市文学"："'新都市文学'重在反映社会主义市场经济条件下，新都市的风貌、新都市的生活，尤其是新都市人的观念、情绪、心态，以及新都市的一切矛盾冲突。"[①]"新都市文学"口号的提出，引起了热议，随后，张波的《都市人与都市文学》、何继青的《其实是一种文学精神》、杨益群的《新都市文学的前景——兼与张波商榷》、斯城的《"新都市文学"刍议——兼与杨益群先生商榷》、李华的《这里是罗陀斯，就在这里跳罢！》、王世城的《后现代文化语境与新都市文学》、湖滨的《新都市文学的设问与追问》、宫瑞华的《新都市文学——开放的现代文学语境》、葛红兵的《哪里是都市人安身立命的场所——关于新都市文学》、王桂亮的《新都市文学的后现代文化语境》、尹昌龙的《现代性问题的基本考察》等探讨"新都市文学"的论文先后发表在《特区文学》上，"新都市文学"引起广泛的关注和热议，被评为"1995年中国文坛十件大事"之一。《特区文学》1999年第4期刊载的钟晓毅的《一面猎猎飞扬的旗帜——特区文学与新都市文学》可以看成

---

① 戴木胜：《卷首语》，《特区文学》1994年第1期。

是对"新都市文学"这一口号的终结，从此之后，《特区文学》再也没有发表有关"新都市文学"的主题论文。

"新城市文学"可以看成是继"打工文学""新都市文学"之后的第三次"口号"，而且这一口号由街道办杂志提出，更加可以看出《民治·新城市文学》的人文情怀与担当意识。《民治·新城市文学》2013年春季号（总第16期）首开专栏"新城市文学论坛"，发表的是谢有顺教授的《内在的人》，"这个内在的人，有存在感，对他的书写，代表的是对存在的不懈追索，它构成了现代小说的精神基石。而今日的小说，之所以日益陈旧、缺少探索，无法有效解读现代人的内心，更不能引起读者在灵魂上的战栗，很重要的原因，就是小说重新做了故事和趣味的囚徒，不再逼视存在的真实境遇，进而远离了那个内在的人"①。"新城市文学专栏"从第16期开始设立，以后每期都有，一直到第29期（2016年夏季号）。②第17期"新城市文学论坛"是关于"新城市文学论坛"第一期的发言精选，题目为《我们为什么要谈论新城市文学？》，收录了5位名家的文章，分别是弋舟的《新城市文学的气质与气味》、蔡东的《"现在进行时"的新城市文学》、王威廉的《新城市文学需要飞跃的想象力》、李德南的《现代文明需要新的城市文学的有效呼应》、陈劲松的《新城市文学应落脚在

---

① 谢有顺：《内在的人》，《民治·新城市文学》2013年春季号。
② 第29期之后到底还有没有"新城市文学论坛"这一专栏，并不确定，但我从孔夫子旧书网上买到的《民治·新城市文学》2017年冬季号、2018年夏季号、2019年春季号、2020年春季号、2021年夏季号，这几期并没有设置"新城市文学论坛"专栏。

城市与人的关系上》。蔡东认为："我心目中的新城市文学应当具备的品质，一是斑斓多样，二是无限可能。我寄望于在更多的文学作品中，看到城市居民、中产阶层、新移民的身影，看到更多元、复杂和幽深的城市生活。"[①]李德南认为："谈新城市文学，最关键的是形成新的文学范式，一种有想象力、洞察力和预见力的文学。"[②]

第18期是"新城市文学专辑"。2013年8月17日，"新城市文学论坛"第二期在龙华新区民治街道办举行，论坛邀请了全国知名评论家、学者孟繁华，著名作家邓一光、魏微，台湾作家刘台平，以及深圳作家、诗人、评论家南翔、吴君、蔡东、弋铧、谢湘南、于爱成参加。这一期的"新城市文学论坛"收录了孟繁华、邓一光、南翔、于爱成四人关于新城市文学看法的论文。孟繁华在《建构时期的中国城市文学》列出了当下城市文学的三个主要问题：第一，城市文学没有人物；第二，城市文学没有青春；第三，城市文学与现实过于贴近。孟繁华认为："当下中国的城市文学如同正在进行的现代性方案一样，它的不确定性是最重要的特征。因此，在当下中国城市文学的写作，也是一个'未竟的方案'。它向哪个方向发展或最终建构成何等模样，我们只能拭目以待。"[③]邓一光的《当我们谈论深圳文学的时候，我们在谈论什么？》是引用率超高的一篇文章，邓一光对深圳写作者所面对的问题进行了鞭辟入

① 蔡东：《"现在进行时"的新城市文学》，《民治·新城市文学》2013年夏季号。

② 李德南：《现代文明需要新的城市文学的有效呼应》，《民治·新城市文学》2013年夏季号。

③ 孟繁华：《建构时期的中国城市文学》，《民治·新城市文学》2013年秋季号。

里的分析："和内地的书写者不同，深圳的书写者至少要多做一件事，回答自己与生活着的这座城市之间的关系，以及自己在这座城市里究竟能写什么和怎么写这样一些令人苦恼的问题。"①"在这座眨眼间便建立起来并且在短短三十年内就令人惊诧的不再有土地可待开发的城市里，文学面对的问题比任何时候都要多——至高无上的城市发展理性、现实主义和方法论的全面胜利、以行动为目的的成功学和意志力、整个城市乃至城市公民要求的全新道德规范，让文学面对的问题比任何时候都要困难。历史记忆不复存在，新鲜经验难以积累，个人主义和个体书写的独特潜能在这座城市里弱不禁风，很难有所建树，这就是深圳诗人和作家的当下现状。"②南翔在《新城市文学的三个维度》中认为新城市文学有三个维度值得关怀：一是历史的维度；二是生态的维度；三是人文的维度。于爱成在《我们在什么意义上谈新城市文学》中对新城市文学有一个定义："展开来说，所谓新城市文学，即是以新时期以来城市生活和城市人群（三教九流，芸芸众生，不唯社会主流、成功人士，也涵盖升斗小民、流动人群）为主要关注对象，内容以描写城市特点为中心并向不同层面展开，表现不同于乡村伦理和生活的都市生活形态，展现作家个体的城市体验，刻画各类城市中的人物形象的文学形态。"③这一期的"新城市文学"还

---

① 邓一光：《当我们谈论深圳文学的时候，我们在谈论什么？》，《民治·新城市文学》2013年秋季号。

② 邓一光：《当我们谈论深圳文学的时候，我们在谈论什么？》，《民治·新城市文学》2013年秋季号。

③ 于爱成：《我们在什么意义上谈新城市文学》，《民治·新城市文学》2013年秋季号。

推出了能够代表新城市文学创作成就的小说、散文与诗歌。小说方面，有弋舟的《而黑夜已至》、蔡东的《净尘山》、文珍的《我们一定要幸福》、姚鄂梅的《冤家》、石一枫的《芳华喜欢的三个男人》；散文方面，有苍耳的《城市镜像》、陈蔚文的《二手时间》、纳兰妙珠的《租房纪》；诗歌方面有唐子砚、谢湘南、尘轩等三人的诗选。

第19期到第26期，每一期都邀请知名学者参与到"新城市文学论坛"中来，第19期刊载了饶翔的《新城市文学几个关键词》，第20期刊载了杨庆祥、金理、黄平的《城市文学的困境与可能——青年批评家三人笔谈》，第21期刊载了陈培浩的《文学、城市和精神想象力的多维更新》，第23期刊载了邱华栋的《城市的灵魂与虚拟的城市》，第24期刊载了刘汀的《青年之城，或期待一种新的城市叙事美学》，第27、28、29三期，同样开设了"新城市文学"专栏，但主题稍微有所变化，房伟、王春林、张艳梅、姚峥华分别就《民治·新城市文学精选集》①发表看法。

《民治·新城市文学》的办刊起点非常高，尽管只是街道办刊物，但是执行主编裴亚红并没有将刊物限定在街道办。综观29期的刊物内容，我们只在前9期看到"民治采撷"，比如袁甲清写的《三度开启梅林坳》《寻找望天湖》《民乐村：放飞梦想的地方》，还有白石龙村参与文化名人大营救亲历者口

---

① 《民治·新城市文学精选集》一共出版6册，前4册由花城出版社2015年12月推出，是主编裴亚红对内刊《民治·新城市文学》前16期内容的精选集。后两册是对内刊《民治·新城市文学》第17期至第24期内容的精选，由花城出版社2016年11月推出。

述，从第10期开始，就没有"民治采撷"，经过几期的调整之后，从第13期开始，设置了"旧文重提·深圳文学经典"专栏，刊载深圳文学经典小说，并配有于爱成的评论文章。入选"深圳文学经典"的作家作品有刘西鸿的《你不可改变我》、谭甫成的《小个子马波利》、薛忆沩的《流动的房间》、梁大平的《大路上的理想者》、李兰妮的《十二岁的小院》、石涛的《游戏规则》。这一栏目应该是深圳杂志的首创，将深圳文学经典化的问题提了出来，开风气之先！而且，《民治·新城市文学》也大力举荐深圳作家和诗人，据我不完全统计，刊载的深圳小说家有邓一光、蔡东、王十月、厚圃、谢宏、曾楚桥、毕亮、南翔、吴亚丁、刘静好、张伟明、吴君、卫鸦、韩三省、萧相风、丁力、俞莉、刘中国、钟二毛、陈再见、弋铧、欧阳德彬、张夏、旧海棠；刊载的深圳诗人有谢湘南、徐东、阿翔、胖荣、樊子、唐成茂、阿北、李双鱼、孙夜、何新、范明、张尔、吕布布、花间、孙文波、黑光等；另外，深圳知名文化学者王樽、王绍培也在《民治·新城市文学》开设专栏。《民治·新城市文学》还推出了厚圃、蔡东、陈再见、张夏四名深圳作家作品专栏，并配有作家的创作谈。现在看来，这些都是无比珍贵的资料。

《民治·新城市文学》是一本有担当、有情怀的内刊，它是深圳文学发展中不可忽视的存在，也是深圳刊物的骄傲。它力推深圳作家，弘扬本土文化，高举新城市文学大旗，它的影响力将会在以后的岁月中进一步凸显。

二、两本民刊

内刊和民刊虽然都没有公开出版的刊号，不能公开发售，像一对双胞胎，但两者还是有所区别的。内刊是企事业单位、社会团体在各地新闻出版局注册登记，获批内部刊号，不能公开发售，但可以公开赠阅的各类期刊。内刊一般都会在封面或封底印有"内部资料　免费交流"八个大字。民刊主要是由一定的文学团体或个人编辑的、没有刊号、没有在政府部门正式注册的、在一定范围内传播的刊物，民刊在中国主要指民间诗刊。中国当代真正意义上的"民间诗刊"是北岛、芒克、徐晓于1978年12月23日在北京创办的《今天》杂志，它引起了中国新诗史上影响深远的"朦胧诗运动"，开启了当代中国新的诗歌潮流。《今天》的成功引起了中国诗人办民刊的热潮，较有名的民刊还有《他们》《非非》《海上》《断层》《倾向》《北回归线》《幸存者》《自行车》《撒娇》《或者》《现代汉诗》等等。2000年1月，由黄礼孩主编的《诗歌与人：中国70年代出生的诗人诗展》横空出世，广受瞩目，在黄礼孩的个人努力之下，《诗歌与人》成为"中国第一民刊"，在诗坛发挥着越来越举足轻重的影响力。

民刊和官方期刊相对立，能够彰显民间话语的力量，高举独立自由的精神，是中国诗歌的"小传统"。深圳作为中国当代诗歌发展的重要策源地，也涌现出《深圳诗人》《外遇》《好汉坡诗刊》《白诗歌》《大象诗志》《寄身虫》《中国诗坛》《诗篇》《文本》等民刊，而最有名的两本民刊是《白诗歌》和《大象诗志》。

《白诗歌》并不是深圳独创的诗歌民刊，它脱胎于《诗生活》论坛"广东诗人俱乐部"。这里活跃着一批爱好诗歌的人，他们在一起讨论诗歌，交流写作心得，深圳著名诗人谢湘南是"广东诗人俱乐部"的首任版主。据高文翔的《"白诗歌"事件——读〈白诗歌〉创刊号，兼谈当代诗歌面临的新突破》一文记载，2004年10月的广东诗人俱乐部网站论坛上，"广聚"诗人宋晓贤、大草、花间、小抄、汪白、罗西、艾薇、吾同树、阿斐等十余人正在讨论一个字——白，"白诗歌"的"白"究竟是怎样一种"白"，应该怎么"白"。经过几天的讨论，"广俱"诗人们达成的共识主要有六点：

　　1．白诗歌关于诗歌的核心主张：诗歌要体现出真实纯净、朴素淡雅、浅白的美学风格（小闲）。在艺术表现上，白诗歌常常是"简约、淡雅的几笔，或无一墨的空白，让人有种'天高月小，水落石出'的清明之境"（大草）……

　　2．白诗歌倡导"小民诗歌"，主张诗歌创作的出发点是"秉持平民视角，草根情怀"，要"有一点艾草的苦涩"（宋晓贤）……

　　3．关于白诗歌的语言表现，主张"俗白、浅显、白话，写让人明白的诗"（大草）……

　　4．白诗歌主张诗歌要具有反叛性。"白色作为红色的对立面，隐含着对知识分子主流写作的逆动"（大草）……

　　5．关于白诗歌与中国诗歌传统的关系，白诗歌坦陈自己对以往口语诗实践与经验的承续和弘扬。白诗歌"既有20年口语诗运动的基础，又上接中华乐府、唐诗传统，可谓上承传统，下接地气"（安地）……

6．关于白诗歌流派的内涵及其与其他诗歌派别的关系，白诗歌是开放的。……"所有认同白的人，都是我们的同人，都可以成为白派"（安地）[①]

《白诗歌》的编委几乎都参与到"白诗歌"定义的界定与解释中来，具体可见《关于"白"诗歌的起由》（大草）、《我所考虑的白色诗歌》（小闲）、《关于"白诗歌"命名的几点意见》（大草）、《白诗歌的缘起》（小闲）、《"白"诗歌大家说》《我所理解的"白诗歌"》等文章。2006年4月，由宋晓贤、大草联合主编的《白诗歌》创刊号面世，共收入60余位作者的各类诗作127首。《白诗歌》是同人民刊，每一期的执行主编都不固定，第二期的执行主编是花间、阿斐，第三期的执行主编是晓棋、晓水，第四期执行主编是小抄、范小雅，第五期的执行主编是李以亮、阿谁，第六期的执行主编是谢湘南、深圳红孩，第七期的执行主编是余文浩，出版时间是2012年12月。我搜集到的《白诗歌》一共出刊7期，如果资料无误，那么《白诗歌》民刊一共持续了六年半。通过考察主编和编委的成员构成，有一半以上的成员都是深圳诗人。比如谢湘南、大草、一回、花间、李晓水、汪白、深圳红孩、余文浩，而且刊名设计、版式设计也都是深圳诗人。因此，可以将《白诗歌》纳入深圳民刊的讨论范畴中来。

《白诗歌》的编委们都很有抱负，希望能办一本别具一格的民刊，这从刊物的栏目设置上就能体现出来，所有的栏目都

---

① 高文翔：《"白诗歌"事件——读〈白诗歌〉创刊号，兼谈当代诗歌面临的新突破》，《白诗歌》第2期。由于引用部分文字过多，只能摘录比较关键的部分，还有其他诗人的观点也很精彩，并没有收录，特此说明。

有"白"，比如创刊号的栏目设定为开场白、白银子、白棉花、白玉兰、白家争鸣，从第二期开始，"白银子"更名为"白经典"，收录少数几位诗人的代表作；"白棉花"改为"白同人"，收录的是编委们的诗作；"白街坊"，收录的是活跃在"广东诗人俱乐部"网络论坛里的诗人诗作，当然，后来的几期还另有增设其他诗歌栏目，比如"白马卷"，是同人们之间的互评和"乱弹"。我统计了这7期发表的诗作情况，深圳作家所占比重较大，这些作家有谢湘南、一回、花间、大草、李晓水、远洋、阿翔、汪白、王顺健、深圳红孩、黑光、姜馨贺、张尔、余文浩、李双鱼、旧海棠、阿北等。而且能够代表《白诗歌》创作成就的三首诗歌，都是深圳诗人创作的。这三首诗分别是《白菜顶着雪》（大草）、《你是哪里人》（一回）、《牵牛花》（谢湘南），我把这三首诗摘录如下。

大草的《白菜顶着雪》：我给北京房山的朋友/去了电话/问他冬天的情况/他说屋里生了火/很暖和/我就想起新年要到了/这个年末/我应该做点什么/我想带上她/去房山住几天/她会问/去做什么/我说牵着你的手/在雪地里走/然后拍拍你身上的雪/指着地里的白菜/说多好啊/暖暖的冬阳下/白菜顶着雪；一回的《你是哪里人》：明天，我要到广州去/广州人问我/你是哪里人/我说我是深圳人/回到深圳/深圳人问我/你是哪里人/我说我是湖北人/在湖北，湖北人问我/你是哪里人/我说我是赤壁人/以前叫蒲圻/赤壁人又问我/你是哪里人/我说我是中伙铺人/中伙铺人问我/你是哪里人/我说我是红山岩人/红山岩人问我/你是哪里人/我说我是六组人/出门多年/甚至六组也有人不认识我/我就说我是/丁母山与老107国道交会处的那个刘家的/陕西搬来的//在别人眼里/我仿佛是一个永远无家可归的人/只有回到家里/家里人不再问我/你是哪里人；谢湘南的《牵牛花》：有一个篱笆/供我站立/供我眺望/是幸福的事/我站在篱笆上/打开我紫色的花蕾/这一过程/无人目睹/但我仍然是幸福的/我轻轻地眺望着/这个辽阔的世界/我淡淡紫色之外的/别样的颜色。

　　这三首诗都是口语诗、白话诗，直抒胸臆，符合"白诗歌"的美学特征。简单朴素的语言后面有浓浓的抒情和诗意，有对生活的爱。谢湘南的《牵牛花》仿佛是对"白诗歌"自身境遇的一种隐射，尽管没有人赏识，但还是要努力地拥抱着这个世界，这是一种胸襟和情怀。但是，由于《白诗歌》所编选的诗歌全部来自"广东诗人俱乐部"这一网络论坛，因此，有些诗歌就不可避免地写得很烂俗，我在《白诗歌》读到好几首特别败胃口的诗歌，诗歌写得低俗不堪，而且还是由编委会成员创作的，真是大跌眼镜。无法持续选出高质量的诗歌作品，我想这是《白诗歌》面对的严峻挑战，尽管"白诗歌"的口号喊得特别响亮，而且，还有相应的诗评家来"摇旗呐喊"，但还是避免不了偃旗息鼓的那一天。另外，随着微信、抖音等新兴媒体的出现，去网站的诗歌论坛写诗的人大量减少，这也客观上造成了"白诗歌"高开低走的现象。但无论如何，我们要充分肯定这些诗人推出的《白诗歌》系列，它至少表明和诗歌一起做梦是多么幸福的事情。

　　在深圳，另一个非常有名的民刊是《大象诗志》，创刊于2007年2月，发起人是诗人阿翔、樊子，目的是"想在众人喧嚣的时代，让沉默的少数以诗歌的方式发声"。但《大象诗志》的创刊地点并不是深圳。据《大象诗志》卷二的卷首语所载，《大象诗志》卷一是阿翔在北京编辑的，卷二是奔波在各地的路上完成的，第三卷的编辑部地址写的是安徽省黄山市高尔夫酒店人事处，到第四卷（2009年）时，随着发起人阿翔、樊子在深圳工作和定居，《大象诗志》才正式"划归"深圳。

　　研究《大象诗志》，樊子的两篇文章是非常重要的参考。第一篇是《大象诗志·十年典藏（2007—2017）》的序言《做点有用的事儿，写点无用的诗歌》，另一篇是《大象诗志·"北上广深"皖籍诗人专辑》卷16收录的《只有如此，也只能如此——关于大象诗社及其他》。这两篇文章非常详细地记录了关于《大象诗志》兴办的缘由、理念，以及办刊的挫折与坚守。据樊子所言，《大象诗志》依托于大象诗社，诗社的诗歌主张是"无用"，"无用，它才好，它才让人陶醉。它才不会被污染"①。诗社的办刊理念是"民间、新鲜、自由"。"所谓'民间'是指向诗歌创作上的包容性，即不同地域、背景和年龄的诗人在诗歌呈现个性的同时要保持诗歌构建上的自然性和原生态（藏而不密，深而不弊）；所谓的'新鲜'是指诗歌创作上的独立性，大象同人认为真正的诗歌写作都存在可能，只是其自身在向消解了共同语境关系后的个体语态意识的转型，这种转型是造就独立性诗人的可能；所谓'自由'是指诗歌创作上的气度性，一个诗人的个性所涵纳的气质、精神、志趣和审美必须是时刻处于多向度交错状态，其诗歌作品才可能具有高度、厚度和宽度，诗歌的自由从本质上讲是诗人灵魂

---

① 樊子：《做点有用的事儿，写点无用的诗歌》，选自《大象诗志·十年典藏（2007—2017）》，民刊。

的坦荡与无遮蔽性。"①

　　《大象诗志》是同人内刊，主编由多人组成。《大象诗志》卷一至卷四由阿翔主编，卷五至卷七由李双鱼主编，卷八至卷十二由不亦主编，从卷十三开始，《大象诗志》不再设主编，由樊子编选。为了解决办刊的经费问题，从卷十开始，由不亦主导成立了大象诗社基金会。大象诗社几乎每年都会独立举办诗会，已经举行的诗会有黄山诗会（2007）、羊城诗会（2008）、深圳诗会（2009）、深港诗会（2010）、深莞诗会（2011）、平沙岛诗会（2013）、平峦山诗会（2014）、新春诗会（2015）等等。老实说，《大象诗志》里的诗人，我基本上只知道深圳诗人，其他地方的诗人我并不熟悉，因此，我并不太清楚主编是如何组稿的，约稿的对象又是怎样确定的，但是《大象诗志》越来越体现出超强的"策划能力"了，仿佛是深圳版的《诗歌与人》。比如，卷九为深圳女诗人专辑，收录了从容、何鸣、旧海棠、吕布布、夏子、朱巧玲等15位深圳女诗人的诗作。卷十为"深圳诗歌档案"，收录了居一、樊子、阿翔、太阿、唐成茂、谢湘南、北残、张尔、孙夜、黑光、李双鱼、温经天等27位诗人的诗作，以及远洋的译诗、廖令鹏的诗论。卷十二是大象诗志微信群诗歌专号，卷十四是"安徽九零后诗人档案"，卷二十是"北上广深"皖籍诗人专辑。

　　《大象诗志》能从2007年创刊，一直坚持到现在，成为

---

① 樊子：《做点有用的事儿，写点无用的诗歌》，选自《大象诗志·十年典藏（2007—2017）》，民刊。

深圳民刊的佼佼者，各种辛苦可能只有编者最清楚，这种坚守精神恰恰是民刊生命力的体现，就像一棵野草，只要有一点缝隙，就能够顽强地活着，独立、自在地活着。致敬《大象诗志》！

三、第三种存在

在内刊和民刊之外，还有第三种存在——以书代刊。

以书代刊，是指这种原创刊物是合法、正式出版的书籍，具有ISBN国际书号，以及符合中国出版法规的CIP数据核字号，但主编和编校方面是由独立于出版社的个体诗人、诗歌同人团体或文化企业来负责操刀，出版社不提供编辑和美编人员。这种刊物具有很强的独立性、原创性和民间性，出版社只提供正规书号，对刊物内容和编校都干扰很小。有不少民刊都是通过"以书代刊"的方式取得合法身份。

据考证，以书代刊诞生于1999年，当时，由孙文波、臧棣和萧开愚主编的《中国诗歌评论》采用了辑刊的形式出版，推出了《语言：形式的命名》（1999）、《从最小的可能性开始》（2000）、《激情与责任》（2002），出版社是人民文学出版社，这三辑产生了深远的影响，尤其是给民刊或同人刊物在出版程序合法化上提供了无限的遐想。这种"独立出版物"既借用了出版体制现成的发行渠道，拥有了"合法"的身份，又因为是同人主编，具有了"既不同于民刊，又相异于主流文学期刊而区别于一般意义上的单行本书籍或丛书"①。因此，可以称之为"第三种存在"。受《中国诗歌评论》的启发，许多诗人也主动和出版社谈好合作，推出了这种独立出版物，具有代表性的有张执浩主编的季刊《汉诗》，目前已经出到第54卷《汉诗·风吹在我们身上是有形状的》（长江文艺出版社，2022年10月），孙文波主编的年刊《当代诗》已出4辑，泉子主编的季刊《诗建设》，目前已出到第32卷《诗建设·2022年第二卷》（长江文艺出版社，2022年9月），聂广友主编的年刊《新诗》，目前已出4辑，目前比较知名的独立出版物还有胡亮主编的《元写作》、复刊后的《中国诗歌评论》、耿占春主编的《先锋诗》、戴维娜主编的《光年》（已出版4辑）。当然，深圳诗人张尔与海天出版社合作推出的《飞地》可以算得上是深圳"独立出版物"的代表了。

《飞地》创刊于2012年春天，由深圳诗人张尔一手创办。张尔不仅是一名诗人，还是一名社会活动家，有众多的艺术家朋友，因此，《飞地》丛书并不仅仅刊载诗歌作品、诗歌批评文章，还有艺术家广场，刊载与绘画、建筑、音乐、电影赏析等和当代艺术相关的内容。而且《飞地》每一期都有一个主题。比如第一期为"有诗为圳"，不仅收录了阿翔、从容、黑光、何鸣、花间等36位深圳诗人的诗作，还邀请诗评家来谈论深圳诗歌，比如周瓒的《存在一种"深圳诗歌"吗？》、萧相风的《万紫千红　先锋的奔涌》。从第二期开始，《飞地》设

---

① 茱萸：《从"禁地"到"飞地"：诗歌民刊的语境变迁与形态转向——以〈飞地〉丛刊等独立出版物为主要考察对象》，《扬子江评论》2015年第5期。

置了一个访谈专题，邀请十位左右的嘉宾参加"《飞地》编辑部问"的活动，每次活动的主题就是当期杂志的主题。比如，第二期的主题是"别出的秘密"，邀请已经在国外生活很多年的诗人们回答海外生活与创作之间的关系。第三期的主题是"现实：句本运动"，第四期的主题是"争锋与兴替"，第五期的主题是"异数，还是异术"，第六期的主题是"孤独与狂欢"，第七期的主题是"沉着的想象"，第八期的主题是"身份的印证"，第九期的主题是"远游"，第十期的主题是"批评之镜"，第十一期的主题是"十年的变速器"，第十二期的主题是"声音的利器"，第十三期的主题是"腾挪与戏谑"，第十四期的主题是"隐秘的动机"，第十五期的主题是"语言的肌理"，第十六期的主题是"自由与跳荡"，第十七期的主题是"语言的形象"，第十八期的主题是"逸乐之诗"，第十九期的主题是"交通工具"（这一期发表了很多和交通工具相关的小说，比如邓一光的《轨道八号线》，这一期没有《飞地》编辑部问这一栏目），第二十期的主题是"游戏"，第二十一期的主题是"人的光"，第二十二期的主题是"地方事物"，第二十三期的主题是"得体"，第二十四期的主题是"杂咏"，第二十五、二十六期的主题为"隐身术"。

　　《飞地》丛刊不仅有主题话题，而且基本上每一期都会主推一个"主题诗人"，余怒、森子、姜涛、朱朱、蒋浩、韩博、王熬、胡续冬、肖开愚、桑克、清平、吕德安、柏桦、陈舸、茱萸、王璞、叶辉都入选过《飞地》的"主题诗人"。《飞地》丛刊的每一期"视野"栏目里，都会推出两名诗人，一名中国诗人，一名外国诗人，将他们的诗歌翻译成英文及中文，进行推荐。总而言之，《飞地》的制作精良，内容扎实，设计有创意，既厚重又大气，深圳终于有一家具有国际范儿的"独立出版物"！期待《飞地》未来的路越走越顺，越走越开阔！

面孔十：70后

　　"70后"是个老生常谈的话题了，但具体到深圳文学，好像还没有人专门谈过。深圳的70后作家有不少，比如王十月、叶耳、卫鸦、徐东、厚圃、盛可以、萧相风、刘静好、俞莉、旧海棠等等，还可以举出一大批70后作家，但我这里的"70后"主要是指"70后"诗人群体。《诗建设》总第11期是"70后诗选"，里面分别收录了阿翔的5首诗和远人的5首诗；余丛主编的《70后诗人手稿》收录了5位深圳诗人：阿翔、安石榴、黑光、桥、谢湘南；吕煊、雪鹰主编的《70后中国汉诗年选》收录了阿翔的一首诗《将进酒计划》；黄礼孩主编的中国第一部20世纪70年代出生的诗人诗歌集《'70后诗人诗选》收录了5位深圳诗人：远人、阿翔、安石榴、潘漠子、谢湘南；刘春主编的《70后诗歌档案》也收录了谢湘南、远人、潘漠子、阿翔、安石榴等5位深圳诗人的诗作。从入选的70后诗人，我们可以看出阿翔、远人、安石榴、黑光、桥、谢湘南、潘漠子是深圳70后诗人的典型代表。但实际上，深圳70后诗人远远不止这些，太阿、张尔、李晃、徐东、旧海棠、叶耳、萧相风、楼河、朱巧玲都是深圳知名的70后诗人。

　　我们现在一般将广州诗人黄礼孩在民刊《诗歌与人》第一期（2000）、第二期（2001）连续推出的两期"中国70年代出生的诗人诗歌展"看成是20世纪70年代出生诗人崛起的标志。但其实在此之前，深圳诗人安石榴于1999年5月推出的《外遇》诗报"1999年中国'70后诗歌版图"，以板块形式推出70后诗人诗作展，就已经开始大力倡导70后诗人诗作。安石榴专门为这一期的诗报写了一篇很有影响力的文章《七十年代：诗人身份的退隐和诗歌的出场——写在"70年代出生中国诗人版图"专号前面》。安石榴认为70年代出生的诗人恰好面对一个时代的转型期，"无背景，无意义，正是70年代出生诗人当下的境遇"[①]。尽管安石榴也承认"70年代出生诗人的群体意义和创作本身尚缺乏理论的阐释与支持，并没有完成写作的自我阐述和整体阐述，而目前的某些提法、主张只不过是带着偏激倾向的片面之词，并且过于一厢情愿"，但是，他还是肯定70后诗人的出场意义："在世纪末的最后一年，'70年代出生中国诗人'诗歌的出场，必将具有跨越性的意义。"[②]而另一个不遗余力推出70年代诗人的是远人。远人当时还没来深圳发展，在湖南长沙编辑《科学诗刊》，据安琪的《他们制造了自己的时代——诗歌运动在中国70年代人身上》记载，远人在2000年8月策划编辑了一期《科学诗刊》"春夏季号"：中国先锋诗歌二十年专号，对确立中国70后诗人群具有极其重要的作用。

　　另一个对70后诗歌做出理论贡献的深圳诗人是阿翔。他

---

① 安石榴：《七十年代：诗人身份的退隐和诗歌的出场——写在"70年代出生中国诗人版图"专号前面》，《'70后诗人诗选》，黄礼孩编，海风出版社，2001，第346页。

② 安石榴：《七十年代：诗人身份的退隐和诗歌的出场——写在"70年代出生中国诗人版图"专号前面》，《'70后诗人诗选》，黄礼孩编，海风出版社，2001，第350页。

和远人一样，当时也还没来深圳发展。他在《喧哗·稳重·进行——纵论"'70后诗歌"》一文中，追溯了70后诗歌概念产生的经过，并总结了70后诗人的写作特点："与第三代诗人比起来，他们是最缺乏神话和集体体验的一代。在他们的记忆里，很难找到属于他们这代人的共同话语，也很难从一个整体上的角度看待他们的变化与写作。比起主流/权力的话语，他们更愿意相信自己的眼睛与非主流话语，更愿意信赖写作对生活的私人理解。"①阿翔也坚信70后诗歌的历史意义："我们有理由相信，''70后诗歌'留下的诗是70年代人真实的个人的心灵文本，这一代人承担着一项具有划时代意义的使命。"②

关于70后诗人的写作特点，张清华和孟繁华教授曾专门撰文分析，他们认为70后诗人最为鲜明的写作特点，"是写作内容与对象的日常化，审美趣味的个人化与细节化……他们在道德与价值上所表现出的现世化、游戏化和'底线化'并不带有强烈的反讽性质，而是一种对现实更为真实和丰富的体认和接受"③。深圳70后诗人群创作成绩突出，孙文波在2014年曾经编了一部诗选集《六户诗：深圳六人诗选》，这六个人分别是：太阿、张尔、阿翔、桥、谢湘南、楼河，这六个人都是70

---

① 阿翔：《喧哗·稳重·进行——纵论"'70后诗歌"》，《'70后诗人诗选》，黄礼孩编，海风出版社，2001，第382页。

② 阿翔：《喧哗·稳重·进行——纵论"'70后诗歌"》，《'70后诗人诗选》，黄礼孩编，海风出版社，2001，第387页。

③ 张清华、孟繁华：《"第三代"以后历史如何延续——对"70后"诗歌的初略扫描》，《中国"70后"文学研究（第一辑）》，张丽军主编，广西师范大学出版社，2019，第279页。

后诗人，而且都入选了臧棣主编的"70后·印象诗系"，①是享誉全国诗坛的深圳70后。今天，我只想重点谈论3位深圳70后诗人：谢湘南、安石榴、黑光。

一、谢湘南

尽管我们现在用打工诗人来介绍谢湘南已经显得相当狭隘，但能代表他创作成就的诗依然是打工诗。我们并不能小看打工诗人和打工诗歌。就目前来看，代表着深圳诗歌最高成就的诗人依然是打工诗人，以许立志、郭金牛为代表，而代表着深圳最高水平的诗歌作品依然是打工诗歌，比如许立志和郭金牛的诗歌。②这里我举几个例子。郭金牛的一首小诗《十亩小工厂》是这样写的："从一数到十，从十数到百，从百数到千/一千朵桃花，/一千朵牡丹，/一千朵冬梅。/她们长得真的很好看//一千朵花蕾从乡间开到了工厂/一千枝暗香交给了同一个动词/

---

① 入选臧棣主编的"70后·印象诗系"系列丛书的深圳诗人一共有7人，除了上面的6人之外，还有安石榴，尽管安石榴已离开深圳，但他在深圳诗歌史刻下了浓墨重彩的一笔。入选的具体诗集为：《少年诗》（阿翔）、《钟表的成长之歌》（安石榴）、《第二季水瓶谷物》（桥）、《城市里的斑马》（太阿）、《过敏史》（谢湘南）、《乌有栈》（张尔）、《凤凰之逝》（朱巧玲）。

② 在这里，可以稍微再多说两句。如果我们说代表着深圳小说最高成就的是打工小说，这句话很显然是错的，而且错得离谱。深圳小说的创作成就已经远远超过了打工文学的范畴，这说明深圳小说整体创作上的成就突出。但是具体到诗歌方面，我们会非常悲哀地发现，这么多年过去了，真正能代表深圳诗歌的还是打工诗歌。而且深圳的打工诗歌已经具有了某种"超越性"，其创作成就已经超出了单纯的"打工诗歌"的范畴，体现出一种历史的深刻性！

从秒钟数到分钟从分钟数到小时/从一月数到二月从二月数到三月/从立春数到秋分，从秋分数到霜降/预备数到花朵凋谢的第一天。//今夜。两种光出现在工厂/一种是加班的灯光，另一种是/老板眼里斜过的鬼火/两种不要弄脏姐妹的绿衣啊//工卡上集合着两种香水/一种是众姐妹的芳龄/一种是打卡的汗青/发薪水的日子，十亩小工厂，十亩芝麻地开花呀/十亩香气。"这首诗描写的是打工妹在工厂里的生活，作者并没有利用惯常的写作方式描写打工妹们的疲惫、累或辛苦，相反，作者用了非常诗意的语言，将打工妹们的生活诗意化，营造出某种"古典情趣"。而且她们青春靓丽，她们光彩照人，她们"香气袭人"。她们打工挣钱，维持生计；她们挥洒青春，享受劳动。十亩小工厂，是打工妹们的乐园！劳动者最美！和郭金牛比起来，许立志的打工诗歌要承载着更多的苦难。比如这首《省下来》："除了一场初秋的泪雨/能省的，都要省下来/物质要省下来，金钱要省下来/绝望要省下来，悲伤要省下来/孤独要省下来，寂寞要省下来/亲情友情爱情都要省下来/把这些通通省下来/用于往后贫穷的生活/明天除了重复什么都没有/远方除了贫穷还是贫穷/所以你没有理由奢侈，一切都要省下来/皮肤你要省下来，血液你要省下来/细胞你要省下来，骨头你要省下来/不要说你再没有可省的东西了/至少你还有你，可以省下来。"[①]这是一首绝望之诗，读起来让人心疼和心痛，一个人处于多么贫穷和绝望的时候才能写出这首诗呢？这是一首饱含着血和泪的打工之诗，许立志写出了打工人的生存状态，也是一种精神的寓言。谢湘南

---

① 许立志：《省下来》，《新的一天》，秦晓宇编选，作家出版社，2015，第46页。

的诗集《零点的搬运工》中也有非常优秀的打工诗歌。那首《吃甘蔗》，看起来写的仅仅是生活的一个小片段，却将打工妹们的生活非常形象地写了出来："在南方/可爱的打工妹像甘蔗一样/遍地生长/她们咀嚼自己/品尝一点甜味/然后将自己随意　吐在路边。"①这里的打工妹是"可爱的"，因为诗人也是打工者，诗人的主观感情是赞赏的，甘蔗的"甜"和打工妹们的"青春"形成呼应，当"青春"不再了，也许打工妹们就会离开。以"甜"写"苦"，更显示出打工妹们生活的不容易。而这些打工妹将会到哪里去呢？在这首诗的上半段，谢湘南给出了一个"活生生"的例子：她们就站在那里/说起闲话/将嚼过的甘蔗渣吐在身边/她们说燕子昨天辞工了/"她爸给她找了个对象，叫她回呢"/"才不是，燕子说她在一家发廊找到/一份轻松活"/"不会的，燕子才不会呢……"②轻描淡写中，诗人完成了对打工妹人生命运的"揣测"，既残酷，又显得有点残忍。

　　1993年，谢湘南来到深圳打工，在沙嘴工业区（现在叫金地工业区）112栋6楼的一家文体用品厂上班，他是一名装配工，负责安装球拍。他写了一首诗《沙嘴工业区112栋6楼》来反映当时的打工生活："提前半小时上班/年轻小伙总该有些癖好/我爬上6楼光光的顶层/那时四周还有很多空地/人群、树林、大海/被挖掘堆起的红泥/置在路边的水泥瓦罐/世界似乎以我为中心/这是1993年秋日的一个早上/我还能做出一套完

---

① 谢湘南：《吃甘蔗》，《零点的搬运工》，华夏出版社，2000，第69页。
② 谢湘南：《吃甘蔗》，《零点的搬运工》，华夏出版社，2000，第69页。

　　　　　　　　　　深圳文学的十二副面孔

整的广播体操。"①1994年，谢湘南在上沙村做工，在怡君公司只是临时工，并没有做多久，后来在合力五金电镀厂当搬运工，干了一年多。谢湘南有一首《在福田》的诗，记录了当时的情景："脏乱中的上沙村/正在建设的立交桥/脚手架立在脚手架上/我从脚手架下走过//……更多的人群穿过市场/我回头/一块水泥掉落在身后。"②谢湘南还有很多"地理诗"，比如《在西丽镇》《在罗湖》《客居田心村》，谢湘南是一名勤奋的写作者，他将自己的打工经历都通过诗歌的方式记录下来，一切皆可入诗。《呼吸》这首诗是对自己所住的106室男工宿舍的"下班后场景"的描摹。"第一个铺位的人去买面条了/第二个铺位的人给人修表去了/第三个铺位的人去'拍拖'了/第四个铺位的人在大门口'守着'电视/第五个铺位的人正被香烟点燃眼泪/第六个铺位的人仍然醉着张学友/第七个铺位的人和老乡聊着陕西/第八个铺位　没人/居住　还有三位先生/　不　知　去　向。"③谢湘南的每一首里都有一个"抒情主人公"，这个"抒情主人公"基本上可以和现实中的"谢湘南"等同。"从市场抱回两箱方便面/三十元人民币/我像占了别人很大便宜/心里挺美/要知道这又可对付一个月。"④"宽阔的马路迎我的双足涌来/我没有理由不走进一场雨中/雨水多好/整条马路都献给了我/一辆汽车的逃跑并不是它看到了/一个

① 谢湘南：《沙嘴工业区112栋6楼》，《零点的搬运工》，华夏出版社，2000，第32页。
② 谢湘南：《在福田》，《零点的搬运工》，华夏出版社，2000，第56页。
③ 谢湘南：《呼吸》，《零点的搬运工》，华夏出版社，2000，第4—5页。
④ 谢湘南：《伟大的诗歌推迟诞生》，《零点的搬运工》，华夏出版社，2000，第25页。

诗人。"①"女司机凶猛的刹车驱走了我的瞌睡/我望着车窗外的车，车里车外的人/有一对学生在人行道上追逐，他们在/奔跑，穿着洁白的校服/他们的头发被风向后拽着，现在是放学时间。"②

《零点的搬运工》这部诗集特别能打动读者，通过谢湘南所写的这些诗，我们能感受到诗人的追寻、梦想、痛苦、折磨与挫折，我们能看到诗人百折不挠地追求人生目标的斗志与决心，该诗集生动地记录了诗人拼搏的生命姿态。而且，诗歌中反复出现了"黑色"的意象，比如《零点地搬运工》这首短诗："鲤鱼，钢筋水泥铸造的灯笼/照亮孤独和自己，工卡上的/黑色，搬运工擦亮的一块玻璃迎接/黎明和太阳。"③再比如《一台收音机伴我入睡》："多少个夜晚没有边际/收音机是唯一抓得住的一块黑色/少年长大成人，它在异乡。"④在《香烟靠近嘴唇》《坐巴士旅行》《你在深圳干什么？》《下午》《孤独的城市》《兔年》《完成》《平面》等诗歌里也反复出现了"黑"的意象。谢湘南在城市里漫游，在黑暗里寻找光明，他最终和他的诗歌"融为一体"，书写着这个伟大的打工时代！

---

① 谢湘南：《走出龙岗区政府大楼遇雨》，《零点的搬运工》，华夏出版社，2000，第57页。
② 谢湘南：《奔跑》，《零点的搬运工》，华夏出版社，2000，第64页。
③ 谢湘南：《零点的搬运工》，华夏出版社，2000，第3页。
④ 谢湘南：《一台收音机伴我入睡》，《零点的搬运工》，华夏出版社，2000，第12页。

二、安石榴

安石榴在深圳居住的时间是1993年到2000年。据安石榴记载，2001年元旦，他正式离开深圳，在广州定居。"深圳是一座美丽的城市，她掩埋了我从21岁到28岁的一段重要时光。她从来就像一位矜持高贵的漂亮少妇一样轻轻拒绝着各种试图登堂入室的亲近，而她身上散发的美好又总传递着让人欲罢不能的信息！"①安石榴有两本关于深圳书写的重要著作，一本是散文随笔集《我的深圳地理》，记录了作者在深圳七年的生活、工作、思想和交往，这是深圳文学的重要收获，另一本是诗集《不安》，2002年由海风出版社出版，收录了《二十六区》等诗作。

我在分析"31区作家群"时曾经引用过安石榴的那首名作《二十六区》，这里就不再赘述。安石榴还有一首关于"二十六区"的诗歌，题目叫《二十六区的黄昏》："二十六区的黄昏/迎面走来的少女像一辆洒水车/我多么渴望被淋湿/清水涤过的街道减小/汽车的声响//在候车亭能等到什么/两个会面的人/把不安的情绪散布给黄昏/开走的公共汽车打断了我的表白//还有少女推却的嘴唇/在刚用过电话的小店门前/我逐渐暗下去的心情/比夜色来得要快些//二十六区是公共汽车的/一个站/我下车停留的片刻/工厂正好下班/离去的少女比赞美还美。"这首诗是安石榴提倡的"日常诗歌写作"的完美代表。二十六区的一个普通的黄昏，诗人看到一辆洒水车从街道上开

---

① 安石榴：《安，不安》，《不安》，海风出版社，2002，第7页。

过，看到一个少女刚在电话亭打过电话，看到公共汽车停靠在站台，下来一些乘客，看到一个"不安"的黄昏，这一切都是日常的。从日常生活中取材，并最终书写日常。"日常诗歌可以拆解为从日常中发现诗歌和将诗歌归还日常两面……在日常之中，日常的人往往过于沉浸物质巨大光影而忽略了诗性渗透的存在，只有不被日常同化的人才能享受到诗歌的恩惠。"①安石榴在1996年底出版诗合集《边缘》时首先提出"日常诗歌"的概念。安石榴发现："日常是对我自己当前写作的一个归纳，我发觉到我对日常的接近和持续的感动。"②但安石榴觉得日常诗歌不指向口语化的诗歌语言，这里他将自己和民间写作区别开来，将日常写作和"下半身写作"区别开来。安石榴曾写过《日常病症或诗歌的咳嗽》（七首），将生病的状态之一"咳嗽"写进诗歌，形成"咳嗽美学"。在《感冒诊断》中，他说："我是写这首诗的安/一个不成功的感冒/患者。诗歌的病号/我把感冒传染到诗中/我在写这首诗的时候/一点感冒的迹象也没有。"③

安石榴曾参加《加班报》的编撰工作，1993年《诗歌报月刊》曾在"诗歌沙龙"栏目介绍过石岩的《加班报》，《加班报》的发刊宣言是："我们刚刚结束给老板加班，现在我们开始为自己的命运加班！"《加班报》深深影响了来深圳打工的外来青年。回忆起在《加班报》工作的日子，安石榴也深深地表示感谢："作为当年《加班报》的一员，可以这样认为，我

---

① 安石榴：《日常·外遇和游戏》，《不安》，海风出版社，2002，第134页。
② 安石榴：《日常·外遇和游戏》，《不安》，海风出版社，2002，第135页。
③ 安石榴：《感冒诊断》，《不安》，海风出版社，2002，第145页。

是从石岩开始'加班'的，此后，我得到了一种崭新的命运与意识的驱使，'加班'成为我精神中的一个词汇，一种力量在一个时期的撞入，在很大的程度上培养和促进了我对生活、生命的感恩和认识！"①安石榴还参与过《大鹏湾》杂志的编辑工作，《大鹏湾》是中国最早的打工文学刊物。安石榴1995年来到《大鹏湾》杂志社，最初是拓展销售业务的发行员，后来发行部取消后，就转为记者和编辑，参与并见证了这本刊物的光辉岁月。1996年6月，安石榴和乌沙少逸、光子、耿德敏、黄廷飞、松籽一起出版《边缘》诗集。安石榴还专门写了一篇文章《遭遇边缘》来谈论"边缘"主张，这篇文章发表在《深圳商报·文化广场周刊》上，后来，安石榴将自己所租住的房子取名为"边缘客栈"。有很多深圳诗人来过边缘客栈，最有名的诗人有潘漠子、谢湘南、陈末、张尔、黑光、余丛等。谢湘南有一首非常有名的诗是以"边缘客栈"为主题的，诗名叫《写给"边缘客栈"和它的主人》："黑黑的楼梯间一直升到六楼/一个有趣的细节　有时/双手击掌/击亮隐藏的灯泡/其实灯不亮我们同样上升/主人在前面咳嗽/低哑的语音像一种仪式/比喻说要写诗/一首诗已经进入自己的结构。"②很长一段时间，安石榴的"边缘客栈"都是诗友们交流、交谈的核心地点，安石榴仿佛具有天生的感染力和号召力，他总能团结诗友们一起做点"有文化的事"。1998年6月，安石榴和潘漠

①　安石榴：《从石岩开始"加班"》，《我的深圳地理》，中国戏剧出版社，2005，第15页。
②　谢湘南：《写给"边缘客栈"和它的主人》，《零点的搬运工》，华夏出版社，2000，第52页。

子、谢湘南、黄廷飞、陈末、魏莹等一起创办诗报《外遇》，尽管《外遇》仅仅刊出了4期，但还是在深圳诗歌史上留下了痕迹。《外遇》有两大贡献：第一，提出了影响深远的70后诗歌概念；第二，提出了"外遇"的诗歌美学，"'外遇'存在着无数的可能，每个可能都可能出乎意料，但没有一种可能会让我们满足和止步。一切我们事先都没有知道，我们只是按照自己的意愿去做。事情会好得令我们意料未及，这就是'外遇'作为理想主义的意义"①。

《深圳诗章》是安石榴献给深圳的情诗，一共4首，包括《深南大道》《在书城》《下梅林》《上沙和下沙》。在《深南大道》中，安石榴将深圳比作是一座汽车的玩具城，而"深南大道是一台/游戏机的显示平面/众多不知名的汽车中途加入/像镜头一样移向/角逐与炫耀的表演场"②。安石榴说这首诗的创作受到陈寅的影响，殊不知，后来很多诗人创作以"深南大道"为主题的诗作，却是受安石榴此诗的直接影响。

三、黑光

黑光，原名程艳中，1971年生于安徽怀宁，"不解诗群"同人，艺术家，园林设计师，佛教徒，2017年3月11日病逝于深圳梧桐山。黑光生前独立出版两部诗集《有情众生》《人生

---

① 安石榴：《背景中的"外遇"》，《不安》，海风出版社，2002，第139—140页。
② 安石榴：《深南大道》，《不安》，海风出版社，2002，第63页。

虽长》，因只找到他的一本诗集《有情众生》，这里就只谈这部诗集。

黑光从1995年开始诗歌写作，作品精少，也不太喜欢参加诗歌活动，因此，是一个既独立又低调的深圳诗人。我第一次听到黑光的名字是邓一光所说，邓老师听说我要研究深圳诗歌，他说有一个诗人不可以忽略——黑光。我于是记住了黑光的名字。我上网淘了几本"黑光"的诗集，发现此"黑光"非我想要找的"黑光"，后来我在《大象诗志》上读到黑光的几首"诗选"，发现他的另一个笔名叫"黑光无色"，最终在孔夫子网上买到《有情众生》。

黑光的诗歌非常有个人特点，他不仅写得少，而且沉醉在自我的诗歌世界里。他喜欢表现此时此刻的感受，表现当下"这一刻"。他的《生命之美》《活在都市》《此刻，不思不想》都是描写当下的佳作。"生命之美，不外乎眼前之榕树/不外乎榕树下盘腿而坐的我/我周边的青草泥土和落叶/都没有愿望/都满足于此时"[1]。诗人沉浸在此时此刻的"圆满状态"，感恩生活，感谢生命的恩赐，一切都是欢喜的，这是对生活有了彻底领悟之后的"大悟"。"趁着音乐节奏让身体周遍振动一下/真切感受这种存在的具体/一切生活都在此地此时"[2]。黑光隐居在梧桐山下生活，但并没有否定现实生活，也没有否定都市生活，都市生活给他内心带来"振动"，于是，诗人写下了此刻的感受。专注于描写当下的生活，描写瞬

---

① 黑光：《生命之美》，《有情众生》，木火车书吧，2013，第84页。

② 黑光：《活在都市》，《有情众生》，木火车书吧，2013，第90页。

间情绪的变动，让读者能够和诗人同呼吸、共命运。读这些"当下诗"可以让人想到里尔克的《沉重的时刻》，"此刻有谁在世上的某处哭/无缘无故地在世上哭/哭我"。"此时此刻"诗人也会感到孤独，渴望倾诉，但诗人又比较喜欢独来独往，于是乎，他只能对着山水写下自己的"孤独"。黑光以"孤独"为主题的诗有《孤独》《啊或喵》《在深圳》《山上对话》《在山上》《孤独时的游戏》《孤独是一株植物》。

　　黑光另一个钟爱的主题是"大自然"，他特别喜欢大自然的山水，喜欢花草树木，喜欢远离人群的自然风光。他在《大叶子树》写道："大叶子树，细叶子树/极大叶子树，无叶树/我不用思考地望着它们/仅仅望着，已很舒服/仅仅路过，已很悦乐。"[1]他和大自然有一种天然的亲密关系，他甚至想变成花园里的一棵植物："园中红花黄花/开得很是惊诧/看那绿叶/显得平静/端坐不动/深入绿色/见众多流动/深入根茎/见昨日储积/再深入/见无边堵塞/化为蚯蚓/化为飞虫/化为明日所见。"[2]诗人甚至想变成一棵树："想和树换换位置/不是那个料啊。"[3]但这里需要警惕的是，千万不要把黑光看成是一个消极遁世的人，他醉心大自然，但并不排斥世俗生活，他渴望变成一棵树，但并不是要逃离人类，"我不爱穿戴，爱自然/树木一年换一次衣裳/猫狗从不/我从没说过假话"[4]。诗人热爱自然，渴望变成自然的一部分，最后发现，自己就是自然。

① 黑光：《大叶子树》，《有情众生》，木火车书吧，2013，第116页。
② 黑光：《花园》，《有情众生》，木火车书吧，2013，第99页。
③ 黑光：《有情众生》，《有情众生》，木火车书吧，2013，第97页。
④ 黑光：《习惯》，《有情众生》，木火车书吧，2013，第87页。

"我坐在花园边的椅子上，心里宁静/书籍很远，草木很近/我伸出一只腿，碰到落叶/伸出一只手，触到花蕊/我感到脑袋里的知识在一一消失/一只蜜蜂飞过来绕着我转，原来我就是自然"①。

黑光的诗歌有内在的张力，这种张力体现在三种对立关系上：轻与重、快与慢、新与旧。黑光善于将轻与重放在一起对比，以"轻"来写"沉重"的事情，"你们拥有的东西越多/你们的腐烂与垃圾就越多/让世界轻一些/再轻一些/你们剩下来的时光/就只干这件事"②。《空手走路是害怕的》这首诗特别有意思，黑光观察到现实生活中的一种现象——人们基本上都没有空着手走路，女人要么手里拿着包，要么拿着其他东西，男人们至少手指上夹着一根烟，空手走路是让人害怕的，"假如哪天我能碰到。一个真正空手走路的人。我一定要/向他请教。/为什么他不会感到害怕？"③黑光也善于写"快与慢"的对立，"我还能有多少时间/虚掷芭蕉树下/像古人那样/慢慢煮茶饮墨"④。黑光书写"新与旧"主题的诗有《给过去打个电话》《蜗牛》《旧的东西不愿处理掉》《春日记》，黑光喜欢旧事物，怀念旧时光，想念旧日的情怀，黑光是一个"念旧"的有情人！这里，就以黑光的一首旧诗《旧的东西不愿处理掉》来做个告别吧：

---

① 黑光：《知识消失的时候》，《有情众生》，木火车书吧，2013，第79页。
② 黑光：《让世界轻一些》，《有情众生》，木火车书吧，2013，第72页。
③ 黑光：《空手走路是害怕的》，《有情众生》，木火车书吧，2013，第69页。
④ 黑光：《一切的发生都向着灭亡展开》，《有情众生》，木火车书吧，2013，第74页。

旧的东西不愿处理掉

旧衣服，旧鞋子，旧手套

旧空间里的旧时间

旧人还活着

旧耳朵，倒出来的声音还是邓丽君

听不进周杰伦的三节棍

旧舌头，说着就说到钱是脏东西

里面住着无家可归的鬼魂

旧鼻子，不嗅麦当劳，只闻胡玉美

旧眼睛，爱看青虫爬上小白菜

旧习性，不爱坐汽车，只喜徒步行

旧行为，煮茶拣树枝，取暖烧牛粪

旧话重提，旧梦重温

旧戏重演

旧日子重过[①]

---

① 黑光：《旧的东西不愿处理掉》，《有情众生》，木火车书吧，2013，第75页。

　　　　　　　　　　　　　　　深圳文学的十二副面孔

面孔十一：本土

　　2012年，海天出版社推出了由邓一光主编的"深圳当代短小说八大家"，收录的作家有邓一光、杨争光、王十月、曹征路、吴君、盛可以、南翔、谢宏。这里面最有争议的三个人是盛可以、王十月和谢宏。"前两位曾经在深圳生活和写作，入选这套丛书时户籍均不在深圳，而后者刚刚办理了去外国留学的读书签证。"有人于是质疑这三位并不能入选这套丛书，尤其是谢宏，理由是"文本的'资历'"，但是邓一光坚持将谢宏纳入"深圳八大家"，"至于那位出国留学的深圳土著作家，他是入选该丛书的八位小说家中唯一的本土籍小说家。我的选目理由非常简单，在一套以某座城市为地域符号、小说家个人经验为出发地以及书写内容的丛书中，我要看到这座城市的文学书写，其中包括本土写作的样本，这一切与户籍身份无关"①。深圳本土作家长期处于被批评家及媒体所遗忘的角落。除了谢宏之外，另一位本土作家廖虹雷也处在"被遗忘的边缘"。他于20世纪80年代中后期写的《老街》《老村》《老墟》等系列"老字号"小说，是深圳文学的"重要篇章"，但现在不要说研究了，连阅读的人都寥寥无几。廖虹雷

---

① 邓一光：《当我们谈论深圳文学的时候，我们在谈论什么？》，《山花》2014年第2期。

后来转向深圳的民俗研究，并陆续推出《深圳民俗寻踪》《深圳民间熟语》等著作，这几年又推出《深圳风土人情》《深圳民间美味》等，为深圳本土民俗文化留下珍贵的史料。

深圳本土作家一直在积极地参与着深圳文学和文化的建设，最早的一批本土作家是刘学强和林雨纯，特区建设之初，他俩是年轻的记者，负责采访与报道特区建设的先进事迹和情况，他们用报告文学这一体裁，发表了《蛇口走笔》《沙头角游目》《喜得广厦千万间》《深圳的香港人》等广受欢迎的报告文学，后来结集为《深圳飞鸿》，1982年7月由花城出版社出版。黎珍宇、张黎明也发表了《石上藤》《郎·策史葛舅舅》等小说，开始在深圳文坛崭露头角。刘学强、林雨纯、黎珍宇、张黎明，再加上廖虹雷、谢宏，这六位本土作家笔耕不辍，直到现在还依然能够看到他们的新作面世，比如2020年，张黎明推出《叉仔：与深圳一起成长》，2022年又推出了姊妹篇《细妹：与深圳一起成长》（广东人民出版社）。廖虹雷也于2022年推出了新书《收藏深圳岁月》（华文出版社）。除了这六位本土作家之外，郁秀的《花季·雨季》在20世纪90年代末曾广为流传，并被改编成了同名电影。2018年，百花洲文艺出版社推出了姜馨贺、姜二嫚的诗歌合集《灯把黑夜烫了一个洞》，将两位小作者推到世人的面前。这两位小作者的诗充满着童趣和想象力，广受好评。2019年，林棹在《收获》长篇专号（夏卷）发表《流溪》，这是她的第一部长篇小说，2020年由上海三联书店出版后，7个月之后再版，颇受市场欢迎。林棹也凭借《流溪》获2021年南方文学盛典最具潜力新人奖。2021年，《收获》第五期发表其第二部长篇小说《潮汐图》，后获得2022年宝珀理想国文学奖首奖。本文选取谢宏、廖虹雷、姜馨贺与姜二嫚这四位作家，来谈谈深圳本土作家的创作，至于当前颇受好评的本土作家林棹，我计划放在下一部关于深圳文学的研究著作中详谈。

一、谢宏

谢宏是被严重低估和严重忽略的作家。到目前为止谢宏已经创作了7部长篇小说，3部中短篇小说集，3部散文随笔集，1部诗集，但据我统计，目前一共只有十多篇论文专门研究谢宏。这让人甚是诧异。后来，我读到李洱的一篇文章《我的师弟谢宏》，发现谢宏的作家朋友也为他的"不知名状态"担忧。李洱认为，谢宏的小说有"一种可以称为况淡的精神，需要慢慢品尝，才能读出其中的况味。我自己感觉，这会使他吃亏不小，因为读者的胃口已被那些上床脱裤子进门捅刀子的游戏高高吊起"①。

谢宏的文字如同其人，淡雅而不失细致，低调而别有情致。我觉得对谢宏研究的滞后凸显了深圳城市文学研究的"尴尬"，更是深圳文学研究的一种"缺失"。深圳是移民之城，是一个"大熔炉"，但这个城市不应该忘了本土力量，这个城市的文学研究也不应该忽视本土作家。谢宏一直坚持文学创作，如果说最初的诗歌创作还是一种"文学的激情"，而后来

---

① 李洱：《我的师弟谢宏》，《当代小说》2003年第7期。

的小说创作则是一种"自觉的表达"。在2005年第9期《当代小说》的"青年小说家档案"中，谢宏曾谈到为何走上写作这条道路："我选择了写作，也就是选择了一种诠释生活的态度和方式。随着时间的流逝，我渐渐发觉，自己的写作，也由最初的因激情而写作，慢慢变成了一种自觉的行为。写作成了我生活的一种习惯，一种记录的需要，或说是一种心灵的慰藉。"①谢宏1966年生于粤北小镇重阳，祖籍深圳龙华。根据《深圳往事》记载，谢宏是1981年返回深圳读书的，因成绩优秀，考入重点高中深圳中学，后考入华东师范大学经济系。1989年毕业后回深圳，在银行工作十余年，随后辞职专门写作。

　　谢宏是深圳成长和发展的见证人，也是深圳文学的见证者和参与者。1985年，高三时的谢宏因青春的萌动，写了一首爱情诗《虹》，发表在《深圳青年报》副刊上。谢宏在《钱老师》一文中，追忆了当时的写作动机。这首诗很短，只有28个字，但在谢宏的创作道路上起了重要作用。我们先来看这首诗《虹》：

阳光
金黄的
雨滴
透明的

相遇了

---

① 谢宏：《青年小说家档案》，《当代小说》2005年第9期。

在记忆的

天空

织出一道

美丽的彩虹！①

　　这首诗意象简单，语言简单，表达了渴望爱情的美好憧憬，也有淡淡的哀愁，属于青春期特有的少男少女情怀。这是谢宏的处女作，谢宏后来创作的很多诗作，都带有这种青春的萌动、憧憬与哀愁。在华东师大读书期间，谢宏参加了校园诗会活动，并担任夏雨诗社副社长兼主编。1988年10月11日晚，是谢宏大学期间"最辉煌的一个晚上"，谢宏在学校的电影院里举行了"光阴的故事"个人诗歌作品朗诵会。谢宏多次在文章中提到当时的场景，尤其是向欣宇朗诵《看海的日子》，成为人生最闪光的篇章之一。阅读谢宏于1991年出版的诗集《光阴的故事》，可以发现戴望舒、徐志摩的"身影"，谢宏喜欢写蝴蝶、彩虹、大海、雨天，是青春写作的表现。但有一首诗《故事的边缘》，引起了我的注意。这首诗的主题是写父子冲突的，这是谢宏小说中的一个重要主题。《温柔与狂暴》《深圳往事》《爸爸》等小说里都有非常详细的刻写。

　　谢宏是以诗歌创作登上文坛的，但他最偏爱的还是小说创作。1995年的小说集《温柔与狂暴》是谢宏的第一部小说集，共收入《回游之旅》《新鞋子旧鞋子》《游戏的尾巴》《大陆漂移》等9部小说，其中《大陆漂移》是谢宏的小说处女作，发表在《洛阳日报》1991年11月第3版。这部小说同样

---

① 谢宏：《光阴的故事》，香港天马图书有限公司，1991。

是处理父子冲突的，父亲对儿子的"压迫"，如同卡夫卡式的噩梦。格非在序言里认为这部小说集的语言非常好，"充满了明朗、柔美、亮丽的色调，带有明显的唯美倾向"。何鲤则从"临界文本"来解读，"谢宏笔下的人物在外在的力量与内在的欲望交织而成的网中犹豫、彷徨、挣扎，他们从没有绝对的现在、绝对的过往与绝对的未来，主体被分裂为一个个断片组合，生命之河不再是一个完整的单向度的流程，而是一种存在主义的不停的选择和蒙太奇式的互相交构与互相组合。我将这种小说称为'临界文本'"。何鲤的分析即使在现在看来依然很精准。临界文本中的"临界人"孤独、漂泊，如城市的夜游人，无根。这种临界人是现代都市人的一种隐喻，谢宏在《悬浮》中表达了出来："没有了重量，人一下子变得无所适从……一种隐约被悬浮空中的恐惧。"这种"悬浮"到后来就成了城市的"自游人"。

20世纪90年代，谢宏专注于小说创作，在期刊上发表了一系列中短篇小说，比如《我很重要吗》（《作品》1996年第11期）、《爱情病例》（《人民文学》1999年第4期）、《与足球有关》（《人民文学》1999年第4期）、《谁是大师》（《作品》1999年第12期），这些小说连同他后来的中短篇结集为《自游人》，于2008年11月由百花文艺出版社出版。但在此之前，谢宏的第一部长篇小说《貌合神离》已于2003年出版，并在2010年推出增订本《信贷部经理》。小说中的主角李白和李清照都是城市"自游人"，尽管他们是城市白领，从事银行工作，但依然摆脱不了无聊、琐碎、焦虑与无奈。小说中有两个意象非常突出：沉鱼和飘马。李白"傻得就像一条水中缺氧的大鱼"，也如同"一匹奔跑的马"，在城市里疲于奔命。

2005年，谢宏的长篇小说《文身师》出版，这本书的修订本于2011年5月由作家出版社推出，改名为《文身师》。小说中的文身师叫杨羽，他本来是城市的"自游人"，终日无所事事。但饱受婚姻之累的杨羽碰到了"爱情"，他为着爱情而选择了文身师的职业。小说描写了一种受虐的情爱观，文身成为这种情爱观升华的象征。杨羽最终学会了文身，在女朋友身体上文出了红玫瑰和蝴蝶，两性的和谐最终得以实现，"自游人"的孤独也被治愈。小说最后，杨羽说："我也能飞起来了。"

《深圳往事》（青岛出版社，2009年）是一部自传体小说，它和《青梅竹马》（文史出版社，2011年）、《两栖生活》（《十月》长篇小说，2013年）组成"深圳三部曲"。读这三部小说，可以感受到有一个"隐形的谢宏"在里面，也就是说，既有谢宏真实的人生经验，也有他虚构的部分生活，虚虚实实，组成了一个斑驳迷离的"深圳故事"。就拿《深圳往事》来说，小说从"我"随父亲回深圳开始，读书，考高中，单恋，去上海读大学，回深圳，从事银行工作，辞职，同学聚会，等等。小说的故事和谢宏的真实生活很大一部分都是"重叠"的，而小说里所嵌入的诗歌，绝大部分来自《光阴的故事》。在某种程度上来说，《深圳往事》也是谢宏诗歌的"编年体"，我们会很清楚地看到这些诗歌写作的背景和作者当时的心情。《深圳往事》和《青梅竹马》在部分内容上有些重叠，因此，就稍显啰唆，不够精致，但谢宏还是把自己对深圳的独特感受写出来了。《两栖生活》则是谢宏对自己后来移居新西兰的记录。

说到新西兰，除了《两栖生活》之外，谢宏已经写了三部关于新西兰的随笔集《你不知道新西兰有多慢》（黑龙江教育出版社，2013年）、《新西兰有多远》（辽宁教育出版社，2015年）、《回望新西兰》（2017年），前两部都已经出版，第三部的电子版我也读过了。谢宏在第三部的序言说："有点惊讶，我竟然写了那么多与新西兰有关的文章。"新西兰的生活让谢宏获得了一种"异域的眼光"，他站在中西文化的交汇处，体察中西文化的不同，娓娓道来，如一位得道的高僧，其实更应该说，谢宏是一位敏锐的观察者和温和的批判主义者。谢宏写了几篇关于激流岛上顾城生活的纪念文章，在网上引起热议，但我更喜欢他的《悬空人》。悬空人是指移居到新西兰却无所适从的华人，他们"就像悬在半空中的人，上不着天，下不着地"。我们可以把"悬空人"看成是谢宏城市"自游人"的变种，是谢宏自游人主题的进一步扩展。"自游人"的形象最集中表现在《自游人》（百花文艺出版社，2008年）中，马力、张营、罗米等等，都是城市"自游人"。

什么是城市"自游人"？在同名短篇《自游人》中，谢宏将小说中马力的生活状态命名为"自游"——脱离了原有计划经济体制，在市场大潮中冲浪。看似自由地掌握着自己的命运，但却充满着各种"不自由"和变数。吴义勤教授在《游走在城市之间的智者》一文中对"自游人"有过论述："这是一种自主的游动，充满了变数和不确定性。但是，这个'自游'却绝对不是'自由'，在变动中充斥着的是艰辛和痛苦，失落和无助。"谢宏笔下的主人公大都游离在主流社会之外，徘徊在城市边缘或家庭的纠纷之中，他们有理想，但卑微；有格调，但无助；有决心，但脆弱；有情怀，但迷惘。他们是城市里的迷路人，如沉鱼、飘马，过着看似轻盈实则沉重的生活。谢宏对城市"自游人"的书写，为深圳书写贡献了独特的城市形象，这是谢宏的文学价值，但还远远没有被发掘出来。

在谢宏所有的文学作品中，其实我最偏爱《谁的头发最迷人》，收在小说集《我很重要吗》（海天出版社，2012年）。这是关于"文革"的小说，也是谢宏小说的主题之一。小镇故事承载着历史，也承载着儿时的记忆。谢宏将青春、历史、家庭、争斗融为一体，在很短的篇幅里表达了一种"简单的深刻"，读来让人唏嘘不已。"文革"叙事在谢宏的小说中所占分量并不大，但是影响越来越大，最突出的表现是他推出了全英文的小说《毛镇》（*Mao's Town*），这部小说宣告了谢宏写作的新阶段，也即第三个阶段（如果我们把谢宏的诗歌创作当作第一个阶段，中文小说创作作为第二个阶段）。谢宏开始"走出去"，在国际社会上发出自己的声音。谢宏发表在2019年7月8日《文艺报》上的《践行中国文学走出去》，曾谈到过自己是如何开始创作英文小说，如何扩大自己的视野，用更大的框架来讲述更受西方人接受的故事。《毛镇》的出版仅仅是谢宏走出去的开始，因为，他的另外两部英文小说也已经和国外的出版社签约，不久将会出版面世。[①]

尤其值得注意的是，谢宏还创作了以"辛巴"为主角的奇

---

① 据悉，谢宏的第二部全英文小说*Who's Chinese*（《谁是中国人》）已经公开出版，并于2023年1月1日在Amazon（亚马逊网）开卖。

幻故事书。辛巴是谢宏养的一只金毛犬，谢宏曾经出版过《不离不弃》（海豚出版社，2015年），专门讲述辛巴的故事，包括养狗的起因、辛巴的深圳生活、香港生活以及新西兰生活。"辛巴的奇幻之旅"一共五册，书名是《人类消失了》，共包括《辛巴奇幻之旅1：暴走奇异国》《辛巴奇幻之旅2：驾风骑浪记》《辛巴奇幻之旅3：出生地之旅》《辛巴奇幻之旅4：星际漫游者》《辛巴奇幻之旅5：移民新生活》。我们既可以把它当成童话故事，也可以当成科幻故事。

谢宏是一个多面手，他总是在不断地尝试各种题材，不断地探索新的写作模式。他有一篇文章专门谈到自己如何进行英文小说的投稿，如何进行英文小说的创作，如何找靠谱的国外出版经纪人，每一步都很艰难，但他敢于尝试，敢于挑战，这也在某种程度上体现了"深圳人"敢闯敢拼的精神。谢宏还有一本随笔集专门写人——亲朋好友，书名是《他们与她们》（东方出版中心，2013年）。书里面既有文坛大家格非、李洱，也有文坛旧友巴桥、林浩珍，既记录家庭生活，也讲新西兰见闻。谢宏娓娓道来，自然天成。

我特别珍视谢宏，我觉得他是深圳文学的一个重要的存在，他的"自游人"身份，他的君子之风，给热闹的深圳文坛带来一股凉风。他敢于寂寞，默默耕耘着文学之田，收获颇丰，但他从不张扬，如谦谦君子。在某种程度上来说，我们怎样认识谢宏，就是怎样认识深圳文学。但这并不是说谢宏的小说写得最好（他的小说缺点也很明显），而是说，他的不骄不躁，用心生活，安静写作，恰恰是浮躁的深圳文坛所缺少的。

二、廖虹雷

在深圳，有三个作家的书写不能被忽视，也不应该被忽视，这三个人分别是廖虹雷、陈秉安、南兆旭。廖虹雷的深圳民俗研究、陈秉安的"大逃港"书写、南兆旭的"深圳自然博物志"研究，都是石破天惊的壮举，而且他们数十年如一日，笔耕不辍，终于结出了硕果。深圳人应该感谢这三位文化人的"坚守"，他们是深圳文化的"守夜人"。

廖虹雷1946年9月出生于深圳羊台山下，1966年参加惠阳地委文工团，1968年调回宝安县文艺轻骑队、宝安县文化馆工作，一直从事文化宣传工作。据相关资料记载，廖虹雷的独幕话剧《深圳河畔》《新兵巡逻》刊在1971年11期的宝安县《工农兵文艺》，后惠阳地区《东江文艺》杂志转载过。1972年，廖虹雷和曾文炳、张波良、邓维新、何玉生集体创作出4幕话剧《边防线上》，1973年廖虹雷创作了5万多字的电影文学剧本《边防枪声》。廖虹雷和曾锦棠、刘学强的散文《阿卡提的心》入选1973年广东人民出版社出版的散文集《丽日南天》。廖虹雷编写，黄菊芬、司徒勤参、杨德祺绘画的长篇连环画《春满月台》在1974年参加广东美术作品展览，于1975年由广东人民出版社出版，这是宝安第一部正式出版的长篇连环画。1975年春节过后，廖虹雷和曾文炳去上海参加上影厂为时半年的电影创作学习班，1975年下半年，廖虹雷和曾文炳合作创编8场粤剧《边防枪声》，1976年该剧在广东省文艺调演的剧场亮相，反响强烈，获得当时的"创作优秀奖"和"演出优秀奖"，1977年3月，《东江文艺》第1

期刊登《边防枪声》全剧剧本，《广东文艺》第5期也刊登剧本全文。改革开放之后，廖虹雷在《人民日报》《南方日报》《羊城晚报》《深圳特区报》《作品》《特区文学》《珠海》《深圳风采》等报刊上，发表了200多篇散文、小说和报告文学，并于1985年至1987年去北京鲁迅文学院进修学习。1986年，廖虹雷写成了5万多字的中篇小说《老街》，获得当年广东省第六届新人新作奖。1993年，廖虹雷出版中篇小说集《老街》，获深圳市大鹏文学奖，第七届全国城市出版社优秀图书二等奖，同年，他还推出了散文集《热土流苏》。

廖虹雷是深圳本土文学的见证者和亲历者。他的《老街》系列小说（《老街》《老村》《老圩》《老村》《老厂》等）是深圳"寻根"文学的重要收获，是研究深圳20世纪80年代现代转型的重要参考。就当大家都以为廖虹雷会继续从事小说创作时，廖虹雷却开始了深圳民俗文化的研究，先后出版了《深圳民俗寻踪》《深圳民间熟语》《深圳民间节俗》《深圳风物志·风土人情卷》《深圳风物志·民间美味卷》《收藏深圳岁月》等书，成为深圳民俗研究"第一人"！在廖虹雷的笔下，我们对深圳历史与文化有了进一步的了解，对深圳的节庆风俗的传承有了进一步的认识，对深圳的文化风俗也有了直观的感知。比如，在《深圳解放日》一文中，我们知道深圳地界上升起第一面五星红旗是在1949年10月14日，地点是罗湖山顶的九龙海关缉私总部。我们知道解放前，深圳有两个中心：一个是商业经济中心，在罗湖区东门老街一带，叫作深圳墟；另一个是政治中心，在宝安县城所在地南山区南头中学一带。在《南头古城》一文，我们知道深圳市最老的一

　　　　　　　　　　深圳文学的十二副面孔

所中学是南头中学，古城称凤冈书院，可上溯到清朝嘉庆七年（1802），但如果以新式学校的标准考察，可追溯到光绪三十二年（1906）。到如今也已经有一百多年的历史了。在《东门老井》一文，我们知道东门那里曾经有几口老井，而每年七月初七，老街的人都纷纷去老井挑水，"据说就这一天的水放在水罐瓦瓮里，三几年都不生虫，不会变质，老街人称之为'七月七水'，又叫'七姐水'"[①]。

廖虹雷还写了深圳的"百年罗湖桥"，写颇具岭南风情的"上大街"，写"千年蚝乡"，写"人民桥的今古变化"，写深圳的文化名人，写宝安的古盐场，写深圳湾的红树林，写坝光五百年的银叶树，写深圳的养珍珠的公司，写深圳的香云纱、客家围屋、云片糕、农家咸茶与擂茶，写羊台山的狗肉，写南头的荔枝南山的桃，写坪山的金龟桔、龙岗的三黄鸡，将深圳的生活风俗写得"栩栩如生"。廖虹雷还写深圳的各类节庆风俗活动，比如"做冬大过年"、元宵节的"开丁茶"、清明拜山与"鸡屎藤粄"、五月节与"扒龙舟"、十月朝与糍粑"碌碌烧"。在"深圳文化风俗寻踪"中，廖虹雷还写新安大盆菜的缘起，写深圳的麒麟舞，写深圳的客家凉帽，写大鹏古城的"将军宴"，写南澳的草龙舞、客家山歌、鱼灯舞、大鹏的千音山歌，等等。

廖虹雷还研究深圳本土俚语、谚语、歇后语、口头禅、称谓语、禁忌语、隐语、绕口令、流行语等。比如，深圳人日常生活用语，同样是吃饭的意思，据廖虹雷考证，南头白话读

---

① 廖虹雷：《东门老井》，《深圳民俗寻踪》，海天出版社，2008，第18页。

"乞饭"，罗湖白话读"喫饭"，西乡白话读"石饭"，平湖白话读"蚀饭"，大鹏军话读"息范"，中片客家话读"食反"。再比如形容个子廋高，客家话叫"高惹惹"，"白栋栋"是白话里很高大的意思。"扁散散"在客家话里指"非常扁平"，"阴阴笑"是指抿着嘴暗暗偷笑，或指无恶意的坏笑。还有很多生活谚语，比如，"隔夜茶，毒过蛇""先认罗衣后认人""风送人，雨留客""隔山有路，隔墙有耳""山高皇帝远，海阔疍家强""人生路不熟，路在问阿叔""开锅饭好吃，开头话难讲"。

在最新出版的《收藏深圳岁月》（2021年）一书中，廖虹雷专门写文谈论"深圳河""阳台山的历史文化""深圳古盐场""老墟老街老井""深圳市树市花"等。据廖虹雷考证，深圳河的发源地是牛尾岭，而不是梧桐山，因为深圳河的干流是沙湾河，而不是莲塘河。深圳河古时的上段被称为"钳口河"，下段叫"滘水河"，"滘水"即是古时的"清河"，清河之前，曾叫"罗溪"，"明代早期罗湖村开基第二代人袁百良，在他《卜居》一诗中写道：'罗溪水长渔歌晚。'这是目前深圳河最早的文字记载"[①]。在《阳台山深藏悠久的历史文化》一文中，廖虹雷考证"羊台山"最早出现在清同治五年（1886）由意大利传教士佛伦特里绘制的中英文双语《新安县全图》上的标志，"这也是唯一可查的古代文献上的记载"[②]。廖虹雷还特意谈到了深圳的"文化岁月"，比如《宝安文艺》杂志的前世

① 廖虹雷：《沧海桑田深圳河》，《收藏深圳岁月》，华文出版社，2021，第5页。
② 廖虹雷：《阳台山深藏悠久的历史文化》，《收藏深圳岁月》，华文出版社，2021，第27页。

今生，《边防枪声》创作演出的始末，1980年省港作家访问深圳经过，等等。这些都是珍贵的历史资料！

三、姜馨贺、姜二嫚

深圳文学从来不缺少奇迹，20世纪90年代末，郁秀的《花季·雨季》曾经横空出世，在全国掀起了一股"青春风暴"，深深影响到了后来的校园文学。郁秀成名的时候也不过十多岁。江山代有人才出，2018年，百花洲文艺出版社推出了姜馨贺、姜二嫚两姐妹的诗集《灯把黑夜烫了一个洞》。同年，文汇出版社推出姜馨贺、姜二嫚的诗集《雪地上的羊》，而此时，姜馨贺15岁，姜二嫚11岁。姜二嫚还于2020年（13岁）出版个人诗集《姜二嫚的诗》。真可谓年少成名。

姜馨贺2003年5月31日出生于深圳，其作品入选2014年、2015年、2017年的《中国诗歌排行榜》（邱华栋主编、周瑟瑟编选）、《2015中国年度诗歌》（《诗探索》编委会编）、《中国现代诗歌精选2015》（梁平主编）等多种权威版本，荣获第25届全国鲁藜诗歌奖·新人新作奖、深圳原创诗歌大赛优秀奖、深圳群文诗歌奖。2006年，3岁的姜馨贺已经写出了非常优秀的儿童诗《捉蝴蝶》："爸爸你知道吗/小蝴蝶好捉/大蝴蝶不好捉//因为大蝴蝶呀/经历了太多/往事。"[1]大蝴蝶仿佛是"大人们"，经历了太多，所以，没那么单纯，

---

[1] 姜馨贺：《捉蝴蝶》，《雪地上的羊》，文汇出版社，2018，第138页。

戒备心也比小孩子们要大，因此，"不好捉"。4岁的时候，姜馨贺已经能写出《路灯》这样"完整"的诗行："我眯着眼睛/路灯变成烟花//我睁开眼睛/烟花又变回路灯//我闭上眼睛//烟花和路灯消失。"[①]姜馨贺4岁的时候还创作了《我闻见了雨的味道》，充满了童稚和浪漫的想象："雨是坐着云彩/从不同的地方来的//……我闻见了雨的味道/就像蓝蓝的大海的味道。"[②]姜馨贺的诗有很强的叙事性，和她妹妹姜二嫚比较起来，姜馨贺的诗更"长"，故事性也更"强"。姜馨贺是一个非常有心的生活中的观察者，而且诗歌中带着淡淡的忧伤。她写了不少的"离别诗"，谈论猫咪的"不见"，爷爷的去世，小狗的"离去"，诗歌里充满着和这个年龄不太相符的"哀伤"。比如《清明记》："连续几天都在下雨/清明节这天/刚好停了/天黑时妈妈从上班的地方/抽空回来一趟/我们约好/在万科第五园车站见面/然后一块去龙岸花园旁边的小山脚下/烧纸钱。"[③]类似这样的诗歌还有《我的咪咪不见了》《我不喜欢死神》《露露》等。

和姐姐姜馨贺的诗比较起来，妹妹姜二嫚的诗更加"天真烂漫"，更加"充满着童趣童心"。姜二嫚最有名的一首诗是7岁时写的那首《灯》："灯把黑夜/烫了一个洞。"[④]她写了很多很有意思的短诗，比如《光》："晚上/我打着手电筒

---

① 姜馨贺：《路灯》，《雪地上的羊》，文汇出版社，2018，第112页。
② 姜馨贺：《我闻见了雨的味道》，《雪地上的羊》，文汇出版社，2018，第113—114页。
③ 姜馨贺：《清明记》，《雪地上的羊》，文汇出版社，2018，第104页。
④ 姜二嫚：《灯》，《雪地上的羊》，文汇出版社，2018，第49页。

散步/累了就拿它当拐杖/我拄着一束光。"①《月亮》："为了跳到天上/月亮先爬到/树上。"②姜二嫚2007年12月26日出生于深圳，到目前为止已经写了一千多首诗，其诗作曾发表于《诗刊》（头条组诗并配发评论），入选2014年、2017年《中国诗歌排行榜》（邱华栋主编）、《中国诗歌地理：00后九人诗选》（郭思思主编）、《新世纪诗典》（伊沙主编）等多种权威选本，曾荣获第25届全国鲁藜诗歌奖·新人新作奖、深圳群文诗歌奖等。她在5岁的时候就写出了相当成熟的诗《订货》："月亮啊/我向你订货//我要一个正方形的月亮/我还要一个三角形的月亮/我还要老鼠形的/猪形的/羊形的/兔子形的/牛形的//我要开个店来卖/有谁觉得天太黑了/就买一个。"③姜二嫚的诗还充满着哲思，比如《孤独》："我站在人群中/孤独得/就像P上去的。"④她还有一首饶有趣味的诗，叫《古诗》："我把刚写的一首诗/放在太阳底下晒/想把它晒黄/像一首古诗/假装已经流传了几万年。"⑤

姜二嫚的诗特别具有感染力，我把姜二嫚的诗拿给我家孩子多多看，多多一边读一边笑，然后吵着也要写诗。他找了几张白纸，做了几本"小诗集"，写上自己的名字，两天时间，就写完了7部诗集。我把他的"小诗集"找出来读，发现还挺有诗味的，比如他写的《猫》："猫总是不老实/它总把一本

① 姜二嫚：《光》，《雪地上的羊》，文汇出版社，2018，第50页。
② 姜二嫚：《月亮》，《雪地上的羊》，文汇出版社，2018，第51页。
③ 姜二嫚：《订货》，《雪地上的羊》，文汇出版社，2018，第52页。
④ 姜二嫚：《孤独》，《姜二嫚的诗》，浙江文艺出版社，2020，第21页。
⑤ 姜二嫚：《古诗》，《姜二嫚的诗》，浙江文艺出版社，2020，第25页。

本书/推倒，看着/我一本本放好/又一本本推倒。"①他还写了一首《马路上》："马路上/我左顾右盼/一个人也看/不见//可是突然/有一个人出现/在我面前。"充满着童真童趣！

感谢姜馨贺、姜二嫚小朋友带来的"童诗"，这些童诗纯洁、美好，让我们感受到生活中的真与美，感受到生命里的天真与浪漫，人间值得！

---

① 这两天，多多（贺声远）自己做了7本"小诗集"，每本小诗集上都写上"诗大全"，并标上序号，这首《猫》创作于2022年12月28日。

面孔十二：健忘

　　深圳这座城市特别奇怪，似乎只有群体面孔，没有个体面孔。深圳每隔十年都会进行大规模的纪念活动，庆祝1980年8月26日深圳经济特区的成立。但这些活动基本上都是对深圳这座城市的纪念，而少有对深圳个体的纪念。作家邓一光注意到这个奇特的现象，在庆祝深圳成立40周年之际，他写了一篇小说《第一爆》，期望记录下蛇口工业区开山炮这一"伟大历史"之下作为深圳个体的历史与记忆。邓一光一方面肯定改革开放的光辉成就，另一方面也深切关注到个体的创伤与挫败，但很多研究者并没有注意到邓一光的"此番用意"。因此，邓一光对深圳文学与文化的意义还需要重新被发掘。

　　尽管这座城市每隔十年都进行大规模的纪念活动，但我想说的是，这座城市似乎是一座容易"健忘"的城市。当我们想研究深圳文学时，我们发现，这个城市40多年的发展史中并没有留下什么"文本"——资料奇缺！曾经作为内刊之城的深圳，要找到一整套完整的内刊资料并不容易，具体到深圳作家呢？我们发现一大批作家也正在"消失"，无人提起！比如谭日超、陈国凯、张若雪、曹征路、许立志、黑光，这些曾经为深圳文学做出重要贡献的作家，他们仿佛已经湮灭在浩瀚的历史尘埃里，这是多么健忘的一座城市啊！

　　这里，我来谈谈几位已经"被遗忘"的作家，希望他们能被更多的人记住。

一、陈国凯

陈国凯（1938—2014）是广东五华人，国家一级作家，广东省文艺终身成就奖获得者。1958年进入广州氮肥厂当工人，1962年发表《部长下棋》，获《羊城晚报》创作一等奖。1979年发表《我该怎么办？》，是"伤痕文学"的代表作之一，获全国优秀短篇小说奖。1979年从氮肥厂调入中国作协广东分会文学院从事专业创作，历任中国作协广东分会副主席，广东作协文学院主任，第六届全国人民代表大会代表，中国作协理事，广东省作协主席，长篇小说《代价》1980年获广东省首届鲁迅文学奖，出版有《陈国凯文集》（十卷本）。陈国凯在20世纪80年代中期来到深圳，担任深圳《特区文学》主编，他还创作了以蛇口工业区为主题的《大风起兮》，获2006年广东省第七届鲁迅文学奖。陈国凯对深圳文学的发展与繁荣做出了巨大的贡献，而且他的创作受鲁迅影响很深，这里就谈谈"鲁迅对陈国凯创作的影响"。

鲁迅的存在对于中国人的意义犹如康德对德国人的意义，其对中国后世作家的影响不仅是全面的，而且是持续性的。孙郁认为："二十世纪中国文学变来变去，在深层的形态里，鲁迅的遗响似乎从未中断过。其实这并不是简单的影响力的问题，在我看来，鲁迅之于他后来的文学史，更主要的是一种

'精神话题'的延续问题。"①鲁迅深刻影响了后世作家的创作，这当然也包括对陈国凯创作的影响。

陈国凯在作品中第一次直接提到鲁迅名字的是《闲言碎语》一文，收在1988年出版的《蓦然回首》一书中。陈国凯在该文中谈到文学史上的一种奇特的现象："大作家往往是在一个国家和地区成群地出现，而不是零星落索的一个、两个。"②接着，他举出了好多例证，除了谈到法国文坛在19世纪上半叶形成的作家群，俄国19世纪的作家群之外，也谈到了中国的作家群："我国'五四'前后也产生了一批文坛巨子：鲁迅、郭沫若、茅盾、郁达夫、老舍、巴金……如群山鼎立，他们的辉煌劳动，开创了中国新文学的历史。"③在随后论及作家的地位时，陈国凯反对把鲁迅神化，而是要复原一个活生生的鲁迅："神化鲁迅先生，是中国封建文化根深蒂固的产物，也是对鲁迅精神的背叛。"④

陈国凯写过不少的创作谈，但却从没有直接谈到曾读过鲁迅的什么文章，但如果我们对其作品进行"知识考古"，就会发现鲁迅的影响是一个持续的存在。

《我应该怎么办？》是陈国凯1979年创作的一部小说，发表在《作品》上，获得1979年全国优秀短篇小说奖。小说描写了一个叫薛子君的工厂技术员在"文革"中"失去"了丈

①　孙郁：《当代文学与鲁迅传统——作于鲁迅逝世六十周年》，《当代作家评论》1996年第5期。
②　陈国凯：《蓦然回首》，江西人民出版社，1988，第81页。
③　陈国凯：《蓦然回首》，江西人民出版社，1988，第81页。
④　陈国凯：《蓦然回首》，江西人民出版社，1988，第84页。

夫，独自抚养着孩子，在和工人刘亦民结婚后，逐渐抚平了心灵的创伤，但"四人帮"被粉碎后，她的前夫却从监狱里出来了，并没有死去。面对着两个丈夫，薛子君不知道自己到底该怎么办了。"天啊！我应该怎么办？"[①]该小说控诉了"四人帮"对普通民众生活的破坏，是对"文革"的反思之作。而一个女人面对两个丈夫的故事，又会让读者联想到莫泊桑的《归来》、许地山的《春桃》。但《我应该怎么办？》却和鲁迅的《伤逝》形成一种互文关系。《伤逝》里的女主角叫子君，《我应该怎么办？》的女主角叫薛子君，但在文中经常以"子君"出现。"子君，你了解他吗？你知道他是真心实意地爱着你吗？"[②]当子君的姑妈（监护人）劝她不要对爱情看得太天真的时候，这和《伤逝》里叔叔对子君的态度很相似。

1982年，陈国凯写作短篇小说《成名之后》，讲述了一个女作家在发表《爱的呼喊》后，成为"知名作家"，流言开始肆意妄为，让其丈夫和母亲怀疑她是不是有了外遇，是不是要闹离婚，甚至传言已经被抓进了监狱。该小说又和鲁迅的小说集《呐喊》形成一种互文关系。小说中，女作家发表的作品被街道办副主任说成《鹅的叫喊》："听说你写了一篇什么《叫喊》的文章，大概叫什么——嗯，对了，是《鹅的叫喊》。哈哈，你们当作家的真是怪人，鹅不就是鹅吗，它叫喊什么呢？"[③]鲁迅在《〈呐喊〉自序》里所写的在"铁屋子"里

---

① 陈国凯：《荒诞的梦》，花城出版社，1984，第159页。
② 陈国凯：《荒诞的梦》，花城出版社，1984，第159页。
③ 陈国凯：《荒诞的梦》，花城出版社，1984，第31页。

"熟睡的人们"被陈国凯衍生为新时期"不学无术的家伙"①了。《爱的呼喊》也讽刺了文坛上的那些情趣低下、造谣生事的"作家",称他们为"虫豸",这也是鲁迅笔下经常痛斥的对象。

《成名之后》这篇小说被收入陈国凯的好几种选集里,但却有两种不同的版本。如果将收在《相见时难》和《荒诞的梦》中的两个选本进行比较,会发现《相见时难》的选本中多了几句话:"想到这是古往今来文坛上就存在着的怪现象,我心里稍微平静了些。鲁迅先生早就鞭挞过这些虫豸,不知为什么这些东西至今还不绝种?大概100年之后也不会绝种!不过,让我妈这样的老太太为了谣传跑这么远路来哭女儿,实在太冤枉了。这些虫豸折腾作者已经够了,连老太太也不放过!"②在《荒诞的梦》选本中,是"这类人大概今后还不会绝种"③,鲁迅笔下的"虫豸"也成了陈国凯讽刺和否定的对象。

1984年,陈国凯的讽刺小说《曹雪芹开会去了》,是对鲁迅《故事新编》的"戏仿"。陈国凯让鲁迅笔下的"阿Q"出场:"阿Q负责杂务,高老头守门。贾宝玉早就不当和尚了,他从天上技工学校毕业后,被分配到天上作协当小车司机。"④小说中关于对曹雪芹头发之考证的学术报告,又和鲁迅《风波》中关于"头发的故事"产生了"互动"。

---

① 陈国凯:《荒诞的梦》,花城出版社,1984,第31页。
② 陈国凯:《相见时难》,华夏出版社,1996,第79页。
③ 陈国凯:《荒诞的梦》,花城出版社,1984,第38页。
④ 陈国凯:《陈国凯》(中国当代作家选集丛书),人民文学出版社,1993,第51—52页。

1985年，陈国凯写作回忆性散文《与蒋子龙的神交与心交》，谈到蒋子龙的勤奋创作时，引用了鲁迅的例证。"鲁迅先生说，他的文章大都是在别人喝咖啡的时间写出来的。我想：事业上有作为者，大都是对时间悭吝之人。"[①]同样的意思，也被陈国凯用在对朋友池雄标挤时间创作的描述上，详见《友人池雄标》一文。1987年，在《笑比哭好》一文中，陈国凯表达了对鲁迅的敬意："一代文宗鲁迅先生是幽默大师，他那机警深刻的幽默可以使人的心灵在笑声中震惊。"[②]1990年，针对文坛中出现的靠骂人而出名的怪现象，陈国凯列举了具体的例证："骂一般人已不显得骁勇了，骂的级别越来越高，骂茅盾，骂鲁迅……把文学大师的名著《子夜》贬得一文不值，是失败的创作经验，主题先行的产物，甚至把水泼到一代文坛宗师鲁迅的头上……如此等等，不一而足。"[③]在1990年写的文章《走访安娜》中，陈国凯也记叙了意大利人对鲁迅的态度。"在意大利文人圈中，知道鲁迅的人是比较多的。安娜很喜欢鲁迅，言谈中，她对鲁迅有很高的评价，说鲁迅是伟大的作家。她翻译过几本鲁迅的书，她给我们看了她翻译的《野草》。"[④]而在《一次国际文学奖》中，陈国凯则对意大利人对中国文学不了解的现状表达了不满："据我所知，意大利人对中国文学实在知之甚少。在他们心目中，中国最著名的作家不是曹雪芹、鲁迅，而是老子、孔子、庄子。最著名的小

① 陈国凯：《陈国凯精品集》，人民文学出版社，2015，第525—526页。
② 陈国凯：《西西里女郎》，百花洲文艺出版社，1992，第265页。
③ 陈国凯：《西西里女郎》，百花洲文艺出版社，1992，第279页。
④ 陈国凯：《西西里女郎》，百花洲文艺出版社，1992，第20页。

说不是《红楼梦》而是《金瓶梅》，其余则可想而知了。"①
陈国凯把鲁迅和曹雪芹并列，可见其对鲁迅的推崇。在《作家
们》一文中，陈国凯也描写了波兰作家对中国当代作家的所知
甚少："鲁迅的名字他们是知道的，不过，知道孔子名字的人
比知道鲁迅的人多，至于中国当代一些作家，他们就很难说出
个子丑寅卯。"②

1994年，广东作协创研室编写了《广东作家论》一书，陈
国凯在《献辞》中大力呼唤文学的正气，反对文坛上的庸俗作
风和市侩主义。陈国凯希望能用鲁迅的文学精神引领广东作家
们前进。"鲁迅的文学精神应该写在广东文学节的旗帜上，写
在广东作家们的心坎里。"③

"国民性"是中国现代性话语的一个重要话题，也是20
世纪中国文学的重要母题，但这却是一个外来词，是英语
national character的日译。日本明治维新后，国内掀起了关
于"国民性"的讨论，当时留日学者严复、梁启超等学者将这
一术语从日本介绍进来。严复于1985年3月在天津《直报》发
表《原强》一文，指出中国"民智已下矣，民德已衰矣，民力
已困矣"，希望中国的变革，可以开民智、兴民德。梁启超则
明确提出了"国民性"概念。他从1898年开始，连续发表了
《新民说》《论中国国民之品格》《国民十大元气论》等，痛
惜"我中华奴隶之根性何其多"，在《积弱溯源论》中，梁启
超列出了中国国民性中的种种弊病，如奴性、愚昧、为我、好

① 陈国凯：《陈国凯文集·卷10》，人民文学出版社，2012，第195页。
② 陈国凯：《陈国凯文集·卷10》，人民文学出版社，2012，第195页。
③ 广东作协创研室编：《广东作家论》，花城出版社，1994。

伪、怯懦等等。此外，邹容的《革命军》、陈独秀的《文学革命论》等也有对"国民性"的深刻反思。

但对"国民性"书写最深、批判最烈的莫过于鲁迅。鲁迅首次使用"国民性"一词是在1908年发表的《摩罗诗力说》一文中，"裴伦大愤，极诋彼国民性之陋劣；前所谓世袭之奴，乃果不可猝救如是也"①。之后，在1919年的《〈一个青年的梦〉译者序》中，又提到了"国民性"，"我想如果中国有战前的德意志一半强，不知国民性是怎么一种颜色"②。在1925年，鲁迅在文章中有六处明确提到"国民性"，比如在《忽然想到》一文中，鲁迅说道："中国人的不敢正视各方面，用瞒和骗，造出奇妙的逃路来，而自以为正路。在这路上，就证明着国民性的怯弱、懒惰，而又巧滑。一天天的满足着，即一天一天的堕落着，但却又觉得日见其光荣。"③鲁迅在此揭露了国民性中的"瞒和骗""怯弱""懒惰""巧滑"。在1925年4月8日，鲁迅写给许广平的信中，鲁迅也抨击了中国的国民性："中国国民性的堕落，我觉得不是因为顾家，他们也未尝为'家'设想。最大的病根，是眼光不远，加以'卑怯'与'贪婪'，但这是历久养成的，一时不容易去掉。我对于攻打这些病根的工作，倘有可为，现在还不想放手，但即使有效，也恐很迟，我自己看不见了。"④

鲁迅的"国民性批判"影响最大者是其创作的一系列的

---

① 鲁迅：《鲁迅全集·第1卷》，人民文学出版社，2005，第83页。

② 鲁迅：《鲁迅译文全集·第1卷》，福建教育出版社，2008，第435页。

③ 鲁迅：《鲁迅全集·第1卷》，人民文学出版社，2005，第254页。

④ 鲁迅：《鲁迅全集·第11卷》，人民文学出版社，2005，第475页。

小说。《狂人日记》《孔乙己》《药》《阿Q正传》《祝福》《在酒楼上》《示众》等等，都是揭露"国民劣根性"的名著。鲁迅在《呐喊》自序中，写明了自己之所以"弃医从文"，写小说的原因："凡是愚弱的国民，即使体格如何健全，如何茁壮，也只能做毫无意义的示众的材料和看客，病死多少是不必以为不幸的。所以我们的第一要著，是在改变他们的精神，而善于改变精神的是，我那时以为当然要推文艺，于是想提倡文艺运动了。"① 在《俄文译本〈阿Q正传〉序及著者自叙传略》中，鲁迅也表明自己试图"写出一个现代的我们国人的魂灵来"②。这里的"国人的魂灵"就是以阿Q为代表的"国民性弱点"。综合起来，鲁迅批判的"国民性弱点"大体可归纳为以下几个方面：一、瞒和骗，二、怯弱、懒惰、卑怯、贪婪、巧滑，三、要"面子"，四、奴才的根性，五、精神胜利法。

鲁迅的"国民性批判"深深影响了陈国凯的创作。在其第一部长篇小说《代价》中，陈国凯通过描写工程师徐克文一家在"文革"中的命运，控诉了那个扭曲的时代。邱建中是小说中的"败类"，也是鲁迅笔下"瞒和骗"的集中代表。他先是通过"欺骗"的方式取得总工程师刘士逸的好感，并通过和刘士逸的女儿刘珍妮结婚的方式，得到了一栋花园洋楼。当"文革"开始后，他主动"检举"（实则诬陷）刘士逸是"美国特务"，并让妻子成了"敌嫌分子"，从而顺利地和妻子离婚。

① 鲁迅：《鲁迅全集·第1卷》，人民文学出版社，2005，第439页。
② 鲁迅：《鲁迅全集·第7卷》，人民文学出版社，2005，第439页。

他"爱上"同事徐克文的妻子余丽娜，又通过诬陷的手段，先将徐克文送进监狱，接着以要挟手段迫使余丽娜和丈夫分手，从而强娶余丽娜为妻。在工作上，他也采用"瞒和骗"的方式，但最终被人识破，身败名裂。《哨声》是陈国凯的一部短篇小说，讲述了工厂里的焊工班长张志远"捉贼"的故事。张志远一身正气，发现工厂的一大堆木料被偷走了，于是拉着丁主任等几位领导在工厂的宿舍楼动员小偷把木料还回去，一边喊，一边吹口哨，引来了很多"旁观者"，这里的旁观者如同鲁迅笔下的"无聊的看客"。虽然，有很多人知道木料是谁偷走的，却没有人出来揭发，因为偷木料的是罗副厂长的家属。这里，陈国凯也批判了"奴才的根性"。而在《三杯酒》中，陈国凯则把以刘兴为代表的"巧滑"之人刻画得入木三分。

如果将陈国凯的"国民性批判"小说和鲁迅的文字进行对比阅读，可以进一步发现陈国凯所受鲁迅之影响。《大风起兮》是陈国凯的最后一部长篇小说，是对深圳蛇口工业区改革开放历史的刻写。小说里有一个从香港来蛇口创业的工人叫曾国平，当他得到一笔巨额遗产后，一改之前的"卑下忍让"的脾性，变得趾高气扬起来。他在蛇口工业区投资建了一个玩具厂，为了利润强迫工人加班，把自己当成"老爷"，作威作福，还造成工厂女工的自杀。他的这副嘴脸早在鲁迅的文章《上海文艺之一瞥》中已加以批判。鲁迅说："奴才做了主人，是绝不肯分区'老爷'的称呼的，他的摆架子，恐怕比他的主人还十足，还可笑。这正如上海的工人赚了几文钱，开起小小的工厂来，对付工人反而凶到绝顶一样。"①

陈国凯所有的"国民性批判"的作品中，受鲁迅的《阿Q正传》影响最深。陈国凯在小说中多次提到阿Q。在论及文学作品的质量与写作对象职务高低的关系时，陈国凯认为："写慈禧太后、写历代皇帝的作品够多了，但这些作品累加起来，其文学价值还不及一个阿Q。"②在《在学习创作的道路上》中，陈国凯回顾了自己的童年生活，提到自己曾经阿Q式的偷青菜和番薯。陈国凯还让阿Q出现在其小说中，在《曹雪芹开会去了》中，阿Q是负责杂务工作的。

陈国凯还续写了《阿Q正传》，即《摩登阿Q》。陈国凯在题记中说："一看标题，就知道这是一部荒诞不经的小说，其真实性很可疑，请读者谨防上当。"③但好奇的读者一定很好奇，阿Q到底怎么样了。陈国凯将《阿Q正传》的结尾——"大团圆"中阿Q的死去改了：阿Q没有被打死，后来活过来了，发了迹，娶了吴妈为妻，还当了作家，成了未庄市文联主席。阿Q的代表作《我手执钢鞭将你打》成了千古绝唱，被翻译成多国文字。摩登阿Q已经一洗过去的寒碜相，"头上假发，身上西装，还结着金利来的名牌领带，领带上夹着镀金夹子。衬衫也是名牌——鳄鱼牌"④。摩登阿Q喜欢四处做报告，以"黄瓜论"来宣扬国粹，还和假洋鬼子进行了文学论战。不仅如此，阿Q还喜欢上了著名作家小尼姑，对其想入非非，和

① 鲁迅：《鲁迅全集·第4卷》，人民文学出版社，2005，第309页。
② 陈国凯：《蓦然回首》，江西人民出版社，1988，第73页。
③ 陈国凯：《陈国凯精品集》，人民文学出版社，2015，第287页。
④ 陈国凯：《陈国凯精品集》，人民文学出版社，2015，第291页。

吴妈闹起了离婚。陈国凯其实是借"摩登阿Q"来讽刺文坛上的"假道德"，批判国人的"奴才的根性"。

陈国凯的小说好看、耐读，这和他小说中的"幽默"是分不开的。从他的第一部短篇小说《五叔和五婶》到最后一部长篇小说《大风起兮》，"幽默"有增无减。有研究者专门分析了陈国凯和王蒙、高晓声、陆文夫的"幽默"之不同。"在王蒙那些逗人捧腹的作品里，幽默更多的是和哲理情采、雄辩俏皮结合在一块，它充溢着妙趣横生的机敏和尖刻。高晓声的幽默具有大辩若讷的特点，它表面看来诙谐笑谑，而内里却凝重厚实，这是一种溶解于生活风俗画中的乡村式幽默。陆文夫的幽默，则犀利冷峻又深刻热烈，就像一幅幅讽意极浓的漫画，使人看后不得不猛醒深思。而陈国凯的幽默，与上述几位又不尽相同。这是一种既有乡村农民的质朴通俗，又有城市工人的聪明诙谐的幽默，是融敦厚善意、轻松与沉重、嘲弄与深情于一体的纯粹岭南式幽默。"①具体来说，陈国凯小说中的"幽默"还可以细化为两种类型：喜剧式的幽默、讽刺式的幽默。前者主要是和其工人题材的小说有关，后者是对各种丑恶现象的嘲讽，有"油滑"之意。

《五叔和五婶》被陈国凯称为"第一篇习作"，发表在1958年1月13日《羊城晚报》的副刊上。五叔嘲笑五婶都40多岁的人了，还去报班上学："四十的婆娘了，还死命学，学得会？骗个鬼！"②五叔的嘲讽是轻快的，也是略带甜蜜的，属

---

① 陈国凯：《陈国凯文集·卷10》，人民文学出版社，2012，第328页。
② 陈国凯：《陈国凯文集·卷1》，人民文学出版社，2012，第3页。

于老伴儿之间的拌嘴。这种"喜剧式"的幽默随着情节的发展越来越强。当五叔收到儿子寄来的信时，撒腿就往外跑，他想找人去念信，结果被五婶叫住了。"五婶拿着信，一字一句地念给他听。五叔呆住了，听着五婶清润圆滑的声音，耳朵里老是嗡嗡地作响，心中也好像敲起了小鼓。五婶念的，他一个字也没听进去，他万料不到'门口的石狮子也开口了'，心里又羞、又急、又气。"[1]陈国凯把五叔的吃惊、欢喜、嫉妒、羞愧都写了出来，五叔最后也希望能上学认字，把"喜剧式"的幽默推向了高潮。

陈国凯善于描写工人群众，他在广州氮肥厂当了20年的工人，特别熟悉工厂的生活，因此，写工厂的人和事也是信手拈来、得心应手。在其成名作《部长下棋》中，"我"初次见到"宣传部长"，觉得他"倒像个公共汽车上的宣传员呢"[2]！语调轻松活泼。随着交往的深入，"我"发现部长善于在下棋中体察民情、了解民意、解决问题，又让"我"敬佩不已。于是，"我"开始放低身段，跟部长学习下棋。"我感到：部长虽然看来是个粗佬，但他每走一步棋都是那么稳重扎实，又是那么明智。……"[3]在《工厂姑娘》中，"喜剧式"的幽默随处可见。由于工作环境的恶劣，"工厂姑娘们"学会了在苦中作乐，她们笑着面对生活，面对工作中的各种不顺。为了改变工厂的恶劣条件，工厂姑娘阿香将工厂的领导们骗到污水池旁边劳动，让他们感受到污水池的糟糕环境，并最终让领导同意

① 陈国凯：《陈国凯文集·卷1》，人民文学出版社，2012，第5页。
② 陈国凯：《家庭喜剧——陈国凯小说选》，湖南人民出版社，1982，第93页。
③ 陈国凯：《家庭喜剧——陈国凯小说选》，湖南人民出版社，1982，第103页。

改革方案。"改革方案被顺利地批准了。不出阿香所料，那天厂党委书记、厂长被岗位上的粉尘酸雾呛得流着眼泪擤着鼻涕，精疲力竭。当他们到岗位休息室时，他们那狼狈相真是难以用语言来形容。"①

陈国凯"喜剧式"的幽默最终发展为"讽刺式"的幽默，并带有"油滑"色彩，这是受鲁迅影响的结果。《好人阿通》是陈国凯具有里程碑意义的小说，里面有鲁迅小说的影子。《好人阿通》的"题叙"交代了写这篇小说的来龙去脉，和鲁迅的《狂人日记》的开头非常相似。而《好人阿通》的第一章"阿通的命名"又可以和鲁迅的《阿Q正传》第一章中阿Q的姓氏考察类似。《阿Q正传》里的"精神胜利法"在《好人阿通》中也有描写，而阿通在"文革"中的"所作所为"又是"愚昧"的国人的代表。在《家庭喜剧》的后记中，陈国凯决定将过去清零，从头开始。"编完此书，我想说的一句话是：从零开始。"②陈国凯说这句话的时间是1981年10月，刚好和创作《好人阿通》的时间不谋而合。"《好人阿通》初稿写于一九八一年秋天，翌年四月间做了一次修改。"③自《好人阿通》之后，陈国凯的创作题材开始扩大，由之前的主要写工厂工人生活的小说扩展为社会问题的"讽刺剧"，尤其是对文坛上的丑陋现象给予揭露，这种"讽刺性的"幽默作品集有《荒诞的梦》（1984年）、《文坛志异》（1985年）、《摩登阿Q》（1989年）。

① 陈国凯：《陈国凯文集·卷5》，人民文学出版社，2012，第49页。
② 陈国凯：《家庭喜剧——陈国凯小说选》，湖南人民出版社，1982，第308页。
③ 陈国凯：《陈国凯文集·卷1》，人民文学出版社，2012，第533页。

陈国凯的短篇小说《牙齿》就是"讽刺式的幽默"的典型。文坛青年作家C请文坛巨子A老吃饭，A老吃饭时吐出一颗烂牙，丢入垃圾桶中。C作家将牙齿找出来，当成宝贝，被其妻子嘲笑，C作家却不以为然，反以为荣。在《三姨夫》中，"我"去三姨夫家，碰到三姨夫正对表弟大发脾气，"功课不好做，几门功课不及格，却追求资产阶级那套吃、喝、玩、乐了！废物！"①这让"我"对当工业局人事科长的三姨夫颇有好感，小说结尾时，"我"才知道三姨夫一直在私下里收受礼品和贿金。该小说讽刺了表里不一、"道貌岸然"的社会蛀虫。

陈国凯不仅创作了大量的"讽刺式的幽默"的作品，而且还创作了不少鲁迅式的"油滑"作品。鲁迅在《故事新编》的序言中，谈到了创作《补天》时，被专家们"可怜的阴险"所触动，于是，"当再写小说时，就无论如何，止不住有一个古衣冠的小丈夫，在女娲的两腿之间出现了。这就是从认真陷入了油滑的开端。油滑是创作的大敌，我对于自己很不满"②。"油滑"是"讽刺"的一种形式，而且是鲁迅独创的一种写作风格，对后世影响很大。陈国凯很显然受到了这种风格的影响，创作了《曹雪芹开会去了》《摩登阿Q》《并非笑话》等一系列的"油滑"小说。陈国凯说："幽默和油滑往往只隔着一层纸。轻松感很容易和轻薄感混杂在一起。"③"油滑"类的小说很不好写，稍不注意，可能就变得"哗众取宠"，这也

---

① 陈国凯：《陈国凯文集·卷6》，人民文学出版社，2012，第348页。
② 鲁迅：《鲁迅全集·第2卷》，人民文学出版社，2005，第353页。
③ 陈国凯：《西西里女郎》，百花洲文艺出版社，1992，第233页。

是鲁迅虽然表达了对"油滑"的不满，还决定将《故事新编》结集出版的原因。打通古今人物之间的界限，将不同时期的人物放在同一故事中，"油滑式"的讽刺更具批判性和艺术感染力。

在《曹雪芹开会去了》中，李白和曹雪芹在一起喝酒，贾宝玉是曹雪芹的私人司机，晴雯搞了点体制改革，成立了大观园农工商联合公司，林黛玉在作家协会当秘书，鲁智深当了出租汽车公司的汽车队长。而这一切都是陈国凯用来讽刺"混乱的当代文坛现状"。《摩登阿Q》和《并非笑话》也是讽刺"乌七八糟"的当代文坛。陈国凯在《并非笑话》里，还让"陈国凯"现身，借司徒秀英之口，说"陈国凯"去海南岛炒卖汽车被抓起来了。陈国凯在小说的备注里将自己进行了介绍："陈国凯，男，厨师。对烹调艺术颇有研究、曾研究中西合璧的'土豆和稀泥'等菜肴，因不和国情而造成亏损。……——引自最新出版的《中国烹调厨艺手册》。"①陈国凯借此机会，讽刺了文坛上无处不在的"流言蜚语"。

陈国凯深受鲁迅的影响，其"国民性批判"的小说主题，以及"幽默"的写作风格都有鲁迅文章的影子。但，我们又不能夸大鲁迅对陈国凯的影响。郭小东曾经在《陈国凯论》认为："陈国凯的幽默，没有鲁迅那种贯染古今血泪，在极度激愤与压榨之中变换为曲笔的锋利、尖刻与挖苦。他是多情的宽怀的带着村镇知识分子的善良文弱，一个温情主义者的幽默。"②陈国凯的幽默自有其独特之处，当然，其创作也有独

---

① 陈国凯：《陈国凯文集·卷7》，人民文学出版社，2012，第409页。
② 广东作协创研室编：《广东作家论》，花城出版社，1994，第19页。

特之处，除了"国民性批判"的作品，陈国凯还创作了相当数量的讴歌新社会、新生活的作品，其创作早期对工厂工人生活的刻画，表现了中华人民共和国成立后，作为国家主人翁之一的"工人阶级"对新生活的热爱和欢喜。"文革"之后，陈国凯写了一系列"伤痕文学"，对国家的前途充满着肯定和期望，而其长篇小说《大风起兮》是国内第一部反映蛇口工业区改革的长篇小说，表现了创业者的步履维艰，也弘扬了中国人的锐意进取精神。

二、张若雪

张若雪（1953—2017）笔名老若，祖籍辽宁。早年当知青，做工人，任教师；1994年来深圳后办报刊，搞文化。退休前任深圳市南山区文联副主席。有作品编入《小说选刊》年选；创办《南山文艺》杂志，主编文集十余种，代表作为《五零后》。

研究张若雪时，碰到一个难题——资料不足。研究的前提是资料的占有和阅读，这就如同理工科做实验需要先搭建实验平台一样。当我找来《五零后》《时代感》阅读之后，发现竟然遗漏了他的重要散文集《素心若雪》，但我怎么也找不到这本书，后来向李云龙老师"求证"——是否有《素心若雪》，他说也没有看到这本书的纸质版，但几天之后，李老师发来微信截图，有这本书的纸质版权页，确认为是张若雪的著作。但因为没有阅读过《素心若雪》，无法对此进行评价，这一窘境也延续到对张若雪的小说评价上。在散文《棋道》中，张若雪曾说自己只写过两篇小说，都是关于围棋的，"一是《劫争》，发表在1990年的《海燕》上，今已无存；二是《棋道》，刊于2006年的《莽原》，随即被《小说选刊》转载，并收入漓江出版社出版的《2006中国年度中篇小说》。两篇小说的时代背景各异，都是借围棋写人生"。

《棋道》这篇小说让我想到了阿城的《棋王》，都是借棋道说人生之道，张若雪将主人公南秀玲放置在深圳这座移民城市之中，他的挣扎、彷徨、无助，以及在困局中的坚守让人动容，因为南秀玲就是万千个来深打拼的个体，也是来自五湖四海的我们中的一员。张若雪弘扬了诚实和善良，否定了投机取巧和伪善，但这篇小说的故事情节稍显简单，作品的艺术感染力不强。

真正代表张若雪创作成就的是他的散文，以《五零后》和《时代感》为代表。《五零后》共分为六卷，包括"青灯有味似儿时""沉思往事立残阳""江湖夜雨十年灯""客子光阴书卷里""此心安处是吾乡""书卷多情似故人"。《时代感》是《五零后》的"续集"，也是对《五零后》的"补充"。两部散文集是张若雪作为50后"个体"对时代印迹的"回忆"与记录，更是反思个人与历史创伤的优秀之作。谢宏对《五零后》的评价很到位："通篇看下来，他遣词造句，精湛，贴切，凝练。有如武林高手，使剑虽短小，看似去势缓慢出手从容，却力度足够，挥洒自如，情绪控制稳当，且剑剑刺中要害。老若叙说的那个年代，刀光剑影，血雨腥风，都被他的剑气罩住；我等外人，可观，可想，可心照不宣地意会。"

50后是一个特殊的存在群体。孟繁华教授曾站在乡村文明崩溃的时代背景下分析了中国50后作家，他认为随着新文明的迅速崛起，曾经引领了中国当代文学30年风潮的主将——50后作家群将逐渐退出历史的舞台，取而代之的是更具都市生活经验的60后、70后作家群。张若雪并非一个专业的文学批评家，他的着眼点并不是文坛，而是个体的历史。因此，《五零后》和《时代感》都写的是个人的生活经历、工作经历、阅读交友经历。但千万不要以为《五零后》和《时代感》会陷入个人感伤的絮絮叨叨之中，正相反，张若雪从来没有自怨自艾的表述，而是尽量去记录个体生命以及家族记忆之中"真实的、鲜活的历史"，记录由个体历史连接起来的国家历史。这也是为何我们能发现，在《五零后》，除了个人的"家族史"，还记录了朋友的"历史"。在《饥饿年代》一章中，张若雪引用了朋友王雨的个人经历，以便对历史进行更全面的"个体叙述"。张若雪说："很显然，个人的经历无法代表更多的'五零后'。朋友王雨和我同龄不同校，七岁时因父亲被打成右派被劳改而举家下乡，儿童时代充满苦难的记忆。尤其是在大饥荒的年代，他挨过饿。我想，他所经历的六十年代可能涵盖了更广大的阶层，便将她的回忆引用一下。"

　　《五零后》洋溢着张若雪浓郁的家国情怀，字里行间中对苦难的追忆并非揭历史伤疤。50后作为一个独特的存在，经历过大饥荒、"文革"、上山下乡、改革开放、下岗潮等等，张若雪期望写出一代人的历史记忆，从而使苦难的历史不至于湮灭，使后辈能从历史中汲取经验教训，"保持对历史的清醒，对人生的检视，对当下的警觉，对将来的乐观"。我读《五零后》，最初感动于张若雪的耿直，他并不隐藏家庭的私事，也不会刻意为历史"化妆"。他开篇写自己的"启蒙之痛"来自父亲的"致命一掐"，生动有趣，并不护短。他引用自己在"文革"期间所写的日记，也毫不遮掩，复活了早已逝去的历史记忆。通过文字，能够感受到张若雪对历史的态度，对人生的态度，对苦难的态度，以及无论经受多少挫折都不妥协的态度。他爱国、正直、率真、坚强，他热爱生活，喜欢阅读，他善于思考，心胸开阔，从文字中，可以感受到他的拳拳之心，更可以感受到他对历史的反思。他其实就是50后的典型代表，用个体的声音写出了一代人的身影。张若雪曾说："这一代的作家很深刻，这一代的女人很单纯，这一代的生活很素朴，这一代对社会很尽责。他们的强项，是对本土文化和国情民意的深刻洞察；他们的软肋，是多半未掌握可与世界交流的语言。于是，他们的脚跟，往往扎实地戳在华夏厚土，他们的目光，凝聚的是本民族的历史和今天。"

我是一名80后，《五零后》让我发现了"父辈们"的历史。因为，我的父母也是50后。我经常从父母的只言片语中了解到曾经的历史，但每当想深入了解时，父母总是讳莫如深，不愿细谈，也许他们是不想再重温那曾经无比苦难的人生经历。读《五零后》，我仿佛找到了一把打开父辈历史的钥匙，饥饿年代、成分问题、知识青年、大串联、工农兵学员、挣工分等等，都被张若雪写得真实而鲜活，让我仿佛能触摸到那个年代的体温。

《时代感》是《五零后》的姊妹篇，是对《五零后》的补充和升华。张若雪放弃了《五零后》写作中的"时间之轴"——以时间的顺序来记录50后的历史与现在，而是用一个个"主题"来描绘时代之感。《时代感》一共分为三辑，既写自己的读书求学、饮酒交友经历，也写自己的远游与乡野之情，还写了自己在深圳闯荡的经历，其中的《蛇口旧事》《消逝的报刊》两文具有历史档案的意义，因为它们记录了蛇口的报刊是如何开始又如何消失的。张若雪来深圳之初，曾在《开放日报》工作过，后来去到《南山报》（2001年更名为《南山日报》），但随着一纸取消县级政府办报的禁令，《南山日报》也于2003年停办了。张若雪后来编了一本《媒体社区》，将南山日报的优秀文章结集出版。

除了散文的创作成就，张若雪对深圳南山区文学的贡献也是巨大的。他曾任南山区文联副主席，操办了各类文学研讨活动，创办了《南山文艺》杂志，后来他还将《南山文艺》的优秀文章编辑为书，出版了南山文艺丛书（第二辑）。2018年，南山文联曾经捐给深圳文学研究中心一批书，其中就有《南山文艺》和"南山文艺丛书"，我打开这些书和杂志，感受到编者的专业水准和学术素养，也为南山区有这么好的刊物和选本而自豪。张若雪为南山文学的发展做了贡献，也为深圳文学乃至中国文学贡献出了独特的"五零后"。

三、曹征路

曹征路（1949—2021）是深圳知名作家，也曾是深圳大学文学院教授，他出版有长篇小说《贪污指南》《非典型黑马》《问苍茫》《民主课》，中篇小说集《只要你还在走》，短篇小说集《开端》《山鬼》等等。他的小说《那儿》曾获首届北京文学·小说月报奖，广东省第七届鲁迅文学艺术奖，小说《天堂》获2003—2006《小说选刊》奖。小说《豆选事件》获《上海文学》2007年中环杯中篇小说大赛特等奖、第九届"上海文学奖"等奖项，有《曹征路文集》（7卷本）存世。

　　曹征路最具影响力的作品是发表在《当代》2004年第5期的《那儿》，这部小说被认为是新世纪"底层写作"的代表性作品，引起了批评界的广泛关注与热议。《那儿》的发表被认为是2004年中国最重要的文学事件之一。《那儿》关注的主题是"国企改革"，某矿机厂工会主席"我小舅"试图阻止国企改革中出现的国有资产流失的问题，他写信检举企业领导的贪腐问题，反对"空手套白狼"，他还跑到北京去上访，但都徒劳无益，他号召工人起来保护工厂的利益，反对"化公为私"的国企改制，但却得不到工人的响应。他曾经以集资的名义号召工人们起来反抗，但却被利用，使工人们的利益受到损害，也失去了工人们的信任。最后，他只能以自杀的方式结束了自己的生命，从而避免了一场"国有资产流失"的改制。《那儿》是一部闪耀着"左翼精神"的小说，它承继"左翼文学精神传统"，"在小说中，'我小舅'反抗的精神资源来自传统社会主义，这里不仅有旧社会工运领袖榜样的力量，也有'英特纳雄耐尔一定要实现'的理想，而小说的标题也来自'英特纳雄耐尔'最后两字的口误，从中可以看出，社会主义历史及其赋予的阶级意识，作为一种保护性力量在今天的重要，而小说对社会主义思想的重新阐发、对下层人民悲惨生活现状的揭示，可以看作'左翼文学传统'在今天的延续"。①
著名教授孟繁华在分析《那儿》时，认为该小说的主旨"不是
歌颂国企改革的伟大成就，而是意在检讨改革过程中出现的严
重问题。国有资产的流失、工人生活的艰辛，工人为捍卫工厂
的大义凛然和对社会主义企业的热爱与担忧构成了这部作品的
主旋律。当然，小说没有固守在'阶级'的观念上一味地为传
统工人辩护。而是通过工会主席为拯救工厂上访告状、集资受
骗，最后无法向工人交代而用气锤砸碎自己的头颅，表达了一
个时代的终结。……可能这是当下书写这类题材最具文学性和
思想深刻性的手笔"②。

　　"我小舅"朱卫国是一名"悲情的英雄"，他有一手打
"腰锤"的绝活，曾为矿山机械厂赢得了外宾的广泛赞誉，他
被评为"劳动模范"，还被选为工会主席，但是当矿山机械厂
经济效益不景气，要进行国企改制的时候，朱卫国不得不为着
工人们的利益而孤军奋战。但工人们并不理解他的"抗争"，
当他发起签名活动时，也并没有得到工人们的积极响应。《那
儿》写出了工人阶级的被动与保守，"《那儿》把工人描写得
那么消极无为、逆来顺受，这是由于中国工人阶级特殊的历史
条件所决定的。由于工人阶级被赋予一种特殊的地位，他们就
像动物园里的麋鹿，肥胖的身体，迟钝的感觉，忘记了危险和
奔跑。在中国当代史上，他们不仅不是一种最先进的阶级，而
且相反，工人阶级往往是保守的、被动的，没有任何变革的热

①　李云雷：《底层写作的误区与新"左翼文艺"的可能性——以〈那儿〉为中心的
　　思考》，《海南师范学院学报（社会科学版）》2006年第1期。
②　孟繁华：《中国地"文学第三世界"》，《文艺争鸣》2005年第3期。

情和对历史的自觉意识。当有一天历史抛开他们而掉头前进的时候，他们就处于一种涣散的状态，产生了一种无奈的没落意识。作为一个巨大的弱势群体，他们无所作为"[1]。因此，朱卫国的处境非常尴尬，他是一名孤单的英雄，为底层工人的利益而努力着，但是却不被底层工人们所认可，他最后通过"自杀"的方式让国有资产免于流失，是多么绝望的反抗啊。

和朱卫国形成对照的是小说的知识分子形象。"我小舅"朱卫国没读过多少书，不会写检举材料，于是求助于"我"这个记者，"我"作为知识分子终于参与到"我小舅"的英雄般的维权行为中，但是"我"却对"我小舅"的壮举产生了怀疑，总觉得"我小舅"之所以走上检举揭发之路可能有个人的理由："我说：我的意思是，让你下这么大的决心，让你激动成这样，就没有一点点个人的理由？小舅想想，说你是什么意思啊？我说，你太崇高太伟大了，所以让我不太相信。"[2]小说中一共有三类知识分子的形象。第一类是"美国回来的博士"，他在省城接待了"我小舅"的上告，他认为"我小舅"没有资格代表三千工人，没有国有资产的处置权，一口咬定他带着个人目的，让"我小舅"回去等消息。这个"博士"无疑是现实生活中融入主流社会的知识分子的缩影，他们获得了主流政治权力，是"成功人士"，不能体会到工人阶层的不容易，也感受不到底层工人们的痛苦和绝望。第二类知识分子

---

① 吕正毅、旷新年：《〈那儿〉：工人阶级的伤痕文学》，《文艺理论与批评》2005年第2期。

① 吕正毅、旷新年：《〈那儿〉：工人阶级的伤痕文学》，《文艺理论与批评》2005年第2期。
② 曹征路：《那儿》，《曹征路文集·中短篇小说卷3》，海天出版社，2014，第21页。

就是做记者的"我"的同事们以及小有名气的小说家"西门庆"。他们是现实生活的看客，对底层工人的苦难无动于衷，他们守着自己的工作，逃避严峻的现实苦难，"西门庆"通过写"性"来吸引读者的眼球，进而达到卖书赚钱的目的，他们是知识分子中的"游离者"。第三类，就是作为故事讲述者的"我"，"我"从最开始的"怀疑态度"，慢慢开始参与到"我小舅"的维权之行中来，属于慢慢觉醒的知识分子，但是"我"尽管开始觉醒，也无力改变现状，属于觉醒了的"清醒者"，也许"我"寄托了作家的某种人生理想。

《那儿》这部小说是底层写作的代表性作品，李云雷在《新世纪文学中的"底层文学"论纲》中说："2004年以来，'底层文学'逐渐成为文艺界关注的一个中心。'底层文学'是在新世纪出现的一种新的文学思潮，它与中国现实的变化，与思想界、文学界的变化紧密相关，是中国文艺在新形势下的发展，也是'人民文艺'或文艺的'人民性'在新时代的发展。"[①]《上海文学》1998年第7期曾明确提出："我们的确是到了应该认真听一听底层人民的声音的时候，我们必须正视底层人民的利益所在，我们必须尊重底层人民的感情。"2004年，《天涯》杂志连续几期发表"底层文学"的讨论文章，比如刘旭的《底层能够摆脱被表述的命运》、高强的《我们在怎样表述底层？》、顾铮的《为底层的视觉代言与社会进步》等等，集中关注底层写作的问题。邵燕君认为"底层文学"是近20年来文坛唯一的"主潮"："'底层文

---

① 李云雷：《新世纪文学中的"底层文学"论纲》，《文艺争鸣》2010年第11期。

学'自2004年前后发轫以来，在几年期间获得广泛响应，成为近20年来文坛进入'无主潮'的阶段后最大的也可称唯一的'主潮'。"①被列入底层写作的优秀作品除了曹征路的《那儿》，还有陈应松的《马嘶岭血案》（《人民文学》2004年第3期）、刘庆邦的《卧底》（《十月》2005年第1期）、胡学文的《命案高悬》（《当代》2006年第3期）。《那儿》除了刻画了非常典型的人物形象"我小舅"之外，另外一个底层人物杜月梅也很有感染力。杜月梅年轻时是车间的团支部书记，性格开朗，朝气蓬勃，她是"我小舅"的徒弟，但是后来丈夫的早逝让她陷入生活的困顿之中，而且患病的女儿更加加重了生活的负担，为了生活，杜月梅不得不成为"霓虹灯下的哨兵"，但她依然热爱生活，顽强地活着，她代表着底层打工人的"不屈的心"。另外，小说中的狗"罗蒂"也带有一种象征含义。罗蒂的惨死代表着最后的倔强，也预示了"我小舅"最后的悲惨结局。

《那儿》是深圳文学的重要收获，我们不应该忘记它，也不应该忘记写作《那儿》的作家曹征路。

"那儿"，有我们曾经来时的路；"那儿"有我们即将到来的未来。

但愿我们不再健忘，深圳文学也不再患健忘症。

---

① 邵燕君：《从现实主义文学到"新左翼文学"——由曹征路〈问苍茫〉看"底层文学"的发展和困境》，《南方文坛》2009年第2期。

后　记

　　深圳文学的发展已经有40多年的时间了，到了可以进行"阶段总结"的时候了，但这本书却不是"终结之书"，恰恰相反，是"开始之书"——对深圳文学的研究刚刚开始，以后还会对深圳文学做更深入的研究。

　　本书分上、下两编，上编选取了6个深圳作家邓一光、杨争光、蔡东、薛忆沩、盛可以、吴君，下编选取了6个文学现象，包括"1986年""31区""内刊""70后""本土""遗忘"，共同组成深圳文学的"十二副面孔"。本书并没有试图对深圳作家经典化，也没有试图全方位总结深圳文学的创作特点与成就，仅就自己感兴趣的作家和话题进行了分析。由于写作时间有限，还漏掉了很多重要的作家，比如李兰妮、南兆旭、南翔、林棹、远人、王国华、许立志、缪永、郭金牛、黄灿然、太阿、赵目珍等一大批优秀的作家，只能留待以后有机会再动笔。

　　感谢此书被列入花城出版社的"广东青年批评家丛书"，让我有足够的动力对深圳文学作品进行系统的研读。为了更好地完成写作任务，我搜罗了所有能找到的深圳文学相关著作，包括深圳的村史和街道办史。曾有一段时间，我基本上每天都在往家里搬书，少则三五本，多的时候一天要拿四五十本书，以至于小区的门卫见到我就说："又买这么多书啊！"我粗略统计了一下，我买回家的和深圳文学相关的书籍有1500本之多，不仅如此，我还要抽出大量的时间进行文本细读，这真是一项充满挑战的耗时费神的工作。在买书的过程中，我发现和深圳文学与文化相关的资料严重缺失，20世纪80年代很多重要的小说文本已经找不到了，尤其是在做"内刊"研究时，那么多的内刊资料仿佛掉入历史的"黑洞"中，无从查阅。还好，裴亚红老师将她主编的29本《明治·新城市文学》捐赠给了我们深圳文学研究中心，《特区文学》杂志社也将40年来的"整套刊物"捐了出来，能够让我掌握第一手的研究资料，完成"民刊"一章的写作。在此，对裴亚红老师和《特区文学》编辑部致以崇高的敬意。我所搜集到的1500本深圳文学相关书籍，也将作为深圳文学研究中心建设"深圳文学特藏馆"的书本资料，这是特别让人开心的事情。

深圳文学研究中心是深圳职业技术学院于2017年3月成立的一个校级科研平台，该中心是集深圳文学文献的收集、系统化整理及学术交流、研讨为一体的综合性学术研究平台，著名作家蔡东是平台的负责人。深圳文学中心自成立以来，推出了"深圳文学研究文献系列"丛书8本，举办了一系列的学术活动，发表了百余篇研究深圳文学的论文，并于2022年11月成功申请为深圳市人文社会科学重点研究基地。本书即是深圳市人文社会科学重点研究基地深圳职业技术学院深圳文学研究中心的阶段成果，也是深圳市哲学社会科学规划2022年度一般项目"改革开放四十年深圳文学文献的整理研究"（课题编号：SZ2022B045）阶段性成果。我有幸在2007年中心成立之初就加入这个研究平台，持续跟踪深圳文学发展动态，研究深圳文学现象及作家作品，并在校内开设了全国第一门以深圳文学为专题的校级选修课《深圳文学漫谈》，感谢深圳文学研究中心给我提供了一个绝佳的学术平台。

当然，我还要感谢孟繁华教授在百忙之中给本书写序，感谢花城出版社的黎萍、夏显夫编辑，感谢所有给予我帮助与支持的家人、朋友们，你们的鼓励和关爱，让我能心无杂念，坚定前行。

有文学陪伴的人是幸福的，研究文学的人同样是幸福的。

2023年1月1日